中國語言文字研究輯刊

十四編

許錟輝 主編

第 9 冊

近現代古文字學者篆書之研究（下）

姚吉聰 著

花木蘭文化事業有限公司

國家圖書館出版品預行編目資料

近現代古文字學者篆書之研究（下）／姚吉聰 著 -- 初版 --
新北市：花木蘭文化事業有限公司，2018〔民 107〕
目 8+194 面；21×29.7 公分
（中國語言文字研究輯刊 十四編；第 9 冊）
ISBN 978-986-485-271-0（精裝）
1. 古文字學 2. 篆書
802.08   107001298

ISBN-978-986-485-271-0

中國語言文字研究輯刊
十四編　　第 九 冊　　　　　　ISBN：978-986-485-271-0

近現代古文字學者篆書之研究（下）

作　　者　姚吉聰
主　　編　許錟輝
總 編 輯　杜潔祥
副總編輯　楊嘉樂
編　　輯　許郁翎、王　筑　美術編輯　陳逸婷
出　　版　花木蘭文化事業有限公司
發 行 人　高小娟
聯絡地址　235 新北市中和區中安街七二號十三樓
　　　　　電話：02-2923-1455 ／傳眞：02-2923-1452
網　　址　http://www.huamulan.tw 信箱 hml810518@gmail.com
印　　刷　普羅文化出版廣告事業
初　　版　2018 年 3 月
全書字數　458066 字
定　　價　十四編 14 冊（精裝）　台幣 42,000 元

近現代古文字學者篆書之研究（下）

姚吉聰 著

第六章　結論：近現代古文字學者篆書之成就與意義

　　清代以來，書法受學術研究的影響開始運用古文字資料避開帖學之流，篆書開始復古之風；乾、嘉時期金石、文字學興盛，湧現出大量篆書名家，晚清篆書復古風氣到達鼎盛階段，名家輩出。清代篆書打破了帖學的桎梏，為書法發展尋求了出路，也使得清代書法得以興盛。沙孟海在〈清代書法概論〉中談到：「清代學者研究小學、金石學的專門成績超越前代，小學主要研究古代語言、文字、聲韻、訓詁，屬於經學的範疇，但同時帶動了篆學。金石學主要徵集研討古代銅器碑版有銘刻的遺物，屬於歷史學範疇，但同時亦帶動了各體書法。」〔註1〕清朝的金石學發展，不僅振興了篆書，而且推進了篆書在質、量上並進的局面。而隨著金石學轉變為古器物學，傳統小學往現代古文字學發展的趨勢，加上古文字資料的大量出土，學術昌盛之際，一大批兼擅書法的古文字學者憑其研究之便、先見之利，使既有的篆書書體更加完善、開拓出甲骨文書法、簡帛書法，並隱然形成了別具文化深度的古文字學者書法流派，同時不斷累積書法史史料，蔚為大觀。

〔註1〕　沙孟海，〈清代書法概論〉，《沙孟海論述文集》，（上海：上海書畫出版社，1997年），頁。

第一節　既有篆書書體的發展與完善

一、小篆書法的發展與完善

　　清朝的學術，初始即重於經學，尤以考據之學為著。說文學在乾嘉時期發展到了巔峰，對金文的著錄和考釋著力未多，《說文》仍被視為經典，奉為圭臬，一些文字學家如段玉裁、嚴可均、桂馥等或引金文來解釋《說文》所收之字，但也均是就《說文》本身的次序，逐字考證詮釋，所引金文也只是用做注解的證明材料，基本上不就金文本身的形、音、義單獨考證，更遑論專題研究。即以和許慎心心相印的段玉裁而言，其精思卓識，常令人拍案叫絕，他雖發現了《說文》中明顯的錯誤，但往往一言以蔽之曰「此淺人妄改也」。通觀一部《說文解字注》，極少真正批評許慎的話。這種情況在乾隆帝敕命整理內廷陳列和內府儲藏的青銅彝器，逐一著錄，仿照宋代《考古圖》遺式，精繪形模、備摹款識，編為《西清古鑒》、《寧壽鑒古》、《西清續鑒甲編》、《西清續鑒乙編》等四部著錄書後，帶動了私人著錄銅器銘文的風氣，使學者們把注意力逐漸轉向了金文。學者們在考察、研究金文的過程中，逐步發現金文不僅可以證補《說文》，還可以校正《說文》所收各種字形之誤。由此發展，學者們一方面增強了對金文的重視，另一方面則比較明確地認識到《說文》絕非無誤之書。到了晚清，金文研究成果纍纍，學術水平大大提高了一步，使金文研究為古文字學的建立奠定了堅實的基礎，走上了較為科學的研究道路，而逐步成為了一個新興的學科。吳大澂的《說文古籀補》依《說文》次序編定，為今日金石字典之鼻祖，丁佛言等賡續之，諸書可謂清代說文學具體之總結成果。

　　羅振玉、王國維以前治小學者莫不以《說文》為圭臬，以許慎為至高無上的權威。注釋、研究《說文》的人大都在《說文》本身的範圍內打圈子，不論「以許注許」也好，以群書注許也好，其目的無非是為了證明許慎的正確無誤；只有極少數學者懷疑過許慎是否「盡得古人之意」，餘者雖對《說文》提出過一些懷疑或批評，也不過是說其有傳鈔之誤，有脫漏而已，並不敢疑到許慎本身頭上去。羅振玉和王國維則立足於地下出土的第一手資料，認定甲骨文、金文比篆籀要早得多，篆籀不過是其流變，故可據《說文》上推金文、甲骨文，但不能削足適履，以《說文》來規範甲骨文、金文。所以他們

既參證《說文》以釋甲骨文字，又不爲《說文》所束縛，而能認出一批與《說文》字形不同的甲骨文，反過來糾正《說文》的錯誤，這就比前人大大高出了一籌。甲骨文之所以能經他們二人之手而大致考釋出來，得以通讀，與此有莫大的關係。

故自羅、王之後治古文字學者，都以《說文》的研究爲基礎，都尊重客觀事實，遵循識字、釋文、斷句、通讀的程序來釋讀銘文，都採用分類法對各類器物分門別類地進行研究。由於他們所碰到的問題，所見到的材料（即羅氏所謂「文字之福」）遠比乾嘉諸儒要多得多，又由於他們不同程度上吸收了近代的科學方法，所以他們的治學方法具有與乾嘉樸學迥然不同的特徵。

與學術研究相應的小篆書法呈現，在清早期有王澍取法於唐李陽冰的鐵線篆，篆書形體狹長，線條瘦硬，在恢復篆書古法上起了承前啓後的作用；後來的洪亮吉、孫星衍、錢坫等則由李陽冰篆書溯及秦漢刻石，將篆書寫得瘦硬圓勁，比王澍的篆書具有更多的生機與活力。鄧石如則師承漢碑額，以隸筆作篆，將篆書寫得剛健婀娜，是清代篆書復興的一個關鍵人物。吳熙載、徐三庚、趙之謙等人師承鄧石如，因此，以鄧石如爲代表的寫小篆的書家，又分別融入漢碑篆額及北碑筆法，將剛健婀娜的書風發展到極致。

在研究成果不斷累積之下，在時處清代篆書鼎盛之餘，可供學習的筆法、書風特徵眾多、參照豐富之下，古文字學者之治學基礎既在《說文》，故研究之餘的篆書表現，自然以《說文》裡小篆爲主，多爲鐵線篆面貌。這種以線條起止含藏不露，筆畫進行勻整而中鋒內斂，轉折圓潤而少圭角，結字布白勻稱而不刻意追求空間的疏密對比，空靈蘊藉，節奏穩實，從容不迫而「有端正規範之格，然缺古厚變化之態」小篆書法，在古文字學者們酌參各家書風而融會以己意後，有相當精采的呈現：如吳大澂年輕時鐵線篆的雅緻內斂、王懿榮的氣滿渾厚、孫詒讓小字篆書的如心使臂、丁佛言作小篆集聯、馬衡的大雅剛正，參石鼓文風、商承祚之細勁停勻並以此貫通到甲骨金文之作、孫海波之純淨中和、張政烺的眞積力久……等，莫不以《說文》小篆爲基礎而有適意適性的表現，可以說已經將傳統小篆書法的優長盡行吸收，並糾正了許多用字的不當與傳抄篆文的訛誤，對小篆書法的發展與完善，作出可貴而巨大的貢獻。

二、金文書法的發展與完善

（一）金文書法的發展

商代青銅器銘文除了標示族徽的符號之外，長達幾十個字的銘文要晚到商代最後一段時期才出現，將這些銅器銘文與甲骨文略作比較即可發現，與甲骨文契刻風格的較多隨意性不同，這些文字的字形都極其工整。甲骨文是因契刻的即興式處理而變了形的文字；而商代銅器銘文的字體更接近當時廟堂使用的文字。然而，這對清代學者、書家來說，是仍無法理解的；殷商金文書法的建立，勢必要在與甲骨文、甲骨文書法有深入的比較研究後才有發展與成熟的可能，當然，是有待於對商代古文字學研究的進展的。

對兩周金文的興趣，宋代文人將其保留在收集、整理的層次；清代文人將金石銘文引向學問和創作的另一個層面。〔註2〕18 世紀後期至 19 世紀中期的金石學家張廷濟開始在篆書中融入西周金文的結體，並開始在宣紙上用筆墨摹擬金文鏽蝕過甚留下的斑駁痕跡，張氏收藏有大量的古代青銅器，並長於金石文字考證，作為書法家，他將銘文鏽蝕斑駁的線條移到書法創作上，則是一個重大的突破。與其同時的有朱為弼、徐同柏、趙之琛等人，再後有何紹基等，都將目光由秦代小篆上溯到西周金文之中，都在試驗用筆墨宣紙表現金文鏽蝕線條的具體方法，但囿於時代，這些實驗者們顯得有些無所適從。19 世紀中後期，陳介祺、吳大澂、吳咨、俞樾、黃士陵、曾熙、李瑞清等人，將金文書法中的一系列技術問題從各種途徑給出了自己的解決方法。例如陳介祺用破鋒、回鋒加上行筆中的頓挫，以長鋒羊毫來追求變化；吳咨以收斂內含的短鋒粗線表現鑄造文字的整飭嚴整，略有起落提按的筆意而不過於顯露；俞樾以戰掣而控制有度的虛實結合的線條摹擬金文殘破之美；吳大澂以平正舒徐的穩實線條追求當年金文新鑄的風神；黃士陵節縮排比筆畫，用平淡的線條安排出圖案之美；曾熙、李瑞清則藏鋒逆行，以波折扭曲的筆勢來傳達金文銅鑄的特殊質感。〔註3〕

〔註2〕陳滯冬，《中國書法賞析叢書・甲骨文、金文》，（北京：北京圖書館出版社，1999
年7月），頁41。

〔註3〕陳滯冬，《中國書法賞析叢書・甲骨文、金文》，（北京：北京圖書館出版社，1999
年7月），頁46～48。

　　書法家中書寫金文主要是追摹西周金文，即俗稱的所謂「大篆」。書寫「大篆」的技法，傳統的篆、隸、楷、行的技法似乎都用不上，於是書法家們正好各逞己意，憑藉已有的書法功底，以自己熟悉的筆墨技巧對這種傳統書法並不熟悉的字體進行一番主觀的「闡釋」。正是以此為突破口，清代碑派書風從書寫技巧上打破了千多年來極少改變的書法審美趣味中晉唐風格的一統局面，在傳統書法審美趣味的極端表現——館閣書體的烏、方、光、巧的對立面，建立起蒼古、殘破、斷爛、重拙的新的審美標準，並培養出廣泛認同的審美群體。

　　清代的西周金文書寫利用回鋒、藏鋒、出鋒、中鋒、筆尖、筆肚、筆根、枯筆、飛白、漲墨、戰掣、提頓等等部位和方法，幾乎發掘完了毛筆在宣紙上運動的各種可能性，來表現西周鑄造文字的樸拙、厚重以及鏽蝕、殘破所傳達出來的特殊美感，到了清末民初時期，漸漸歸於在審美趣味上完全不同的兩大流派。其一以戰掣的筆法誇張西周金文的殘破蒼古之美，作者以李瑞清為代表。這一派的風格頗能迎合當時新興官僚的審美趣味和審美層次，其外露而誇張的戰掣筆法造成的特殊效果很容易與文化層次不高的愛好者心目中的「蒼老古拙」概念相整合，乃至由那些新官僚的鼓吹，普通市民也漸漸追隨附合，其影響漸由上海為中心輻射至全國各大城市。其二以整飭的筆法強調西周金文的渾穆雄健之美，作者以吳大澂為代表。這一派風格較李瑞清一派更為含蓄蘊藉，主要為文化層次較高的學者藝術家們所欣賞。20世紀80年代以來，兩大流派的風格有趨於合流的傾向，但總的說來，在用筆技巧上主張重、拙、壯而不避殘、斷、爛、的基本格調則自清代以來一直保持著，已成了西周金文書法的技巧原則。

　　自清代以來，西周金文書法在字形的取法上更存在兩種主張。其一堅持文字學上的純正性，認為除了在古文字中可以通假的字形可以借用之外，必須嚴格依西周時代青銅器銘文中已有的文字來使用，既不能有早於西周的甲骨字形，也不能有晚於西周的春秋戰國時代的金文字形和所謂「六國古文」。這一派書法家以兼通古文字學的學者為主。另一派則主張可以在西周金文字形之外兼用其他時代的篆書系統文字，早期的甲骨文自不必說，春秋戰國銅器銘文，六國古文，甚至晚至秦代小篆，只要創作需要，取其易識易認或補西周金文字形的欠缺，在作品風格統一的前提下，都可以使用。這一派雖說

人數不多，也不時受到堅持古文字純粹性一派人物的譏評，但近來似有認同者日漸增多的趨勢。從書法藝術的原則上講，後一派書家所遵循的準則似乎更加合理。書法藝術畢竟是一種視覺藝術，不能將其與古文字學完全等同，但其因藝術的要求而將古文字學規範打破，必得有一個限度，超出這個限度便成爲錯誤，而錯誤是絕對不能容忍的。實際上，這給現代的西周金文書法家提出了一個更高的要求，要求他們不僅僅要熟悉西周金文的字形，更要熟悉整個篆書時代各種古文字的字形，通曉古文字字形的流變及其正、異、僞體，動用一切方法來爲建立自己的書法風格服務。〔註4〕

（二）金文書法的建立與完善

吳大澂在楷書、行書、隸書、篆書及篆刻上，皆有相當高的水準，然相較而言，其篆書成就最高。而且，在吳大澂之前，寫商周金文者不多。一者，當時古文字學沒有充分發展，商周金文考釋多乖誤不可識；再者，雖有朱爲弼等人涉足金文，然或起筆、收筆多尖銳草率，或過於追求金石斑駁的效果，篆法多不可取。而吳大澂以斯、冰篆法寫金文，將金文寫得平正整齊，用字也較合乎規範，是第一個寫金文獲得成功的書家，因此他在清代篆書史上具有極高的地位。丁佛言認爲吳大澂「寫金文爲開山鼻祖」，並對吳氏在金文方面所取得的成就及其在清代篆書史上的地位，給予了較高評價：〔註5〕

> 蓋自有清一代，好古家收藏古器刻，考訂詮釋已集大成。而自趙宋
> 迄晚清，前後數百年間，書家、印人遞流代謝，推陳不能出新，加
> 以秦石壞則小篆窮，鄧、浙極則流愈下。於是朱椒堂、楊詠春、張
> 菊如初試毛筆寫古籀，至吳憲齋而始著。〔註6〕

丁佛言在此指出，由宋至晚清的數百年間，書家、印人在篆書、篆刻方面多不能推陳出新，而鄧石如及浙派的流行又使書風、印風江河日下，在吳大澂之前，

〔註4〕 陳滯冬，《中國書法賞析叢書·甲骨文、金文》，（北京：北京圖書館出版社，1999年7月），頁156～157。

〔註5〕 張俊嶺，《吳大澂的金石研究及其書學成就》，（暨南大學碩士學位論文，2005年5月），頁39。

〔註6〕 丁佛言，〈說文古籀補補敘〉，《說文古籀補三種》，（北京：中華書局，2011年6月），頁94。

雖有朱爲弼、楊沂孫、張士保等人寫大篆，然皆未取得突出成就。大篆「至吳愙齋而始著」，他在此通過將吳大澂與其他書家比較，指出了吳氏在篆書史上的突出地位，可見他對吳氏的大篆所給予的評價是極高的。他在此對鄧石如、浙派所作的評論是否妥當，姑且不論，然就他對吳大澂的大篆所作的評論而言，亦當是客觀、公允。〔註7〕

吳大澂作爲清代古文字研究高峰期的重要學者，除金文研究成果豐碩外，對貨幣文字、璽印文字、古陶文字方面都有超越前人之處；他以合用的方式解決了金文書法中的用字問題、用小篆篆法寫金文，除了爲自己的金文書法取得鼻祖地位，也啓發後人良多。本文中，可以看到吳大澂和王懿榮的交流與習染、羅振玉對吳氏的亦步亦趨並發揚光大、王襄合用甲骨文的高古雅健、丁佛言的醇古沉厚、馬衡的中正平和、郭沫若之信手不羈、容庚的溫雅樸拙、唐蘭的堅實氣滿與縱宕不拘、商承祚的秀雅勁健、顧廷龍之質樸古雅、弓英德的渾厚華滋。

諸家的篆書表現都建立在各自堅實的古文字學研究成果上，這些成果除了對金文書法的各種建設作必要的鋪墊，也對先秦書法史的擴展與深化有直接的促進；具體呈現在篆書表現上，在書寫內容的選擇與創作、用字配篆的取捨與進化、結字、章法的運用與創新、藝術表現的風格趨向與融通，都提供了後人學習、借鑑的金針，並在近現代書法史上立下可參照的座標。

第二節　篆書新書體的醞釀、創立與發展

一、甲骨文書法的醞釀、創立與發展

（一）甲骨文書法的醞釀

甲骨文字主要是殷代王室刻在卜用過的龜甲獸骨上的記錄，是西元前 130 多年到 1100 多年間的東西。由於是刻在龜甲獸骨上的文字，故稱之爲甲骨文；又由於主要是占卜的記錄，故有時也稱之爲「卜辭」。卜辭的語法非常簡單，大抵是「某日某人卜間某事，吉或不吉」，有時記錄其效驗。紀日用干支，不像後

〔註7〕　張俊嶺，《吳大澂的金石研究及其書學成就》，（暨南大學碩士學位論文，2005 年 5 月），頁 39。

人用數目字，故干支文字極多。語法句式既簡單，千篇一律，故所使用的文字有限，根據不完全的統計，只有 3500 字左右。其中有一半以上是可以認識的，不認識的字大多是專名，如地名、人名、族名之類，其義可知，其音不能得其讀。由此可知，卜辭所使用的文字並不是殷代文字的全部。由於語法的限制，沒有機會被卜辭所使用到的字一定還有。

殷代除甲骨文之外一定還有簡書和帛書，《周書‧多士》說「惟殷先人有冊有典」，甲骨文中也有冊字和典字，正是彙集簡書的象形文字。但這些竹木簡所編纂成的典冊，在地下埋藏了三千多年，恐怕不可能再見了，帛書也是一樣。但好在除此之外還有一批冶鑄在青銅器上的銘文，一般稱之爲金文或鐘鼎文（古人稱銅爲金，與後人專稱黃金爲金者有別。）金文和甲骨文，實際是一個體系。甲骨文是用刀刻在骨質上的，故來得瘦硬，金文是用筆寫在軟坏上而刻鑄出的，故來得肥厚而有鋒芒。甲骨上乃至陶器上偶有用筆寫的字，那風格便和金文無大差異。〔註8〕

中國的文字，在殷代便具有藝術的風味。殷代的甲骨文和殷周金文，有好些作品都異常美觀。留下這些字跡的人，毫無疑問，都是當時的書家，雖然他們的姓名沒有留傳下來。但有意識地把文字作爲藝術品，或者使文字本身藝術化和裝飾化，是春秋時代的末期開始的。這是文字向書法的發展，達到了有意識的階段。作爲書法藝術的文字與作爲應用工具的文字，便多少有它們各自的規律。〔註9〕

二十世紀初期以來，甲骨文字的發現和發掘，大大拓展了學術研究領域，也是書法藝術的大機遇，對二十世紀的中國書法創作與研究產生了深遠的影響。

甲骨文的研究，首先是收求者從藏品價值對它進行重新認識，其次是研究，這當然還不是藝術研究，而主要是古文字、考古研究。它牽動了幾乎全部的學術界主要力量，構成了一個相當明確的專門學科——甲骨學。

其實，任何一種學術研究都有其內在的規律或者過程，甲骨文是秦漢以來

〔註8〕 郭沫若，〈古代文字之辯證的發展〉，《現代書法論文選》，（上海：上海書畫出版社，1980 年 6 月），頁 388～391。

〔註9〕 郭沫若，〈古代文字之辯證的發展〉，《現代書法論文選》，（上海：上海書畫出版社，1980 年 6 月），頁 394。

學者都未曾見過的古老文字。在發掘其巨大的學術價值的同時，文字考釋積累的豐碩成果，也為其走向書法創作提供了潛藏的可能性。而在這個過程中，研究者們與甲骨文字朝夕為伴，心摹手追，遨遊於神秘的古文字海洋之中，不可能是。「甲骨文字所構成的視覺空間的美、對先民們的造型意識、對書法所憑藉的藝術語彙和契刻線條的價值、對甲骨文與中國文字形態演變的關係、與象形文字的關係，在民初並沒有人加以重視。」〔註 10〕況且這些學者們大都是中國書法的「專家」。〔註 11〕

　　甲骨文的發現與研究者可謂陣容龐大，有趣的是在最初從事這門學科的研究中很少有專門的書法家。董作賓、王國維、郭沫若、羅振玉等一批古文字、史學、國學的巨匠自然成為這項事業的最佳人選。他們手下的甲骨文成了書法家們甲骨文創作的重要參照。因此，我們面對一個陌生的甲骨文世界而不是熟悉的現代漢字世界時，研究藝術就必須有史料的依據，而史的研究，又要靠學術的支撐，比如古文字學、甲骨學成果的支撐。

　　雖然文字是以抽象符號表現具體事物的載體，我們還是看到了甲骨文被線條分割開來所具的魅力十足的空間變化。中國人對線條具有先天的領悟力與把握力。誠如三國時鍾繇所說的那樣：「筆跡者，界也。」一道墨線，界出無限空闊的空間，給人以美的遐思。錯落的、曲直交叉的線條；疏密相間而進退有序的結構與章法，這是在表面上作為實用文字形態而存在的潛在藝術風格。可以說從甲骨文的一出現，就已經為書法確立了一個極為寶貴的藝術基調，即毅然決然地脫離了「象形」所加的種種限制，而在借鑒表象描繪方法不久，便轉向了塑造自身的抽象空間美與線條美這一目標。

　　甲骨文的美是客觀存在的，與眾多的優秀書法範本一樣是可以借鑒並以此創作的。問題在於如何參照那些刻在骨頭上用刀筆刻寫的甲骨文字，用毛筆書寫出筆墨俱佳的書法作品，不是一件容易之事。〔註 12〕最早體認到甲骨文書法之美，並發為文字，嚴肅論述其美學意涵的，是學者董作賓從 1933 年《甲骨文

〔註 10〕陳振濂，《現代中國書法史》，（河南美術出版社，1996 年 5 月），頁 95。

〔註 11〕王志，《民國篆書研究》，（南京師範大學碩士學位論文，2011 年 5 月），頁 5。

〔註 12〕金玉甫，〈抽象與移情——從另一角度談甲骨文書法藝術〉，《董作賓與甲骨學研究》，（開封：河南大學出版社，2003 年 10 月），頁 200～202。

斷代研究例》提出「書體」的概念來，對書寫作風的概念愈發明晰，他說：

> 第一期以武丁時爲代表，這時期的名書家是穀、韋、賓、亘、爭、
> 永等許多位，書法以雄偉豪放爲宗，一變「對稱」的美爲「錯綜」
> 的美，好做大字，正足以象徵當時的中興氣象，小字的卜辭，也寫
> 得遒茂瑰麗。第二期以祖甲爲例，有名的書家如行、旅、大、即等
> 人，書法一律是謹飭的，工整而有規律的，這足以代表祖甲的革新
> 庶政，勵精圖治。第三期的人才就差多了，在康丁時，只有彭、寧、
> 巽、狄諸人，勉強供應卜辭的書契，夠不上說寫的美。第四期，武
> 乙好田獵，卜辭多勁峭生動，有力挽頹風之勢，文武丁銳意復古，
> 一切摹仿武丁，在書法上的表現，有阜、取等十餘人所寫的方筆圓
> 筆大小肥瘦各體，或峭拔渾勁或豐潤圓和，或意圖宏放而魄力難副，
> 或故爲纖細而婀娜作態，較之武丁名史作品，終不可同日而語。第
> 五期帝辛時黃、泳諸史，書法又趨於工整秀麗，謹飭嚴肅，如祖甲
> 時。總之，從甲骨文字中欣賞殷人書法之美，只有武丁時各位名史
> 最有功夫，最能顯示各個不同的作風，而充分地表現出古篆文書寫
> 的美，譬如在密茂中有疏宕，渾厚中有輕靈，對稱中有錯綜，奔放
> 中有約束。〔註13〕

這裡牽涉到時代書風、個人風格的交互作用，也提出他心之所向的武丁時的幾
位名史的書寫之美，有「在密茂中有疏宕，渾厚中有輕靈，對稱中有錯綜，奔
放中有約束。」等風格，爲甲骨文書法的創立，立下了學科的意義。其後，郭
沫若以《斷代例》爲基礎，更立論言：

> 卜辭契於龜甲，其契之精而字之美，每令吾輩數千載後人神往。文
> 字作風且因人因世而異，大抵武丁之世，字多雄渾；帝乙之世，文
> 咸秀麗。細者於方寸之片，刻文數十；壯者其一字之大，徑可運寸。
> 而行之疏密，字之結構，迴環照應，井井有條。固亦間有草率急就
> 者，多見於廩辛康丁之世，然雖潦倒而多姿，且亦自成一格。凡此
> 均非精於其技者絕不能爲。技欲其精，則練之須熟，今世用筆墨者

〔註13〕董作賓，〈漫談中國文字書法的美〉，《董作賓先生全集乙編》，（台北：藝文印書館，
　　　　1977 年 11 月），頁 740～741。

尤然，何況用刀骨耶？讀者請試展閱第一四六八片焉。該片原物。當爲牛胛骨，破碎僅存二段，而文字幸能銜接。所刻乃自甲子至癸酉之十個干支，刻而又刻者數行，中僅一行精美整齊，餘則歪刺幾不能成字，然於此歪刺者中，卻間有二三字，與精美整齊者之一行相同，蓋精美整齊者乃善書善刻者之範本，而歪刺不能成字者，乃學書學刻者之摹仿也。刻鵠不成，爲之師範者從旁捉刀助之，故間有二三字合乎規矩。師弟二人藹然相對之態，恍如目前，此實爲饒有趣味之發現。且有此爲證，足知存世契文，實一代法書，而書之契之者，乃殷世之鍾王顏柳也。〔註14〕

時代書風之論述，踵繼董氏之說；書法中的章法、字法具備；而將書契者的地位直接列爲殷代書法史上的鍾王顏柳，更是神來之筆。其中更有書法技巧的鍛練，還補充說：「此（粹 1468）由二片復合，與前片當同是一骨，內容乃將甲子至癸酉之十日，刻而又刻者。中間第四行，字細而精美整齊，蓋先生刻之以爲範本。其餘歪斜刺劣者，蓋學刻者所爲。此與今世兒童習字之法無殊，足徵三千年前之教育狀況，甚有意味。又學刻者諸行中，亦間有精美之字，與範本無殊者，蓋亦先生從旁執刀爲之。如次行之辰、午、申，三行之卯、巳、辛諸字是也。」〔註15〕；「此（粹 1465）干支表之殘，字甚惡劣，如初學塗鴉者然。」〔註16〕整個學書過程宛在目前。除了論定優秀的書法作品，肯定其藝術價值外，還將所有藝術門類中必要的技巧訓練詳細解說，與董作賓所論，同爲後來甲骨文書法美學的建立敲下定音之鍾。

其實理解甲骨文、金文給我們提供了廣闊的思考空間，金文的美是甲骨文美的昇華。其過程特徵是將甲骨文毫不猶豫的「轉換」，整齊的直線爲多變的曲線所取代，方正的空間亦爲攲側的結構所取代。我們在此中看到的是一種圓潤至上的審美觀念，而且文字的數量已具有明顯的優勢。從甲骨文到金文這一變化中，我們會得到一種啓示。就線條表現而言，金文無疑具有更加自由的表現空間，書家可將寫出的文字在鑄銅的模具上較爲準確地刻寫下來，翻鑄出的青

〔註14〕郭沫若，《殷契粹編・序》，（臺北：大通書局，1971 年 2 月），頁 10～11。

〔註15〕郭沫若，《殷契粹編・序》，（臺北：大通書局，1971 年 2 月），頁 734。

〔註16〕郭沫若，《殷契粹編・序》，（臺北：大通書局，1971 年 2 月），頁 733。

銅器皿上的文字基本保留了文字原貌，書寫者的情感在文字中得到了充分宣洩，而甲骨文做到這點實屬不易。在我們今天看來，契刻甲骨文字的人不僅是當時的書家，更是技術高超的篆刻家，爲後人無法企及。〔註17〕

　　客觀的講，自甲骨文發現以來，由於人們對其認識時間短，且處在當時北碑派、唐碑派、或二王派此起彼伏之時，書法藝術方面的研究和創作成就不如文字學本身那麼大，也是順理成章的。但眾多的甲骨研究學者已經有意識的把甲骨文字所構成的視覺空間的美，包含的藝術語彙及其契刻線條的價值在書法作品中表現出了，並且風格多樣。如羅振玉、葉玉森、丁輔之、董作賓、潘天壽等。

　　甲骨文中潛在的美學品格：單純而樸，平直而剛的線條特徵不斷地被書家作爲新鮮的養料融入到篆書的創作中去，對後世在篆書學習的取法和藝術觀念上產生了深遠的的影響。在民國，不論甲骨文書法創作水準達到什麼樣的一種境界，相對於秦漢以至清末的篆書發展來說，甲骨文字的發現爲篆書豐富多彩的風格樣式做了堅實的鋪墊。〔註18〕

（二）甲骨文書法的創立

　　甲骨書法的出現，與甲骨學研究的草創階段的完成是分不開的。甲骨文字經過釋讀，才有可能出現把甲骨文字作爲藝術典範看待的甲骨書法。甲骨文是卜辭，是用刀契刻而成的，主要用於記錄商王室占卜之事。而甲骨書法，是今人用毛筆書寫，有時集字書寫詩詞，有時集字書寫楹聯，是爲了欣賞和陶冶性情，3000多年前商代甲骨文的實用性已大不相同。但甲骨書法的發展與甲骨學的研究水平是密切相關的，甲骨學研究的不斷發展，促進了甲骨書法藝術水準的日益提高。

　　最早出現的甲骨書法是在在1921年左右，著名的甲骨學家羅振玉在研究之餘，首先集甲骨文字用毛筆寫成楹聯。其後章鈺、高德馨、王季烈等人，也集甲骨文字爲楹聯。1927年，羅振玉將自己和其他三人作品集爲《殷虛文字楹帖彙編》出版，共收400餘聯，分四言、五言、六言至十言不等。此書1985年以

〔註17〕金玉甫，〈抽象與移情——從另一角度談甲骨文書法藝術〉，《董作賓與甲骨學研究》，（開封：河南大學出版社，2003年10月），頁200～202。

〔註18〕王志，《民國篆書研究》，（南京師範大學碩士學位論文，2011年5月），頁5。

《集殷虛文字楹帖》爲書名由吉林大學出版社放大重印。

　　1928 年殷墟科學發掘展開以後，甲骨學研究完成了草創階段向成熟階段的飛躍。在這一段期間內的甲骨書法藝術作品，基本上是由二部分人組成的：一部分是非甲骨學者。1928 年丁輔之出版了《貞卜文字集聯》，1937 年出版了《觀水游山集》。1937 年簡琴齋也出版了《甲骨集古詩聯》上集等，因他們不懂甲骨文，所寫的文字或都爲方筆，或像行書，而且集錯的字也時有發現。以上羅、章、高、王、丁、簡諸氏的作品，嚴一萍彙爲一編，1969 年集爲《集契彙編》一書，由台北藝文印書館出版。此外，1974 年台灣還出版了石叔明、林翰年編《甲骨文與詩》，其文字猶如刀削斧刻，失去了甲骨文的韻味。這是因爲作者既不懂甲骨文，也沒有摹寫過甲骨拓本，所以寫出了不像甲骨文的甲骨書法。〔註19〕

（三）甲骨文書法的發展

1. 契刻特徵與甲骨文書法筆意的開拓

　　甲骨文字是「以刀代筆」的典範，書刻工具和材料的不同使他有別於任何一種文字表現形式及傳統書體。甲骨文書契於龜甲獸骨之上，因工具材料所制約，其主要以橫豎直線爲文字造型。「甲骨文的造型藝術體現了漢民族的美學原則和共同心理，這就是平和穩重的審美觀。」〔註20〕「因甲骨堅硬不易刻出弧形的筆畫，故其結體易圓爲方，甲骨紋理以縱式爲主，故甲骨文線條也多豎線長，橫線短，少點波，多取沖刀之勢，線條平直挺勁，而圓轉變直折。此外，手書用筆的提按造成粗細變化的筆畫形態喪失了，這是單刀刻甲骨文的書氣風格特點。甲骨文特有的犀利、質樸、瘦勁的契刻藝術效果，也是甲骨文書法藝術的基調。」〔註21〕王友誼對甲骨文的朱墨遺迹是如此評價的：「如果說更好的注入筆法意識，大家可以拜讀甲骨文的朱書或墨書，即可清楚地欣賞到殷商時期的貞人用筆所做的書法作品，品鑒一下那個時代的貞人對毛筆的運用是何等

〔註19〕王宇信、魏建震，《甲骨學導論》，（北京：中國社會科學出版社，2010 年 6 月），
　　　　頁 383～384。

〔註20〕冼建民，〈甲骨文的書法與美學思考〉，《書法研究》1986：4，（上海：上海書畫出
　　　　版社，1986 年 4 月），頁 105。

〔註21〕池現平，〈九椿堂書藝隨筆〉，《中國書法名城安陽市中國書協會員作品集》（安陽：
　　　　中國文字博物館，2010 年），頁 72。

嫺熟，何等輕鬆自如：起、行、收有疾有徐，歷歷可見；直曲、斜圓融流麗，含蓄有力。書寫者的書學修養之深之精，實令我輩數千載後仍不能不神往之。」〔註22〕「殷商末期的複刀刻甲骨文因反複奏刀，依循墨跡刻成，就比較接近當時的手寫墨跡和金文。著名的《宰丰骨》爲雙刀契刻，效果與鑄刻金文基本相同，足以窺見書寫的筆意，不存在單刀刻甲骨文那樣的鮮明特色。甲骨文的結字，重心穩定，端正縝密，筆畫平行，講究對稱美。這個基本規律，成爲篆書文字體系的雛形和結體原則。甲骨文字已有高超而嫺熟的書契技巧，並且已具備中國書法用筆、結字、章法三個基本要素，奠定了中國書法藝術的基本形態。」〔註23〕

　　甲骨文形體結構的契刻線條，主要是以沖刀來完成的，潘主蘭對此特性及以刀代筆的書寫筆法表現，曾有較爲詳細的分析：「契刻通過沖刀，其刀筆似乎無不尖銳鋒利，顯露其秀勁瘦硬而有力，這就是它獨特風格之所在。若能細察拓片和實物，不難看出刀筆起處帶有尖形，但不是十分尖利；收處多尖形，但不甚利尖者不多見。筆畫中部，下刀略重，較起筆收筆略大些。其轉筆銜接平衡，如天衣無縫，巧奪天工。那麼以筆代刀，是不是也是要表現沖刀味道？我認爲無論長線條短線條或點畫，筆筆要中鋒，是對甲骨文書法所應共同遵守的根本法則，遵循這法則而心摹手追，便有跌宕的風韻流露，而不是一味追求其硬如鐵線，還是於瘦裡求遒勁。明乎此，才能掌握甲骨文的訣竅，才能表達沖刀的味道，才能寫出甲骨文的神韻，此中甘苦，局中人是能領悟的。」〔註24〕對於甲骨文書法創作是很有指導性意義的，對中鋒用筆要求，在以單純的橫豎線爲主導的甲骨文書法創作中，尤爲重要，中鋒氣韻的貫通使甲骨文契刻精神和墨書骨力筆勢得以融匯，通過對契刻特徵的「藝術化」書法創作，使甲骨文在線條單一性上有極大的豐富，並通過傳統書法創作理論，使甲骨文字進一步「雅化」。〔註25〕

　　甲骨文書契風格固然很多、但是它特殊的書契工具以及時代審美趨向，

〔註22〕王友誼，〈十家論壇之名家訪談〉，《書譜》，（香港：書譜出版社，2009 年春），頁 88。

〔註23〕池現平，〈九樁堂書藝隨筆〉，《中國書法名城安陽市中國書協會員作品集》，（安陽：中國文字博物館，2010 年），頁 72。

〔註24〕陳石，《潘主蘭甲骨文書法·序》，（福州：福建美術出版社，2002 年 7 月），頁 10。

〔註25〕池現平，《近現代甲骨文書法研究》，（河南大學碩士論文，2012 年 5 月），頁 38。

前後期甲骨文還是有一定的共同性。如在筆畫上多取直平之勢，行筆（刀）從容，氣韻樸厚，結體使轉處以方帶折。原始書刻藝術的渾樸率逸之氣，成為甲骨文一個較為顯著的特性。從章法處理上講，無論通篇多字，還是單字線條組合，都極度強調對稱，可以看出遠古貞人是以對稱形式尋求通篇布局的和諧美。在單字線與線的組合關係上，甲骨文主要是主次線的穿插，長短線之間的斷連，積點成線的聚連方式來完成結體造型的。從單純的線條上看，皆為各個獨立的橫豎線條，但從整體看，都是行筆（刀）有序，虛實相生，輕重錯落，字字關聯，可謂一氣呵成，足可見書契貞人技法之精妙，實為殷世之鍾、王、顏、柳也。〔註26〕

　　對稱平衡的把握，殷人不是一味的在形式上的對稱，而以各種細小精妙的布局參差變化來打破重複性呆板的平衡。甲骨文字用單純與統一，對稱與穩健的書契表現形式，體現了它平淡之中的多姿，對稱之中的和諧豐富，它所表現的形象情趣、結構特質和書契藝術的審美要求，都成為後世甲骨書法藝術創作的重要依據。「漢字重形的特點促進了書法造型的千姿百態，象形、和諧、豐富、可塑的漢字形體，為中國書法藝術奠定了堅實的基礎。」〔註27〕

　　甲骨文契刻特徵的獨特性還主要體現在線條形質上，殷世貞人書契之功深厚，契刻技巧精熟，在刀筆運用的表現力上十分豐富。書契筆畫不只是想像的兩頭尖中間略粗的樣子，似乎更近似於尖而非尖之狀，尖露中蘊含內斂，無論是刀刻或朱、墨書，都有筆畫上的粗細方圓、輕重虛實、錯落等變化。對於甲骨文書契特徵如何在甲骨文書法創作中通過毛筆彈性的運用，合度的體現契刻意味，何崝說：「主要應做到兩點：一點是純用中鋒行筆，且行筆要穩，要讓筆畫寫得瘦勁。另一點是轉折處必須是爽利的方折，要寫出這樣的效果，不能用連筆，而應用接筆。如果折畫用連筆寫成，則折處易成圓弧，影響刀筆味的表現；如果用接筆，則較細地表現方折，這種用筆與甲骨文契刻的筆順是相合的。」〔註28〕甲骨文字形體較小，風格各異，如何放大書寫且能體現出契刻的方勁挺健線質，又不失書法筆墨語言上的厚重？轉折上的接筆，可以增加一些弧形（圓）線條，似篆書圓轉筆意，加以提按動作，這樣

〔註26〕池現平，《近現代甲骨文書法研究》，（河南大學碩士論文，2012年5月），頁38～39。

〔註27〕趙振乾，《大學書法》，（河南大學出版社，2006年9月），頁3。

〔註28〕何崝，《甲骨文序》，（上海：上海書畫出版社，2001年月），頁3。

既可以在形式上、筆法上豐富，也使甲骨文在方挺之餘融入圓勁之韻，達到剛柔相濟、張弛有度的互補。筆法上可中側鋒並重，中鋒取其韻，側鋒得其勢，從而更好的體現甲骨文契刻特徵和甲骨書法的獨特藝術魅力。〔註29〕

契刻雖然是其主要特徵，但在甲骨文書法創作中如一味求其刀筆契刻效果，書寫過程中過分注重兩頭尖，中間粗的樣式，同樣會造成書寫筆畫的單一和筆法上的連續重複性，形成程式化的筆畫排列。此類甲骨文作品略看形神尚在，但在筆墨韻致及書法語言的表現上都將淺浮而流於表面。〔註30〕

2. 甲骨文書法創作風格的開拓

筆法的風格趨向為中國書法藝術的中心問題，書法作品的經典存在也能證明這一原則。而對甲骨文書法通過點畫、線條來表達古韻意趣，這在繼承原始書刻的基礎上，就蘊含著藝術的再創作。通過對甲骨書法的分析研究，可以理解為以下兩個方問：1、是對原始甲骨片摹形書寫，注重造型的準確出入鋒的關係。2、在書寫契文時應用何種筆法法進行創作。

董作賓說：「從各時期文字書法上的不同上，可以看出殷代二百餘年間文風的盛衰。在早期武丁的時代，不但貞卜及所記的事項重要，而且當時史官書契的文字，也都壯偉宏放，極有精神。第二、三期，兩世四王，不過守成之主，史官的書契，也只能拘拘謹謹，維持前人成規，無所進益，而末流所至，乃更趨於頹靡。第四期中，武乙終日遊田，書契文字，亦形簡陋。文丁銳意復古，力振頹風，所惜的當時文字也只是徒存皮毛，不見精采。第五期帝乙、帝辛之世，貞卜事項，王必躬親，書契文字極為嚴密整飭，雖屆亡國末運，而文風丕變，制作一新，功業實不可掩沒。」〔註31〕各個時期中字形或簡或繁，或雄奇恣肆，或峻秀遒麗，率真隨意，尖利奔放，方整內斂，挺拔修長，婉轉流暢等各具面貌。

甲骨學家在其研究考釋之餘，多摹寫或集契成聯、詩，取法各個時期甲骨原片風格，忠實原片書刻狀態，書寫過程中注重毛筆的出入鋒，力追刀趣。甲

〔註29〕池現平，《近現代甲骨文書法研究》，（河南大學碩士論文，2012年5月），頁39。

〔註30〕池現平，《近現代甲骨文書法研究》，（河南大學碩士論文，2012年5月），頁39～40。

〔註31〕董作賓，《甲骨文斷代研究例》，《董作賓先生全集甲編》，（台北：藝文印書館，1977年11月），457。

骨學者積學養氣，所書甲骨文書法多用字考究，風格溫婉流美，靜雅從容，「書卷氣」流溢毫端，體現了甲骨文書法研究與創作相結合的雙重學術型創作模式。學者化的甲骨文書法創作，爲後世的甲骨文書法開闢了在造字、自作詩聯，學研共進的創作道路上，和甲骨文書法向書法藝術性的華美轉型指明了方向，爲甲骨文字與傳統書法藝術在借鑒與融合上奠定了決定性基礎。甲骨學家、考古學家皆有深厚的古文字學識，豐富的古文字綜合素養，獨特的藝術審美視角，是而他們的甲骨文書法能時出新意，自成風格。〔註32〕

（1）以金文筆意書甲骨文

以金文筆意書甲骨文，多重骨力用筆，求厚重雄渾。金文與甲骨文的區別爲鑄與刻。由於當時青銅冶煉鑄造工藝精湛，許多金文再現了書寫於陶範階段的書寫筆畫意趣。金文筆法在保留甲骨文象形的圖式特點下，豐富了刻辭中單刀表現墨書的原則。近現代甲骨文書家取此法者頗多，因爲書家在審美取向，意象追求的藝術效果不同，其以金文筆意創作的甲骨文書法風格也有極大的不同。如王襄爲最早收集考釋甲骨文的學者之一，畢生研究甲骨，取法金文所書甲骨文凝重古拙，渾樸高雅，故其書作金文圓潤渾厚之氣較重，甲骨契刻方勁意趣稍顯不足。金石學家康殷，書體得金文古樸茂實，雄渾蒼勁，多作甲骨文大字，然基本以甲骨結字書金文，粗觀貌似金文作品，甲骨文字挺勁爽逸之氣略顯弱化。丁佛言爲清末繼吳大澂，吳昌碩之後又一位篆書名家，善甲骨、金文、權量詔版等各種風格的篆書。楊魯安評其甲骨書作：「毫芒雄健、結構疏放」。山之南（陳堪），工篆隸，篆書多作甲骨金文，取法殷商原器，得金文古樸渾穆之氣，甲骨書作形體奪取方折與圓渾，結合金文氣象較重。胡厚宣書多以金文氣韻摹書原片風格，其精研甲骨學，深識甲骨之源流，故書作筆鋒勁挺，神韻逸俊，深得金文三昧。王宇信著有《甲骨學通論》等。所書契文書法舒健流暢，風格取向近胡厚宣。以金文入甲骨，得三代遠古樸厚、蒼勁之靈韻，形成了獨具金文書意的甲骨文書法風格。〔註33〕

（2）以石鼓文筆意書甲骨文

取法石鼓文，追求蒼渾勁挺之氣，取厚、重、大之韻。陸維釗五體俱精，

〔註32〕池現平，《近現代甲骨文書法研究》，（河南大學碩士論文，2012年5月），頁27～28。

〔註33〕池現平，《近現代甲骨文書法研究》，（河南大學碩士論文，2012年5月），頁28～29。

尤擅長篆隸、卜文，開「蝶扁體」書風。卜書風格多變，險峻樸茂，結體率意挺健，剛勁雄渾，行筆多有草之率意。劉江書作取法潘天壽風骨，所書甲骨文平整開張，巧於章法布白，奪取方筆，書風俊峭。沙曼翁善篆隸，其甲骨書作風格蒼渾高古，樸實舒雅。取法石鼓文入甲骨者，皆線條凝重，豪放高古，尚金石氣者，用墨沉鬱、蒼潤並舉，結體開張有度，重線條質感，以古韻樸茂勝。〔註34〕

（3）以小篆筆意書甲骨文

取法小篆，追清雅疏淡，婉轉流暢自然之美。以玉筯法書寫甲骨文的書家如清末著名金石學家羅振玉，是將甲骨文引領筆墨書法領域最早的倡導和實踐者，他對甲骨文考證做出了開創性的貢獻，對後世甲骨學研究以及甲骨書法創作都產生深遠影響。所書契文筆墨溫潤、清雅婉麗、從容清逸、格調高古。馬國權評其書法「用筆剛勁，妙得殷人刀筆意趣」，羅氏結體以篆法長勢，中鋒鋪筆，用字考究，從不臆造，為後世毛筆書寫甲骨文書法開闢一條規範之路。丁輔之著有《商卜文集詩》、《觀山游水集詩》等甲骨文書法專集。其取法鐵線篆，所作詩聯線條娟秀端麗、清新俊美、舒健嫻靜，用墨平和清雅。商承祚書甲骨挺秀工穩，蒼勁疏朗，端莊遒美。潘主蘭取法小篆，得甲骨書刻之意，形神兼備，妙趣無窮，尤其於章法布局時出新意，書風刀刻瘦勁之氣韻，清勁遒利、冷逸奇拙、瑰麗清奇。徐無聞取法小篆，著有《金甲五體字典》等，尤善篆，精甲骨，所書契文多線質剛健，結體舒展，能得小篆委婉之氣，與甲骨文方勁爽逸之韻相匯，法度與寫意並舉，使甲骨文書法溫雅之氣、奇妙之感溢於筆墨毫端。

（4）以秦漢簡牘筆意書甲骨文

以秦漢碑版簡牘入甲骨者多取率真意趣，於有意無意間求筆外之妙。秦漢碑版、磚瓦竹簡及帛書等，大多數筆簡而率意，結體欹斜瑰異、稚拙恣放。具有一種天真爛漫、雄勁野逸之趣。葉玉森考釋甲骨文之餘，多以摹寫為主，其書契文深得書寫與刀刻三昧，方圓並用，線質遒勁、穩重見巧，頗具甲骨韻致而能書其新意。楊魯安少時追隨王襄，曾傳拓甲骨、銅器、磚瓦千餘件，為以後的甲骨文書法創作奠定了紮實的傳統根基。楊魯安的甲骨書法，既有早年之

〔註34〕池現平，《近現代甲骨文書法研究》，（河南大學碩士論文，2012 年 5 月），頁 29。

臨池功底，更見近時的潛心追求，手揮柔翰書之於紙卷，一如殷人運刀契之於龜甲獸骨，非惟古樸，尤重剛勁，且於古樸中求新巧，剛勁中求婉麗，至於偶現飛白，更覺神采飛揚。楊魯安所作契文以楹聯為最，且多大字，復以行草作跋，甚有開張氣韻，用筆方勁寬綽，大刀闊斧，為以筆代刀之典範。〔註35〕

（四）甲骨文書法的完善

甲骨文字書契與龜甲獸骨之上，有別於其它漢字的表現，前期初創階段的甲骨文書法，主要是以摹寫而卓然成家的甲骨學家、金石學家及書家共同研創完成。〔註36〕同時也有一批熱愛甲骨文書法的非甲骨學者參與其中，因為不懂甲骨、沒見過拓本，所作往往問題叢生。

1. 甲骨文書法的用字問題

在甲骨文書法創作中用字問題（錯字、疑字）及對甲骨本體契刻風格的把握和藝術運用手段等方面，如何遵循甲骨文字的藝術規律和創新，諸多課題都是甲骨文書法需要解決和逐步完善的。在當代甲骨書法界，學術與藝術契合的把握依然是重點環節。甲骨文字作為甲骨文書法創作的基本素材，學術性與藝術性的互補與借鑒如何來界定，甲骨文字獨特的造型美與線質美在甲骨書法中如何體現和發揮，從藝術昇華到學術的嚴謹上，如何能更好表現甲骨文書法的藝術性及文化內涵都有待深入的研究。

（1）對舊有用字問題的訂正

在甲骨文書法創作中用字（借用）準確性問題及「殷人刀筆」文字的契刻書寫化轉換，是甲骨文書法創作中經常遇到的現象。姚孝遂〔註37〕於 1984年在羅振玉篆寫，由吉林大學重新放大出版的《集殷墟文字楹帖》中校訂出121 個誤釋和疑問的字，並作〈校記〉：「本世紀初葉，由於各種條件的局限，

〔註35〕池現平，《近現代甲骨文書法研究》，（河南大學碩士論文，2012 年 5 月），頁 31。

〔註36〕王宇信《甲骨學通論》，（北京：中國社會科學出版社，1989 年 6 月），頁 447。

〔註37〕姚孝遂（1926～1996），湖北省武漢市人。1945～1950 年就讀於華中大學中國語文學系，1957～1961 年就讀於吉林大學甲骨文、金文專業研究生。畢業後留校任教。曾任吉林大學古籍研究所所長、教授、博士研究生導師，全國高校古籍整理研究工作委員會第一、二屆委員，中國古文字研究會理事，中國殷商文化學會理事。獲國務院有特殊貢獻專家稱號。撰寫且主編的著作有《許慎與說文解字》、《小屯南地甲骨考釋》、《甲骨文字詁林》等。

人們對甲骨文字的辨識，不可能完全正確，我們必須正視這一客觀現實。現
在我們為了滿足書法界的迫切需求，重印《集殷墟文字楹帖》一書，與此同
時，我們有責任、有義務，根據現有的研究成果對早期釋讀中不夠準確的，
以至錯誤的部分進行校訂，以便大家在利用這本書的時候，能夠有所遵循。」
〔註 38〕。又進一步說：「書法屬於藝術的範疇。人們在利用甲骨文字以表現書
法藝術的時候，不可能與甲骨學界對甲骨文字辨識的要求完全相等。我們認
為，某些無定論的甲骨文字考釋，只要是可備一說的，作為書法都可不妨采
用。但是，書法藝術也有其科學性的要求。不論寫古字還是寫今字，所有的
真草篆隸同樣都不能寫錯別字，在形體結構上都要求準確無誤。」〔註 39〕；「由
於甲骨文字異體較多，任用其一都是可以的。但甲骨文字和任何其他文字一
樣，其基本形體結構不允許有任何誤差。也許是由於書刻中的疏忽，原刻本
中有一些形體結構方面的錯誤，我們也進行了簡單的訂正。」〔註 40〕古文字學
界能對這一部影響廣大的甲骨文集聯工具書進行校訂，不僅嘉惠廣大書法愛
好者，更對提升了甲骨文書法的學術性與專業性。〈校記〉裡諄諄提示：「作
為高標準的要求，甲骨文書法應從臨摹甲骨原拓片入手。一般的情況下，也
應該參考一下《甲骨文編》，該書大體上還是摹寫較精的」〔註 41〕，顯然已經
把甲骨文書法納入甲骨學的範疇中，因此給予高規格的學術要求，也是應該
的。

　　至於其他甲骨文集聯、集句、集詩等書籍，同樣存在著一些時、空上的
限制，錯誤在所難免，有了《集殷墟文字楹帖》校正的啟示，書法、篆刻界
在使用此類工具書時，必須心生警惕，方能免貽笑方家之譏；尤有待者，至
盼有為者亦若是而以校訂此類書籍之責自任，則於甲骨文書法之興盛、深化

〔註 38〕姚孝遂，《集殷墟文字楹帖・校記》，（長春：吉林大學古籍研究所，1985 年 3 月），
　　　　頁 121。

〔註 39〕姚孝遂，《集殷墟文字楹帖・校記》，（長春：吉林大學古籍研究所，1985 年 3 月），
　　　　頁 121。

〔註 40〕姚孝遂，《集殷墟文字楹帖・校記》，（長春：吉林大學古籍研究所，1985 年 3 月），
　　　　頁 121～122。

〔註 41〕姚孝遂，《集殷墟文字楹帖・校記》，（長春：吉林大學古籍研究所，1985 年 3 月），
　　　　頁 122。

功莫大焉。

（2）對甲骨文書法用字問題的改進方案

初創階段的甲骨文書法創作，是以甲骨原片文字摹寫於紙上爲主要的表現形式，前輩學者有部分過度追求書契意味的純粹性，對書法本體筆墨紙的轉化都著意突出甲骨文原始刀刻狀態，忠實於甲骨文字的原生態造型。其書寫的目的性還停留在以摹寫、對臨階段，嚴格地講還不具備書法創作的創造性藝術活動過程，尚不能完全算作書法藝術創作。〔註42〕

在古文字書法創作中，古文字中所沒有的字是創作作品時比較大的難點。如何對古文字既能夠充分利用於創作之中，又能有突破性的藝術昇華，對於古文字空間結構的無限玄妙和充滿無限想象的創造空間，使甲骨文書法令書家爲之傾心神往。董作賓對甲骨書法用字認爲：「書寫甲骨文書法不能用學術立場加以限制，有的字可以借用初文，有的字可以採用假借。」，潘主蘭也持有相同觀點：「目前國內刊行的甲骨文專集載 4670 餘字，而可識的不足千字，除去重文，僅六百字左右，這就造成甲骨文應用的困難，無法取字成篇。當然，我們書寫每個字都應以確認的甲骨文爲根據，作詩作文盡量取用已有的甲骨文字，如實在沒有就得用通假。」甲骨書家的藝術創作若不太關注原始狀態的甲骨文，沒有學術上的高度純粹性，而過多關注的是書法藝術的表現層面，以及甲骨文字型結構美在書法作品中藝術形式上的統一性，這是明顯有所不足的。

書法創作中應該如何使用古文字（包含甲骨文），從歷代書家篆刻家使用古文字的情況看，不外乎兩點：一曰正確，二曰變通。

僅僅解決正確使用古文字的問題還不夠，因爲古文字字數少，當我們遇到古文字工具書中所無的字時，那就應該有所變通。古文字書法並不等於古文字學，古文字學家研究古文字，對任何一個古文字的點畫結構都不能隨意增損改變，而書家寫古文字乃是依傍古文字進行藝術創作，在一定情況下對古文字的形體是可以適當變通的。當然，這種變通不僅應該符合文字發展規律，也應該符合約定俗成的習慣，實不能認意杜撰。〔註43〕董作賓就曾提出這樣的觀點：

〔註42〕池現平，《近現代甲骨文書法研究》，（河南大學碩士論文，2012 年 5 月），頁 34～35。

〔註43〕何崝，〈談書法中的古文字使用問題〉，《書法》1990：1，（上海：上海書畫出版社，1990 年 1 月），頁 6。

書法只是美術品之一，不能夠用學術立場加以限制。現在甲骨可識
的字，雖有一千五百字，可是不絕對可靠的還不少。即如可靠，古
今用法不同，有些字須借用「初文」，有些字又須利用「假借」，有
些字須只從「一家之言」。譬如「禮」字只用「豐」的一半。「物」
字現在知道它是「犁」。「塵」字早已知道它是「牡」。「海」字僅從
葉玉森之說。若嚴格地加以指摘，便使書家們不敢下筆了。〔註44〕

董作賓以自己的甲骨文書法創作經驗及學養，提出的觀點已成爲甲骨文書
法用字的指導性原則。「正確」的使用與「變通」的借用，其中借用又必須明瞭
「後起字」與「初文」的關係，才能正確的「假借」；再來是合理的應用古文字
學者對各字的說解與意見，盡量能用之有據。所謂「通假」即「用音同或音近
的字來代替本字」，有同音通假與近音通假。古代文獻中常見通假字，因此在古
文字書法中（含篆刻）使用通假也是可行的。通假的優點是只利用古文字中以
有的字，不需煞費苦心的另造新字，故歷代書、篆者都樂於採用。但通假也有
不可避免的缺點：容易造成語意的混淆，在這種情況下就要考慮其他變通方式
了。〔註45〕

對甲骨文中沒有的字，從金文和其它書體中找到相應的字，取替假借，並
且在筆法、結構、整體形勢上使其接近甲骨體系，以此完成甲骨文書法藝術形
式上的和諧統一。

變通的第二種方式爲「合用」，這種方式由來已久，特別是在篆書創作之
中。何崝說：「在進行書法篆刻創作時，各種古文字可以單獨使用，也可以合
用。許愼在《說文解字》一書中就以篆文（小篆）爲主，合用了古文和籀文。
歷代書家合用古文字主要有兩種情況：一種情況是該體中本有其字，爲使用
字形結體有所變化而合用其他字體。鄧石如的小篆書中即每每合用古、籀，
吳讓之的小篆書合用古、籀、石鼓。合用的這些古、籀、石鼓文都是小篆本
有其字的。另一種情況是該體所無的字在別的古文字字體中有，用合用的方
法把所無的字補足。如商承祚書文天祥〈正氣歌〉是以金文爲主，合用了甲

〔註44〕董作賓，〈甲骨文書法〉，李雪山主編，《董作賓與甲骨學研究續編》，（北京：中國
社會科學出版社，2007年12月），頁216。

〔註45〕何崝，〈談書法中的古文字使用問題〉，《書法》1990：1，（上海：上海書畫出版社，
1990年1月），頁6。

骨、楚簡、小篆等，這些是一般金文所無的。」〔註46〕用字的難關解決之後，接下來是書法風格統一的問題：何崝又說：

> 應該注意的是合用的字應該與原書體風格統一，合用只是用其字形，並非將各種字體的風格雜湊在一起。如鄧石如、吳讓之的小篆書中合用的古、籀文完全是小篆的風格、商承祚的金文書中合用的小篆、竹帛書、甲骨文完全是金文的風格，胡厚宣的題簽，則為甲骨文的風格。〔註47〕

胡厚宣的〈重訂六書通書耑〉中有合用的現象：「重」用金文；「訂」依小篆；「六」從甲骨；「書」則照从聿者聲的條例，以見於甲骨而未見《說文》的兩字組合；通則活用「辵」之从止與否皆可的原則，寫成一個完全合理的新造形，然後以甲骨文風格來完成作品書寫。

　　有時候我們要用的某些字在除了小篆以外的其他古文字中都沒有，這時可以如前所說，合用小篆字形，也可以利用古文字中已有的字（或偏旁）按照小篆的結構進行偏旁組合。〔註48〕如前述胡厚宣〈重訂六書通書耑〉的「書」和「通」字；商承祚〈正氣歌〉中，因金文無「嶽」，遂用金文「山」和「獄」按照小篆結構組成「嶽」字。有時候我們要用的字在包括小篆在內的任何古文字中都沒有，這就不能用合用的方法，若用通假的方法，有時候又有可能產生意義上的混淆，在這種情況下，可以利用古文字中已有的字按照楷書的結構進行組合。偏旁組合的方法，特別是按照後起俗字楷書的結構進行偏旁組合，頗為一些文字學家所詬病，他們非議「以世俗字為鐘鼎篆體」的作法是「形古字今，雜亂無法」（吾丘衍《學古編》）、「實乖倉雅之正」（錢大昕〈說文新附考序〉）。

　　其實，早在宋代就有文字學家和書家主張採用偏旁組合法。宋初徐鉉就根據後起俗字楷書結構組合了一批篆書。他在〈上校定《說文解字》表〉中

〔註46〕何崝，〈談書法中的古文字使用問題〉，《書法》1990：1，（上海：上海書畫出版社，1990 年 1 月），頁 6。

〔註47〕何崝，〈談書法中的古文字使用問題〉，《書法》1990：1，（上海：上海書畫出版社，1990 年 1 月），頁 6～7。

〔註48〕何崝，〈談書法中的古文字使用問題〉，《書法》1990：1，（上海：上海書畫出版社，1990 年 1 月），頁 7。

說：「……復有經典相承傳寫及時俗要用而《說文》不載者，承詔皆附益之，以廣篆籀之路，亦皆形聲相從，不違六書之義者」。我們現在看到的《說文》大徐本中的 400 多個新附字就是徐鉉附益的。南宋戴侗在他的《六書故》中也「以世俗字爲鐘鼎篆體」。有人擔心偏旁組合會給文字學造成混亂，其實不必然。自宋元明清以來，書家、篆刻家常常運用偏旁組合法，文字學卻並未因此而出現混亂；有些書、篆人連《說文》新附字也不寫，這就未免太泥古了。〔註49〕

　　從古文字學者的篆書作品中，我們可以看到在物對應字可用時有「假借」、「合用」、「偏旁組合」三種變通的現象，給我們相當程度的啓發與教益。經由何崝〔註50〕的整理，相信對後人的各體篆書創作有很大的幫助。

2. 提供文化蘊含豐富的雅正書風之參照

　　近現代甲骨文書法經過近一個世紀的各種文化碰撞，甲骨學研究和傳統書法相互交融，使甲骨文書法創作已逐步形成以甲骨文字學研究成果爲依託，以傳統書法和其它藝術理論爲輔助滋養的互補局面，甲骨文書法的特殊性也逐步獲得了當代書法界（展覽）的認可。歷經二十世紀初羅振玉集殷墟文字爲楹帖時代的甲骨書法初創階段，甲骨文書法創作在甲骨學術與藝術創新之間，甲骨學者、文字學家與金石書法家之間互爲遞進，甲骨文書法創作除去文字本身之外的特殊性也初步顯現出來。從文字考釋準確度，到選集詩聯；從集字的局限到集詩（聯）的藝術水準；從摹寫到特徵昇華的藝術創作；從傳統書法到甲骨文結構造型的融合與創新，再到對甲骨文書法創作的基本素材的運用，甲骨文契刻及空間結構特性與甲骨文書法筆法探究等，都提升了甲骨書法藝術新的境界。但同時也存在對甲骨文字美和書法藝術美的忽視，滯留於表層象形圖意性追求；對刀刻意味著意摹寫的創作，使當代甲骨文書法藝術的提升受到極大的負面影響。〔註51〕

〔註49〕 何崝，〈談書法中的古文字使用問題〉，《書法》1990：1，（上海：上海書畫出版社，1990 年 1 月），頁 7。

〔註50〕 何崝（1947/7～），四川成都人。字士耕，號啃軒，又號腐公、錦裏先生，齋號十二梅花吟館。四川大學歷史文化學院教授，碩士生導師，現爲中國文字學會會員，中國書法家協會會員，四川省書學學會副會長，四川省人民政府文史研究館館員。

〔註51〕 池現平，《近現代甲骨文書法研究》，（河南大學碩士論文，2012 年 5 月），頁 54。

　　正是二十世紀初、中期一批甲骨學者、書家對甲骨文書法藝術的不懈探索，成就了甲骨文書法獨特的風采，也造就像羅振玉、王襄、丁佛言、丁仁、葉玉森、簡經綸、董作賓、商承祚等一批甲骨文書法先行者。這個時期的甲骨文書法創作，大部分都是學者、金石學家以研究的態勢來創作完成的，他們的目的性也是為了研究而轉化文字的應用，再以書法藝術語言的情感表達方式來完成的書法作品。因為他們都具有深厚的國學和金石文字學的修養，書法審美內涵的體現及中國藝術的根本精神，在他們的書法作品中都集中展示出來。〔註52〕

　　二十世紀的甲骨書家則是由傳統文化的角度介入甲骨書法藝術創作；而當代甲骨文書法創作，則明顯有所不同，他們從書法藝術相關的書體切入甲骨文書法創作。重要差異的關鍵環節是在文化修養上，同時也決定了當代甲骨文書法創作藝術價值的走向和趨勢。「20世紀的書法家與21世紀的書法家相比，前者的知識結構與傳統書家或者說古典書家的知識結構更為接近，而書法藝術審美內涵的高低與書家傳統國學修養的高低成正比關係。上個世紀的書法家幾乎全都是大學者，他們在知識儲備上占盡優勢，……在文化修養這一重要環節，21世紀的書法家存在著明顯的先天不足。」〔註53〕甲骨文書法在中國大陸各類大展中，雖以獨特形體和視覺效果占有一定優勢，從入展比例上優於其他書體，但作品內在蘊含的藝術潛質和藝術創作水平開發上，確不太令人滿意，創作動機和目的甚至有些紊亂和盲從。部分在其他書體創作領域不太盡人意的作者，轉而進入甲骨文書法創作，在對甲骨文最基本的造字規律、五期風格特徵相應基本知識不具備的情況下，憑藉對甲骨文的直觀理解，以筆墨技巧和後期拼接製作等手段營造視覺效果，以新穎面貌博取入展門票，這顯然已遠離了書法本身對「抒情暢意」創作理想的追求方向。〔註54〕「藝術中的確具有一定的嘗試性冒險這個相位，但永遠是向著超越世俗的精神自由與人文指向飛躍，以達到陶冶、淨化心靈的審美目的。如果藝術變成技術上的專利、發明和冒險，成為當代先進技術的機械移入，勢必消解了藝術本性

〔註52〕池現平，《近現代甲骨文書法研究》，（河南大學碩士論文，2012年5月），頁54～55。

〔註53〕楊吉平，〈面對二十一世紀〉，《書法之友》2002：11，（合肥：安徽美術出版社，2002年11月），頁46。

〔註54〕池現平，《近現代甲骨文書法研究》，（河南大學碩士論文，2012年5月），頁55。

的自由屬性與人文關懷，而走向異化與解體。」〔註55〕對於此類作品在藝術性及精神表達上，有違甲骨文書法創作的基本原則，造字也極力欹側變形，形神生硬，扭捏作態之姿畢現，甲骨文書法創作的藝術性和學術嚴謹度迅速下降，較其他傳統眞、草、隸、篆書體不斷在古典與創新和對經典傳統的深入研究上，甲骨文書法顯現出不進而又退的趨勢。甲骨文書法創作群體雖然日益壯大，但對傳統文化精髓的缺乏體會，決定了當代甲骨文書法創作在文化藝術品位和歷史承載上顯得很無力。〔註56〕

　　蘇金海在談到當代甲骨文書法創作時說「總體上看，甲骨文書法在當今書壇的地十分低下。原因有三：首先是甲骨文書法的創作者層次不高，導致人們質疑和看低甲骨文書法。如今的甲骨文書法作者不再是以前的甲骨學者、文學家、社會名流和著名書法篆刻家，大多是離退休人員和普通群眾。其中有人是因爲學其他書體不能成功而改學甲骨文書法的，其社會形象和藝術地位可以想見。其次，甲骨文書法的受眾面窄小，經濟效益差。……此外，當今書壇的領導層中缺乏成就卓著的甲骨文書法篆刻家，這也是甲骨文書法地位不高的主要因素之一。」〔註57〕

　　當代書家乃至專業書家處在當今的創作環境中，也多少放棄了許多學習傳統文化的時間和機會，當代甲骨文書法創作文化的缺失，不僅僅是一個局部現象，只是甲骨文書法的殊性和創作方式，使書法潛在的浮華現象，變得更爲直觀而已。書法作品表現方式看似簡單，文化結體構成卻十分複雜，書法和文學藝術的精神內蘊在以文化爲素養性情的滋養中是一致的。羅振玉由於在古文字和金石收藏等方面的傑出成就，開創了甲骨文書法之先河。「取殷契文字，可識者集爲偶語，先後三日夕，遂得百聯，存之巾笥，用佐臨池，辭之工拙非所計也。」〔註58〕羅氏的甲骨文創作實踐，對書學史，特別是對現代書法創作有著極其重要的學術價值。對此嚴一萍有精辟的觀察和分析：「故雖寫習甲骨亦必首治小學，且貞人書契，筆寫之，刀刻之，遒麗挺勁，精妙

〔註55〕黃丹麾，〈關於技術介入藝術的負效應反思〉，《美苑》雙月刊，（魯迅美術學院學報編輯部，1995：4），頁14。

〔註56〕池現平，《近現代甲骨文書法研究》，（河南大學碩士論文，2012年5月），頁55。

〔註57〕蘇金海，〈十家論壇之名家訪談〉，《書譜》，（香港：書譜出版社，2009年），頁89。

〔註58〕羅振玉，《集殷墟文字楹帖》，（長春：吉林大學出版社，1985年3月），頁20。

入神，若《集契》諸作但得形似，不能比擬於萬一。是故揮毫臨摹，務求墨拓，庶幾取法乎上，而後名家可期也。」〔註59〕這是提示人們，如果不從墨拓，照片和實物研究甲骨文書刻的精神而只是求其形似，那麼羅振玉所創立的甲骨書法，就會成為無本之木，以致喪失其內在的藝術魅力。的確，甲骨書法前賢們已把甲骨文書法摹創和運用方法的密切關係，都逐一明示：離開對原物親身體會和細微入妙的把玩揣摩，就很難體味到甲骨文線條及章法之間玄妙入神之處，當代甲骨文創作，很顯然這些功課做得不夠。當代甲骨書法的潮流把重點放到了「美」、「新」、「奇」方面，而輕視了「法」、「意」、「韻」的藝術追求，在當今電腦信息化時代，人們更是「自覺」的把毛筆書寫轉化為書法「藝術」，完全以書寫「藝術」表現方向去思考和發展。〔註60〕

　　對甲骨文書法這門要求有文字學、藝術學及書法理論等其他相關綜合學科知識作滋養的一門新穎創作書體，沒有文化的支撐，單方面書寫顯然是遠遠不夠的。再則審美觀點相對混亂，由於對甲骨文認識膚淺，對美醜優劣的書法評判標準模糊，從而使甲骨文書法表現有本末倒置現象，使部分甲骨書法創作流向一味追求仿契刻意味、刀劈斧鑿的效果而走向低俗，同時錯字、臆造等用字現象頻生。「今人獵奇，或是出於重複字區別變化的考慮，遂使其大量地出現在作品中，如果摹寫走樣，或是刻意誇張變形，就會造成很多錯誤，如果要滿足作品的文辭內容，古形文字就會編造，由此產生大量錯字。」〔註61〕甲骨文書法創作隊伍文化層次低的普遍現象，造成當代甲骨文書法創作雖有群體數量而無創作質量的局面。〔註62〕沈鵬說：「書法的專業化，可能促使書法的專門研究，但專業化淡化了書法文化，書法從廣闊的文化領域退到書法自身，追求外在的形式感與點畫的視覺刺激，減弱了耐看性與文化底蘊，原有的詞翰之美消減了，文人氣息弱化了，書寫中的刻意、蓄意多於無意、隨意。若干優秀之作，可以稱作機智與靈巧，卻達不到古人那樣的智慧和風範。」、「增強視覺效應而減弱文化內涵得失之間有歷史的必然性。長期歷史積澱形成的書法的人文意識，仍有後來者進行不斷的努力繼承發揮。書法如果遠離文化，遠離人文精神，便失

〔註59〕嚴一萍編，《集契彙編・序》，（板橋：藝文印書館，1969年6月），序頁2。

〔註60〕池現平，《近現代甲骨文書法研究》，（河南大學碩士論文，2012年5月），頁56。

〔註61〕叢文俊，〈略說書家用字〉，《中國書法通訊》8號，（2004年5月）

〔註62〕池現平，《近現代甲骨文書法研究》，（河南大學碩士論文，2012年5月），頁57。

落了自身，失去了本質。」〔註63〕如何在當代甲骨文創作中固守住甲骨文本質，想必是不在於技巧的難度大小，而難在於表現殷商文化遠古神秘和高古氣息，還有深深契入甲骨線條之內的特殊文化感受。叢文俊說：「書法藝術有著強烈的文化色彩，這不是僅就其歷史而言，在現代社會也是如此。未來的書法藝術發展，仍借重它對文化的依託、傳統的延續和古今共存。」〔註 64〕如何確立自己的座標和遵循一定藝術規律進行創作，重視漢字形體結構，以此促進書法創作中點畫造形結構和對線質技巧的表現探索；從形式美到線條美都極力豐富它的表現力。〔註 65〕由於片面的理解及古文字、書史等知識方面的薄弱、欠缺，使一些作者在甲骨文書法創作中漏洞百出，基本體現在以下幾個方面：1. 甲骨文字的主觀性曲解，古意已失，取法低下（有的則直接臨習或抄襲當代甲骨名家作品），任筆為體，率真過之，而輕視了法度。2. 對原始甲骨文字的借鑑過意追求其刀刻痕跡，線條造作，字形牽強，甲骨文字爽逸之韻喪失。3. 對甲骨文字形體一味求新求奇，遠離甲骨文字原始的自然意趣表現。4. 對甲骨文字與其他書體的相互借鑑過於荒率，不合「六書」和造字規律，缺少古文字、書史等方面知識。〔註 66〕

不管怎麼說，書法千變萬化的美的感染力是離不開書寫的根本法度的，只有掌握和遵守這些書寫的根本法度，才能從心所欲地書寫出飄逸、瀟灑、渾厚、雄健、端莊、秀麗等各種各樣字體和書體，而給閱讀者帶來美的享受。如果背離漢字書寫的根本規範、脫離了漢字的「意」、「義」而任意組構，隨意塗畫，那就不是漢字書法了。〔註67〕

如果完整沿襲或弱化甲骨文的契刻特徵，完全用其他傳統書體形式來書寫，如以金文、小篆筆意書寫甲骨書法，寫成筆法圓渾，筆畫委婉，起筆多藏鋒的樣貌，也只是形體意義上的甲骨文，其作品仍為金文、小篆。王宇信對此

〔註63〕沈鵬，〈傳統與「一畫」〉，《當代中國書法論文選》，（北京：榮寶齋出版社，2010年6月），頁55。

〔註64〕倪文東，〈當代書法發展缺少文化支撐和高等書法教育的參與〉，《書法導報》，（2005年6月）29號第6版。

〔註65〕池現平，《近現代甲骨文書法研究》，（河南大學碩士論文，2012年5月），頁58。

〔註66〕池現平，《近現代甲骨文書法研究》，（河南大學碩士論文，2012年5月），頁58～59。

〔註67〕池現平，《近現代甲骨文書法研究》，（河南大學碩士論文，2012年5月），頁59。

說「還有一些名為甲骨書法，但寫得與篆書無異，表明這些書家對甲骨文的『刀法』全然不知。」〔註68〕胡厚宣指出：「既然稱甲骨文書法，結構筆法就應該像甲骨文，至少也應該近似甲骨文，不能以甲骨文為名而自逞才華，把甲骨文寫為自己的另一種流派。」〔註69〕潘主蘭更為明確的指出「書寫甲骨文應別於金文、小篆，一定要寫出它特有的契刻意味，筆致應瘦硬勁健，結體和構圖要注意那種大小疏密、斜正的錯落關係，這樣寫出的甲骨文作品才有意趣。」〔註70〕以上足見在甲骨書法創作中，對甲骨文契刻特徵表意不夠準確或遠離其本源的創作是毫無藝術價值的，也是時下較為嚴重的「偽甲骨書作」現象。此類忽視甲骨文特質的創作，無疑是甲骨文書法創作中，甲骨文字契刻規範化和規律性藝術轉換的相反作用，對甲骨文書法作品的藝術品位及傳播接受層面都起了負面作用。〔註71〕

　　契刻筆畫的抽象性和空間構成特徵，從書法藝術的角度，用毛筆在宣紙上書寫出甲骨契刻意趣，並能表現出甲骨文字瘦勁挺健的線質和大小、欹側，疏密、虛實及猶如散珠的錯落有致。當然，甲骨文的契刻絕非甲骨文字的唯一特徵，但它卻是甲骨文字最有代表性的生命線之一，甲骨文書法創作失去其特徵規律，也將毫無可存在的實質性意義，同時泯滅的藝術個性，其作品也無絲毫的藝術美感和所承載的歷史意蘊。這還需要甲骨書家進行更加廣泛的研究和實踐，能夠從不同的文化藝術視角去學習和豐富甲骨文創作，加強傳統書體的創作能力，在創作過程中不單單考慮其形體結構的意態轉化，更要注重審美情感在以甲骨契文特徵為基本原創素材前提下的「傳情達意」。在甲骨文特殊材料上所表現的獨特風格，運用到毛筆豐富萬千的變化線條中來，運用文字筆畫的組合排列和造字自由度大的特點結合多重藝術手法，力求在書寫中表現出具有悠古殷商文化氣息和豐富內涵的甲骨文字藝術美感的書法藝術作品。〔註72〕

〔註68〕王宇信、魏建震，《甲骨學導論》，（北京：中國社會科學出版社，2010 年 6 月），頁 387。

〔註69〕胡厚宣，〈甲骨文字的藝術與書法〉，《中國書法》，（北京：中國書法雜志社，1994 年第 1 期），頁 11。

〔註70〕潘主蘭，《潘主蘭紀念文集》，（福州：福建美術出版社，2002 年月），頁 35～36。

〔註71〕池現平，《近現代甲骨文書法研究》，（河南大學碩士論文，2012 年 5 月），頁 41～42。

〔註72〕池現平，《近現代甲骨文書法研究》，（河南大學碩士論文，2012 年 5 月），頁 42。

二、秦篆書法的醞釀與建立

二十世紀出土的簡帛資料是出土文物中的一大門類，從時代上講，上至戰國，下迄魏晉。戰國簡帛文字的字體當因國別不同而有所差異，〔註73〕在篆書創作上必然將形成重要的影響。

（一）秦篆書法的醞釀

小篆在秦代為官方字體，一般用於較典重的場合，以秦刻石、詔版為代表。而秦書八體中的「隸書」，在當時多用於文書以至民間。依據考古資料之所得，秦代大量通行的字體必然像秦簡那樣的篆書，而漢代隸書是從戰國時代的秦國簡牘篆書中逐漸發展出來的。李學勤在《中國古史尋證》一書中認為，戰國、秦、漢文字粗略地可以劃分為三大部分，第一是戰國時期的六國文字，第二是戰國時期秦國以至秦代的文字，第三是漢代的文字。裘錫圭《文字學概要》中統稱「戰國時期秦國以至秦代的文字」為「秦系文字」〔註74〕

秦篆是指包括戰國時期乃至統一後的秦國（前476～前206年）簡牘文字，由於地理與歷史的原因，秦系文字比東方各國文字更多地繼承了西周晚期銘文的遺風，從春秋戰國時代秦系金石文字來看，春秋早期的秦國文字跟西周晚期的青銅銘文字形幾乎一脈相承。裘錫圭認為，在整個春秋戰國時代裡，秦國文字形體的變化，主要表現在字形規整勻稱程度的不斷提高上。秦國文字有時為了求字形的規整勻稱，使筆道變得婉曲起來；有時又為了同樣的目的，並為了書寫方便，使筆道變得平直起來。隨著這兩種變化，文字的象形程度就越來越低了。〔註75〕到了戰國時期，諸侯分立，「語言異聲，文字異形」，東方六國文字的變化大大加劇，秦國文字在作風上與其它六國文字的風格有了明顯的區別。秦始皇統一全國，推行「書同文」政策，命令李斯統一全國文字，罷其不與秦文合者；《說文解字。敘》中列有大篆、小篆、隸書等「秦書八體」，或許當時的標準文字是小篆，但篆書書寫起來繁難複雜，用來作為通行的文字是不大可能的，它很能只用於詔版、石刻之類的隆重場合；符印榜署以及兵器文字也各有派場；而多數場合用作普及使用的應當是秦篆。

〔註73〕駢宇騫，《簡帛文獻概述》，（臺北：萬卷樓圖書公司，2005年4月），頁179。

〔註74〕駢宇騫，《簡帛文獻概述》，（臺北：萬卷樓圖書公司，2005年4月），頁179。

〔註75〕裘錫圭，《文字學概要》，（北京：商務印書館，1988年8月），頁63～64。

　　1979 年在四川省青川郝家坪秦墓出土的木牘，雄辯地證明了秦篆的存在與實用，其形體結構是篆體，雖然筆畫排比勻稱，但用方折的筆法改變了篆文圓轉的筆道。有些字形保存了篆體的結構和筆法，但也有不少字形具有濃厚的往後隸書意味。整體結構有所鬆開，有的筆畫向左右撇出，有時放出長筆以見空間的多變性。秦篆用筆有輕重緩急的變化，筆畫線條也有了起伏變化的波勢，為研究篆隸書的演變提供了可信的考古資料。〔註76〕

　　1975 年在湖北省雲夢睡虎地 11 號秦墓出土的竹簡文字雖然有些字的寫法還接近於篆文，但實際上已經徹底動搖了篆文的結構，有的學者認為睡虎地出土的秦簡文字「統統是隸書」，有有些人稱之為秦隸。這些隸書簡化了篆文的結構，文字的偏旁也較為固定。從書體上看，有正方、長方、扁方等，筆畫有肥、瘦、剛、柔等，變化多端。馬今洪認為：「雲夢簡中的〈為吏之道〉簡是頗具特色的代表作，構形為較扁的方正，略見右聳，渾厚端莊；筆法沉穩、古樸，線條圓潤。〈語書〉簡用筆遒穩，筆勢拗翹、有力，撇捺線條左輕右重，橫畫有明顯的波勢。〈法律問答〉簡的字形較扁，呈斜聳之勢，筆道橫瘦豎肥，圓潤胞滿，筆法略顯率意。〈秦律十八種〉簡字體構形略長，結體緊湊嚴謹，筆勢渾勁有力，線條呈蠶頭燕尾狀。〈編年紀〉簡的前半部分字體多扁斜，用筆率意果斷，縱橫灑脫;而後半部分的字形略呈長方，結體規正，用筆沉穩。」、「天水放馬灘秦簡簡文以縱長取勢，字體的大小長短也隨之各顯其態，富於疏密、欹斜的變化，簡文間有大篆形體，但多數字的大篆形體已逐漸消融。橫畫起首重施頓筆，顯露出隸書的蠶頭之形。」〔註77〕秦篆書寫起來比小篆要方便得多，極便使用，很受人們的歡迎，所以一出現就顯示了它強壯的發展勢頭，極大地動搖了小篆的統治地位。從秦到漢初幾十年間，隸書就正式取代了小篆，成了人們使用的主要字體。

　　在漢字形體演變的過程中，由篆文變為隸書是最重要的一次變革，這次變革使漢字的面貌發生了極大的變化，對漢字的結構也產生了很大的影響。由於隸書打破了篆文的結構，把彎曲圓勻的線條，變為平直方正的筆畫，極大程度地實現了文字的符號化，而且極便於書寫，因此，隸書一出現，很快便廣泛流

〔註76〕駢宇騫，《簡帛文獻概述》，（臺北：萬卷樓圖書公司，2005 年 4 月），頁 189。
〔註77〕馬今洪，《簡帛發現與研究》，（上海：上海書店，2002 年），頁 133～135。

行開了。儘管漢初的隸書仍具有秦篆的遺風，甚至在字形和用筆上仍有些篆意，這是隸書尚未達到成熟期的一些表現，但在居延、敦煌等地發現的武帝晚期以後漢簡上的隸書裡，這種字形就大大減少了。在出土的秦代簡牘文字中，我們已經看到在書體上有少量的帶捺腳的斜筆和略有挑法的橫畫。在西漢早期的隸書裡，這類筆法的使用有了明顯的增加。〔註78〕

（二）秦篆書法的建立

秦系簡牘發現較晚，然文字與秦小篆爲同一系統中之變化，故研究之進展較爲迅速，且較易於書法界之接受與介入。兼擅書法的商承祚在研究中發現到可以補足小篆到漢隸之間隸變過程斷片的這種書體：

> 深知由小篆而漢隸其間的秦隸百分之九十未脫離篆體，亦有不少橫
> 畫和擦筆已蓄挑勢，此後漢隸將之擴張，字形結構又追求方整，以
> 致氣質日下至東漢而秦隸亡。〔註79〕

以商承祚爲代表的大陸學界，明知「秦隸百分之九十未脫離篆體」，應該將他們所謂的「秦隸」歸入篆書中，卻執著在「秦隸」的名稱裡，顯然昧於事實。其實「隸書」一詞還可爲正書的古稱，如《唐六典》：「校書郎正字，掌讎校典籍，刊正文字，其體有五……五曰隸書，典籍、表奏、公私文疏所用。」此隸書即當時通用的正書。〔註80〕許愼所謂秦書八體裡的「隸書」，也可以是意指當時的通行字體了。

不過，在文字釋讀及書體特徵之關竅解開之後，商氏以其書法家之敏銳，很快的開創了秦篆的書法創作，在 1976/4 即有〈日本策彥上人詩軸〉之作，特別標舉「擬孫臏兵法竹簡〔註81〕筆意書之」，並在 1982 年就完成《商承祚秦隸冊》之刊，融會湖北《雲夢秦簡》、山東臨沂《孫臏兵法》簡之體勢，以書古今

〔註78〕 駢宇騫，《簡帛文獻概述》，（臺北：萬卷樓圖書公司，2005 年 4 月），頁 189～190。

〔註79〕 商承祚，〈商承祚秦隸冊前言〉，商志覃《商承祚文集》，（廣州：中山大學出版社，2004 年 11 月），頁 516。

〔註80〕 陶明君，《中國書論辭典》，（長沙：湖南美術出版社，2001 年 10 月），頁 504。

〔註81〕 1972 年 4 月，大陸山東省博物館和臨沂文物組在臨沂銀雀山發掘兩座漢墓，經過初步整理，計出土的竹簡有 4942 枚，絕大多數爲兵書。其中《孫子兵法》和《孫臏兵法》的同時出土，在中國史學界造成很大的震撼。簡文書體爲早期隸書，寫於西元前 140～118 年（西漢文景時期至武帝初期。）

詩詞文句，且由於精通古文字學，對於書寫中所缺之字能有較好的正確、通變的用法。經由商承祚的初步實踐，開創了秦篆書法創作的基礎。

至於更晚才出土的楚系簡帛，在古文字學者的努力解索之下，已成為另一顯學，而楚篆書法也方興未艾，值得後續之關注。

第三節　書法史的增補

研究文字在書法中是舉足輕重地位的課題，一部「五體書」的歷史就是文字史。從甲骨文到金文的變革，是書法風格的變革，也是實用文字的變革。在筆路藍縷的原始時代，上古先民們限於生產力條件的低下與認識能力的低下，在文字的使用與構架上也是步履維艱的。同一個字可以代替許多含義，假借文字成風，一切都顯示出文字在未成熟以前的自在特徵。自然，被動的藝術表現也極其有限。

金文系統可算是書法的第一次成功。伴隨著文字應用的緊密與精確以及數量上的衍生，作為造型空間的文字結構也相應豐富。多筆畫字的出現意味著先民們思維與認知能力的日趨復雜；而作為其結果，則是造型空間分割的復雜，它直接導致了文字結構藝術語彙的豐富。與此同時，每一個漢字作為穩定的「方」塊與線條組合之具有或虛或實的「中心」，這種造型意識被明確地確立起來。我們在甲骨文中看到了較一般的造型觀──能構成一個立定的造型而已。但我們在金文中則發現了一種井然有序、毫不散亂的秩序美。每個漢字造型的線條分布自成秩序，而造型之一律方正、整飭不亂的規律又是一種秩序。前者導致了中心即軸心的形成，後者則塑造出一個純粹的「方」的造型特徵。而在這兩個前提下，我們又發現了線條的粗細節奏與形態節奏。它有效地保證了軸心與方塊的存在不致於使書法──漢字成為一種僵硬的模型，而能從中發現更多的生命的躍動。換言之，在當時，造型是偏於文字色彩的功勞，而線條則是偏於藝術書法的結晶。生動的線條使造型變得和藹可親，更具有書法意味，而穩定的方塊造型則把線條約束在一種空間秩序與時間秩序中，使它不至於太因放任自流而墜入純表現的末流中去。〔註82〕

李斯的小篆自然是一種絕然不同於金文的空間觀念。錯落變幻的對比穿插

〔註82〕陳振濂，《書法美學》，（濟南：山東人民出版社，2006年3月），頁97～98。

變成了整齊平均的排疊，多變的線形也成了單一的線形，小篆所提供的形式框架是非常平淡非常穩定的。在金文對生命躍動的歌頌對比之下，它似乎更注重對規範的青睞。而從金文之方與多變外形到秦篆的長與四角撐滿的外形，我們很容易即能看出李斯們對書法（文字）形式的裝飾趣味的理解。最大限度的裝飾，這是小篆形式框架的最顯著特點：它是風格的，又是體格的。

小篆生存的普遍性很值得懷疑。像這樣一種書寫滯緩、結構複雜而線條不能起伏的書體，在實用領域中絕對占不了任何地位。因為它不符合書寫迅捷方便、易認易識的文字的要求。它只能在某些特殊的歌功頌德的場合——充滿裝飾氣氛的場合通用而已。而真正有生命力的書體，則是方結構的秦篆與長短寬扁外形各異的詔版權量書體，它們的語彙多變使它們在書法王國中獨樹一幟。倘若不是秦始皇的小篆至上的人為抑揚，秦篆與詔版權量本來應該是——事實上也正是秦代書法的主流。而在此中，我們看到的框架還是一種有秩序但富於變化的空間意識。

從秦篆到漢隸，李斯的小篆儘管有權力支撐也無濟於事。它遭到了明顯的漠視。而漢隸的確立則意味著空間造型的由長方走向扁方，在此同時則向兩翼伸展以求開闊的意識也衝破了原有的確立的意識。隸書的雁尾波挑筆畫看起來是線條的問題，但它所反映出的則是一種空間觀的轉換。無數渾樸粗重乃至秀逸清勁的風格跨度，都被集中到一個主基調上來，這就是每一空間的伸展意念。而每個作品的不同伸展方式或者說是不同風格的呈現，都是被動的缺乏自我藝術意識的藝術效果。〔註83〕

一、上古書法史的重現

甲骨文發現之初，古董商人為了壟斷甲骨來源，避言出土地點。故爾連劉鶚、孫詒讓等人均不知甲骨出土的真正地點。羅振玉經過多方努力，確定甲骨出土安陽，一方面親赴考證，另一方面則取證於典籍，以證明安陽即《史記·項羽本記》項羽約章邯「期於洹水南殷墟上」的「殷墟」。1910 年，羅振玉著〈殷商貞卜文字考自序〉，有云：

> 發現之地乃在安陽縣西五里之小屯而非湯陰，其地為武乙之墟。又

[註83] 陳振濂，《書法美學》，（濟南：山東人民出版社，2006 年 3 月），頁 99～100。

　　於刻辭中得殷帝王名諡十餘，乃恍悟此卜辭者實爲殷室王朝之遺

物。其文字雖簡略，然可證史家之違失，考小學之源流，求古代之

卜法。

以後，羅振玉、王國維又把殷墟的年代從武乙擴大到武乙、文丁、帝乙三世。王國維稱「則知盤庚以後，帝乙以前，皆宅殷墟」（見《古史辯證》）。於是，對於上古文化形態的從典籍傳說的夏商周的「商」，有了以實物證史的可能性。這應該是古文化史學者們爲之撫掌雀躍之曠代未有過的大收穫。

　　確定殷墟的上古史研究價值，一旦轉換爲書法史之後，我們發現了它的更加難能可貴。如果說，對於夏商周文獻典籍的記載雖然並不詳盡可靠，但畢竟還有蛛絲馬跡可尋的話，那麼在書法史上，則除了宋代金石學興起而使我們較多地關心銅器銘文中的書法含義之外，在兩周金文之上，卻找不到那怕是有限的憑據。書法家們沒奈何，只能以倉頡造字之類的神話故事來搪塞後人，卻提不出那怕是較粗淺的資料證明：殷商時代的書法究竟是何等樣式，誰也不知道。別說是我們今天，其實早在後漢西晉時期的書法史論家們，也一樣的不得要領。衛恆以下直到清代書法史家，未見過甲骨而只能含糊地從結繩、書契開始而一下子跳到古文大篆籀文的做法，不難理解。〔註84〕

　　甲骨文的被發現，對於這種被長期固定了的書法史觀進行了強有力的挑戰。我們終於有機會知道：在周秦金文之前，有一個輪廓清晰的甲骨文時代。它不僅僅是文字學意義上的六書——它比六書早得多；它也不僅僅是籠統的書契：它是有明確定位的甲骨文字。而書法家對它進行藝術觀照之後，就有了一個同樣清晰的甲骨文書法。董作賓爲甲骨文分類，分爲五個時期，共有五種不同的甲骨文風格，其間還存在著嬗遞的關係。他在1933年發表的《甲骨文斷代研究例》中提到五期分法與十項斷代標準，其中有一項就是書法書風。倘以此串爲前後銜接的順序，則幾乎可以構成一部甲骨文書風變遷史。把這部甲骨文書風變遷史置於向來我們熟悉的金文大篆直到清末的書法史中，則使書法史的上半段延長了約好幾百年。而這，是一個從未見過的新體式的、具有斷代意義的好幾百年。〔註85〕

〔註84〕陳振濂，〈近百年出土書跡對書法史的影響〉，《出土文物與書法學術研討會論文集》，（臺北：中華書道學會，1999年4月修訂再版），拾2～3。

〔註85〕陳振濂，〈近百年出土書跡對書法史的影響〉，《出土文物與書法學術研討會論文

　　甲骨文被發現之後的民國時代，甲骨文作爲書法史上限的一項，應該早被引進、納入當時書法史研究的視野。然而即使到 1921 年，張宗祥《書學源流論・原始》還是沿襲舊說：「字之起也，肇於八卦。然八卦皆橫行，未窮其變，倉頡、沮誦睹蟲鳥之跡，依類象形，始制文字」。〔註 86〕相對於中國書史學者的遲滯；國力大盛、書法教育先進的日本，在相關書籍、雜誌中則有大量的關於甲骨文的論述與介紹。

　　1926 年 11 月，東京佐藤隆一撰有《書の科學及書の教授》一書，書中有專章講述文字的起源與東西書法史，卷首有「龜甲獸骨文字」一圖，從羅振玉所輯《殷虛書契菁華》1 錄出，並在第一章第二節與第七章第二節談到中國書法史時，提及甲骨文爲殷代書法。此書雖非書法史專著，但已提及甲骨文，是比較早將甲骨文字列入書法史的書；1927 年 11 月，藤原鶴來（1893～1990）撰《和漢書道史》，卷首編有「獸骨文字」一圖，從羅振玉所輯《殷虛書契菁華》5 錄出。內文編有「龜甲文字」一圖，亦從前書第二圖錄出，另有「獸骨文字」小圖，則從不知從何書引錄而來。把甲骨文編入中國書法史的書中，《和漢書道史》或許爲第一本。1928 年 4 月，川谷尙亭（1886～1933）撰《書道史大觀》，以圖版爲大宗，此書收有獸骨文字六圖，尤其獸骨大版一圖，是中村不折所藏；書中將各件獸骨文字釋文一併印出，方便讀者對照觀讀。1930 年 3 月，東京有ケ谷靜堂撰《支那書道史概說》，附圖中有殷商甲骨文兩圖；1933 年 4 月，鈴木翠軒（1889～1976）撰《新講書道史》亦有甲骨一圖；日本東京平凡社 1932 年 5 月完成的《書道全集》共 27 冊，將殷商甲骨文編入第 1 冊，錄甲骨文圖片有 29 頁；1937 年 3 月，東京三省堂開始發行《書苑》書法月刊，在第一卷第一號中，刊載藤原楚水撰寫的關於甲骨文的文章，除了介紹《鐵雲藏龜》、《殷虛書契》各編與日本林泰輔（1854～1922）編印的《龜甲獸骨文》等圖錄之外，特別注重研究甲骨文的書籍與論文。〔註 87〕

　　集》，（臺北：中華書道學會，1999 年 4 月修訂再版），拾 4。

〔註 86〕陳振濂，〈近代三大發現「甲骨文、竹木簡牘、敦煌文書」對書法新史觀建立的積極影響〉，《「近百年出土書蹟」國際學術研討會論文集》，（臺北：中華書道學會，2008 年 11 月），頁 154。

〔註 87〕李郁周，〈1930 年代臺灣書壇可見中國出土書跡資料試論〉，《「近百年出土書蹟」國際學術研討會論文集》，（臺北：中華書道學會，2008 年 11 月），頁 30～40。

相對的，中國則在國勢疲敝中，才有 1934 年馬宗霍《書林藻鑒》、1941 祝嘉《書學史》於上古書法取甲骨文論列之，引用甲骨文作爲書史源頭。

總之，甲骨文在上世紀被發現，極大地改變了我們習慣了幾千年的既有書法史觀模式，使我們開始了解了：在習慣上的周秦籀篆金文之前，還有一個甲骨文時代，那麼，它在幫助我們改變了對書法史內容認識的同時，還在告訴我們一個更重要的學術啓示：每個時代的學者只能站在自己的時空規定中去觀照歷史：世界上沒有永恆的書法史，所有自認爲是正確無疑的書法史，其實只是某個時代的書法學者努力觀照的結果──在著述的學者而言是正確無疑的；但在歷史而言卻很可能是受到局限。也許不斷出土的新材料，還會不斷修正我們對書法史的既有看法。

二、西周金文書法的進一步深掘

隨著學術的進步、文字學的開展、周朝斷代工程的進行，對西周銅器銘文的時代劃分、書風分期也益見明確。原本所謂金文書法也變成一個籠統的總名，無法科學的擔負書體分別的界說。現今，至少已經將西周金文書法分成早、中、晚三期：

西周早期，是商、周書法藝術的交匯、融合和發展階段，有商人書法的延續，如〈利簋〉；有模擬商人的作品，象形裝飾文字的某些美的和規範的東西被借鑑於書寫性金文，原始象形符號的簡化與書體的規範在同時進行，發展「篆引」的傾向剛剛出現，如〈庚嬴卣〉少數字還保留肥筆，其餘則整肅勻美，用筆平實凝重，線條帶有輕度修飾痕跡；〈大盂鼎〉的橫畫頭粗尾細、出鋒式樣、保留肥筆，亦以沿襲殷人爲主，有手寫體風格，然圓轉處款曲柔弱，爲商金文所無，氣度風貌稍見遜謝，則已暗示出未來發展道路。〔註88〕

進入西周中期，曲線美得以確認，「篆引」迅速成爲普遍的風尙，出現了爲著字形整齊美觀的拖長線條，筆法也明顯的呈現出「中含內斂」、「力弇氣長」的特徵，注意行氣章法的風氣也隨之蔓延開來。「篆引」形式中的直曲方圓，是天地萬物的簡單概括，是象形符號形體象徵；「篆引」的屈曲圓轉，是周人精於陰陽之道、盛衰之理，深知物極而反、否極泰來的外柔內剛、負陰抱

〔註88〕叢文俊，《中國書法史先秦‧秦代卷》，（南京：江蘇教育出版社，2002 年 6 月），
　　　頁 195～198。

陽的展現；其排疊轉引，則成爲體現「王者之風」與教化涵義的書體，以便和雍容矜持，繁縟文飾的西周貴族文化趣味相副，象徵著禮樂文化秩序，如〈墻盤〉可爲代表。

西周晚期的大篆書法處於顛峰狀態，重器名作非常多，頻頻向人們展示「篆引」的成熟風韻，如〈散氏盤〉、〈毛公鼎〉等。此種典範美確立後，追摹者逐其形而下，匯成潮流，把「篆引」狂熱的推向極端，甚至走向反面，成爲一些徒有其表、毫無個性的作品，而諸侯國作品漸有反唯美傾向、帶地方個性風格作品出現，數量雖不大，卻能堂而皇之的躋身禮器之用，表明「王者之風」已經受到挑戰。〔註89〕

這樣因爲學術之進步而深掘出的西周金文書法，標示著一種明確的書風界分，在本文中商承祚的〈正氣歌〉已透露出端倪，後來者當不能視而不見。

三、春秋戰國時期書法的分化

春秋戰國時期，是中國歷史上最爲動盪、戰亂不已的五個半世紀。隨著周王室的衰微和禮樂制度的頹敗，由於「諸侯力政，不統於王」，給各國創造和發展本土文化提供了相對自由的空間與條件。尤其是思想的自由，使各諸侯國按照自己的意志和審美發展書法文化，從而形成明顯的地域特徵。所以，春秋戰國是書法自由發展和轉捩的時期。

古文字學家對於地域特徵的劃分，王國維較早提出東西二土文字說，唐蘭有六國系文字與秦系文字說，何琳儀與李學勤還分別提出五系分域理論等，各家都從不同認識角度對這時期的文字進行了系統的研究和概括。

地域書風是地域文化的折射與反映，參照上述諸家的分域學說，可概分三大類形：一是以黃河上中游流域的西部（方）秦國（包括對西周書法承傳的東周王國和中原地區一些中小國家）爲代表的秦系書法；二是以南方江淮流域的楚國（包括吳越和受楚風影響的一些中小國家）爲代表的楚系書法；三是以黃河下游地區的東部（方）齊國（包括魯國和齊魯周圍的一些中小國家）爲代表的齊系書法。此外，還有以中土的晉國（三晉）爲代表的晉系書法和以北方燕國爲代表的燕系書法；再加上晉、楚、齊三系共同構成其書風

〔註89〕叢文俊〈商周金文書法綜論〉，《中國書法全集 2 商周・金文》，（北京：榮寶齋，1993 年 4 月），頁 1～12。

並獨樹一幟的中山國書法。

秦系書法：由於秦國仰承宗周的正統思想和歷史形成的文化風尚，從而在其軍事上的最具進攻性和文化思想上的最具保守性的對立統一中，形成書法的繼承性、規整性與開拓性特徵。就書體而言，基本上沿著大篆——小篆與秦篆這樣一條脈絡向前發展，到戰國晚期加快了發展的步履，不僅小篆、秦篆並立，而且體現出標領書法傳統的堅持與進一步發展的可能。

西土系秦文字系統繼承西周金文，其最著者《石鼓文》自唐發現後，一直備受矚目。清中期楊沂孫師承鄧石如，深研《石鼓》及金文，在形體上易長為方，使篆書走向高古一路，然其書從《石鼓》得力最多。其後吳大澂則將小篆與所見到的金文融合起來書寫，豐富了篆書的寫法。後來的黃士陵多寫金文，吳昌碩則專寫石鼓，也開創了新面貌。

楚系書法是風格多樣化的典型。楚文化博大而綿長、生機勃發，用自己獨特的聰明和浪漫的自由主義思想實踐著道法自然和無為而無不為的人生哲學和藝術哲學，甚至從鳥、蟲、龍、鳳等靈物身上找到靈感而對周人的書法進行改造，使楚系書法不斷地向著開放性和多樣化發展。楚人不僅以鳥蟲書聞名天下，將美術性書法風格的工細華麗特徵推向了極致，而且隨心所欲地改變線條和結構，將楚民族的踔厲精神和浪漫主義思想表現得淋漓盡致。

齊系書法之由工整勁秀轉而挺拔見方風格的形成，當然地與其文化氛圍（馳名天下的稷下學宮就在齊國）和豪強、義氣的齊人性格不無關係，同時也與齊魯文化的交融兼蓄和吸收互補作用關係很深。所以齊系書法可謂風範獨立，內涵甚豐。

處於中原腹地和周王朝重要支柱地位的晉國，較多地融合了戎、狄等北方民族文化和中原文化，從而形成多元合成的晉文化。表現在書法上，以其善於吸納和糅合的性格與精神，不僅創造出「多構獨出」而又靈活多變的風格特色，而且以《侯馬盟書》為代表，較早地步入隸變之途，為書法書體的轉捩的先聲。

燕是北方的一個古老方國，長期與山戎部落、草原部族為鄰，形成了古老的商周文化與山戎文化相互交融的燕文化；後來由於受齊和趙文化影響日深，又發展為趨齊之趨又見其異的混合性燕文化。燕系書法的風格特徵即燕文化的反映，多以方而渾厚的書風構成其風格特色，在春秋戰國書法中獨占一系。

中山國是春秋時期新興的一個國家，又稱鮮虞，地處燕、趙之間，具有同三晉文化相近，又與華夏文化和北狄民族文化相融合的地域文化特徵。就中山王鼎、鐘等作品而言，已經足以使我們獲得那種執拗、癡情地展現著個性強烈、貴族氣十足、精妙超絕而無與倫比的美術化書法真趣。〔註90〕

即如此，東土系文字的演進與特徵仍是有跡可循的；雖然以變化極大的字形和富於圖案意味的結構著稱，在古文字學者利用傳抄的《汗簡》、《古文四聲韻》等字書作對照研究下，對東土系文字資料的研究已有重大的成果。因此，以春秋戰國金文、簡牘為材料來進行書法創作的關卡已漸次解開；古文字學者的介入，正是解鎖東土系篆書書法的關鍵。

從王國維的東西土二系說，到唐蘭的六國系文字與秦系文字說，可以說是原則上的把握；再予細分恐仍有賴於更多考古資料的發現與古文字學者的研究了。至於東土系篆書的表現，現今所見，已有楚系篆書、中山器銘因其造型之特出而呈方興未艾之勢，這些新出土古文字資料所將帶起的篆書新書體的發展，值得後續研究。

四、篆隸演變環節的補足

在漢字形體演變的過程中，由篆文變為隸書是最重要的一次變革，這次變革使漢字的面貌發生了極大的變化，對漢字的結構也產生了很大的影響。由於隸書打破了篆文的結構，把彎曲圓勻的線條，變為平直方正的筆畫，極大程度地實現了文字的符號化，而且極便於書寫，因此，隸書一出現，很快便廣泛流行開了。儘管漢初的隸書仍具有秦篆的遺風，甚至在字形和用筆上仍有些篆意，這是隸書尚未達到成熟期的一些表現，但在居延、敦煌等地發現的武帝晚期以後漢簡上的隸書裡，這種字形就大大減少了。在出土的秦代簡牘文字中，我們已經看到在書體上有少量的帶捺腳的斜筆和略有挑法的橫畫。在西漢早期的隸書裡，這類筆法的使用有了明顯的增加。〔註91〕

書體的隸變過程，是在書寫運動的「信手俗寫」狀態下，發生了線條的變化與結構的簡化，並不斷發展和得以完成的。就較早的發現來看，主要有《青

〔註90〕秋子，《中國上古書法史——魏晉以前書法文化哲學研究》，（北京：商務印書館，2004 年 3 月），頁 20～23。

〔註91〕駢宇騫，《簡帛文獻概述》，（臺北：萬卷樓圖書公司，2005 年 4 月），頁 189～190。

川木牘》、《天水日書簡》、《雲夢竹簡》等作品。尤其是《青川木牘》的發現，宣告了第二次書體革命的初告成功，成爲研究篆系書體隸化的珍貴資料。牘書雖在結構上還保留有篆書成分，但書體、用筆及線條等已具有較大變化，其中點畫中顯現出的起伏而波勢，說明它已是古隸書體的先聲了。〔註92〕

五、近現代書法史的增色

近現代的中國書法史，除了傳統五體書的繼承與開新外，隨著古文字學和新出土文字資料的日新月異，在篆書一體中不斷成立分支，也不斷有新的書體產生，本文所論及的 23 位古文字學者書家，在甲骨文書法、金文書法、小篆書法、秦簡書法等領域都具有領導性與開創性的成就，爲近現代書法史立下一道道不可磨滅的風景。

第四節　古文字學者篆書書風之興起與發展

甲骨文發現之後，在書法創作領域中，以甲骨文創作書法作品的人數最多，幾成一道十分顯眼的書法景觀。據目前資料看，此中較有成就並有作品流傳後世的，有羅振玉、孫儆、王襄、丁佛言、葉玉森、簡經綸、丁輔之、董作賓、商承祚等。可以說，沒有這些甲骨文書家的努力，民初的書法史將會黯然遜色，不但如此，我們在一大批專攻甲骨文書法的名家中，居然還能區分出不同的甲骨文書派來，比如羅振玉的甲骨文書法，是以金文筆法爲之，因此雖有甲骨文之字形構架，但筆法卻圓潤暢潔，並無刀刻時的兩頭尖中間粗的形態。這即屬於一種流派：寫的是甲骨文結構，用的卻是金文乃至小篆筆法。又比如孫儆、葉玉森書甲骨文，則注意甲骨文的線形是銳利的、鋒芒畢露的，因此是屬於字形、線條都亦步亦趨甲骨文書風本色的一派的。再比如簡經綸、丁佛言的一派，則是將甲骨文書法筆法作有意的顫抖變化，使它更符合金石氣，在線條上也多可玩味，這種寫法，也頗見創意。此外，還有如王襄、丁輔之、董作賓、商承祚等，或是遵循甲骨文形體線條而更求穩重，或是以甲骨文字形金文化，特別是使之靠近戰國吳楚金文的形體；又或是使

〔註92〕秋子，《中國上古書法史——魏晉以前書法文化哲學研究》，（北京：商務印書館，
　　　2004 年 3 月），頁 209。

甲骨文的空間變化走向均勻工整，祛除它的草率感覺，種種不一而足。總之，在甲骨文發現才不到十幾年時間裡，著述輯錄魚貫而出，而在書家也開始對它進行嘗試之際，我們已經可以拈出如此多的藝術風格表現，甚至還可以將之歸結爲甲骨文書法中的四大流派。足見得在民初甲骨文書法的鼎盛態勢，這是一個與民初趙之謙、徐三庚書風、吳昌碩書風、王福厂書風等篆隸書風，以及于右任、沈尹默等行草書風並駕齊驅的一個體格宏大的流派集群。並且正因爲它的作者們都是一批學有淵源、能代表時代的大學者，本身在學術上即是甲骨文專家，這樣的學術身份地位，使甲骨文書派的成立與盛行更如錦上添花，其發展之迅捷爲世所望塵莫及了。

然而，同爲三大發現的西北漢簡與敦煌遺書，在書法創作成果方面，卻較少看到有價值的成果，即使有一二大家如沈曾植、徐生翁涉獵其間，也都是以此借鑒，參用一二筆法體勢，而最終則仍然自尋新路，在個人風格上並不唯漢簡與敦煌遺書爲尚，也不自稱專攻漢簡與敦煌遺書；不比甲骨文書法家們，並不僅僅限制在書法技法的參酌借鑒之上，而是以甲骨文書法爲自己的基本面貌，使人一見或自報家門，即是寫甲骨文的。爲什麼同是針對新發現的三種古典書法對象進行取法，甲骨文是如此人丁興旺、風頭極健；而西北漢簡與敦煌遺書方面都是追隨者寥寥無幾，蕭索落寞、乏善可陳呢？〔註93〕

從體式上看：甲骨文是在篆、隸、楷、行、草五體書中，雖屬篆書範圍，卻是一種嶄新的體式，表明它是一種足以引起好奇、並且又無法以現成經驗來套用、衡量的類型。從事甲骨文書法的研究，既是在研究文化；更是在研究一種「新書體」，是與篆隸楷行草可以並列的新書體，這自然大大增強了趣味性與探究意義，使對它的書法表現擁有了「創立新書體」的含義。而西北漢簡、敦煌遺書，基本上不屬於新的書體的創立：西北漢簡與漢碑雖不同，但也還是隸書體；敦煌遺書再趨於民間，也還是行楷書體或行草書體。則在體式上不占新穎之利，使對漢代簡牘與敦煌遺書殘紙的探索無法收振聾發聵、一目了然之效；只能作爲一種創作元素被參照被局部借用。〔註94〕

〔註93〕陳振濂，〈近百年出土書跡對書法史的影響〉，《出土文物與書法學術研討會論文集》，（臺北：中華書道學會，1999 年 4 月修訂再版），拾 8～9。

〔註94〕陳振濂，〈近百年出土書跡對書法史的影響〉，《出土文物與書法學術研討會論文

　　從觀念與傳統權威看：在學者與書法家們看來，甲骨文是中國文字書法的最早源頭。以古人追溯書法史起始只能追到金文（古文大篆）論；則甲骨文的被發現，具有一種發現祖先聖賢的重大含義。它在書法史上的意義是認祖歸宗，在藝術觀念上說則是找到了傳統與權威的又一種展示與承載方式。在中國古代文化中言必稱聖賢的嗜古風氣籠罩下，甲骨文（和它的書法）被先天地給予了一種權威性與神聖性。如果再加上它在學術上的高難度的、內蘊深厚的含量，則這種神聖感與權威感更見明顯。因此，寫甲骨文與寫秦篆漢隸唐楷一樣，它是被作為傳統文化的一個標誌來對待的。不僅如此，在這種標誌中還含有一種官方的、貴族的、規範的、傳統法則的種種追加含義。儘管甲骨文時並沒有「貴族」與「官僚」的概念，但在民初的書家看來，它卻是被綜合地追加賦予許多我們只是在秦漢後世才習慣了的那些特徵。這當然更使甲骨文不再僅僅是一個甲骨文，它是上古時代一切權威、或一切可能產生權威的因素的綜合載體，在邏輯上是正統的一部份。正因為了有這樣的權威立場，它才會與後來的金文、篆、隸、楷相銜接。換言之，追加的權威使它擁有了一種代表傳統文化經典的資格。這種資格一半是由它自身擁有的，另一半則是後人根據觀念需要而追加上去的。但西北漢簡與敦煌遺書卻並不具有這種權威的資格。漢簡是民間的。在它出現之前，已有作為廟堂文化的大批漢碑存在，那才是人們習慣已久的權威並早已深深地植入了書法史觀之中，即使僅以漢簡的書寫態度、材料應用、書體規範程度、生存環境等與漢碑相比，在感官上就不可能讓後人廢漢碑而舉漢簡為代表。敦煌遺書也是一樣，與二王正統、與風雅的筆法表現、與各種後代士大夫審美口味相比，敦煌遺書顯然也無法以後來者取代文人士大夫以晉韻為代表的書法傳統。在官方的、正統的壓力對比之下，使它們在民國初年以來可以作為學術關注、文獻研究的絕佳材料，但卻無法成為書法家確立自身風格個性的主要目標與立身之本。〔註95〕

　　從技巧標準看：甲骨文書法在創作時，其技巧是沒有參照的。在殷商時代絕無僅有，在後世也沒有相近似的寫法。因此，寫甲骨文不像寫篆隸楷行草，既有一個標準垂範在，當然也有一個合不合乎標準的問題，合則優，不

集》，（臺北：中華書道學會，1999年4月修訂再版），拾9～10。

〔註95〕陳振濂，〈近百年出土書跡對書法史的影響〉，《出土文物與書法學術研討會論文
　　　集》，（臺北：中華書道學會，1999年4月修訂再版），拾10。

合則劣。而甲骨文書法則可以自我作古。只要寫出的就可能是標準，又加以書者皆是精通此道的專家，自然不會使出貽笑大方的外行手法。而漢簡與敦煌遺書卻不同，它是有一個明顯的技法標準在的。漢碑的技法和二王文人書法的技法本來就是標準，並且這樣的標準又早已積澱在後人的書法觀念之中成為權威。於是，民初的學書者，在學甲骨文書法時，是自認在學習古聖賢墨跡，但在學簡牘與敦煌殘紙時，卻並沒有這樣的自信，因為當時的聖賢級別的遺跡是漢碑與晉韻。〔註96〕

　　從創造的可能性看：對於甲骨文這樣可能成為新的書法樣式的「文字素材」而言，因為沒有「書法意義」上的標準型，只要運用它的字形結構為之，僅憑新異，也必然是易於吸引觀賞者的。創造天地的自由，使書法家可以在字形框架中施以各種各樣的華麗斑斕的藝術創造；比如以粗細均勻的靜態線條書之，則可以得穩健安詳之意；比如以尖利鋒銳的動態線條書之，則可以得凌厲激切之旨；比如以細勁爽然的靜態線條書之，又可以得悠長舒展之趣；再比如以顫動糙澀的動態線條書之，又可以得姿態萬端之妙。在這方面，羅振玉、王襄、孫儆、葉玉森、丁佛言、丁輔之、簡琴齋、董作賓等的出色實踐，已經給我們展示出了許多創造的喜悅。甲骨文有如楷書，在一個「體」的規定下，不同的書家施以不同的創作思維，即可以變幻出各種豐富多采的風格效果來。立足於「體」的甲骨文字是一個廣闊的空間，它的再創造餘地非常大。

　　從事甲骨文書法創作的書家們，本身都是一流的甲骨文學者。他們以研究帶創作，至少是以學問的餘興發為筆墨，即使戲筆書甲骨文，也都是地道的學者風度與內行手段。但問題還不僅僅限於此。在一個書家身份的檢討中，我們看到了甲骨文書法家們所擁有的先天的文化優勢。他們在學術界都是泰斗大師，一發為書法，當然也是一流的書卷氣或學者氣。人們關注這些書法，有時並不僅僅是衝著書法而來，倒是衝著他們的文化身份與學術威望而來：是先認可他們作為書法家主體的威望，然後才認可他們書作的價值。又以甲骨文字人多不識，於是更有了一份神秘感與崇敬感。不管懂與不懂，均認為這是深奧的學問，應該無條件尊重之崇拜之。於是無論某件甲骨文作品用字

〔註96〕陳振濂，〈近百年出土書跡對書法史的影響〉，《出土文物與書法學術研討會論文集》，（臺北：中華書道學會，1999年4月修訂再版），拾11。

對錯正訛如何，喚起觀賞者（接受者）的首先是一種膜拜的心態，試想想，這種摻染著由對上古文化神秘感、對學者學問淵博的崇敬感、和對作品文字難讀難識的陌生感混合作用而成的膜拜心態，豈是一般書法欣賞所能具備？因此甲骨文書家不但有一個輪廓清晰的群體，且均是堂皇的大學者。〔註97〕

甲骨文書家如此，金文、小篆等篆書書家莫不具有相當的條件。

傳統書法創作以日常書寫爲基礎，以整個人向書寫中的滲透爲核心，在長期的磨合中造就一種基調、一種風格，其間雖然也有技術上的刻苦磨練、匠心運作，但人與字的融合是作品通向最高境界的前提。在書法裡一個人的精神狀態和境界能夠反映在作品中，是沒有疑問的。傳統作品的這些特點，決定了傳統書法創作對創作主體的高標準要求。對書法作者「修養」的要求，是書法領域內人們熟悉的標準。「修養」應該看做是「人」的總體狀態，知識、學術不過是其中一部分，一個人的所感所思，一個人的感覺模式、思維方式，一個人在精神世界中所確立的理想，都是其中重要的組成部分。〔註98〕

傳統書法追求的是人的精采，以及人與書寫深刻的交融，其他一切均依附於此。〔註99〕然而現代社會狀況的改變，影響到書法的生存狀態。其中最重要的是這樣幾點：一、在清末以來毛筆不再是日常書寫的工具，這種狀況破壞了人們通過日常書寫而使「人」與書寫融合的機制；二、書寫人口的擴大及其知識結構的改變，使會寫字的人、愛好書法的人不一定具備傳統文化修養，這使得人們對書法的感受難以不斷深入；三、藝術觀念的變化，使人們總是以現代意義上的「藝術」來要求書法，現代文化中藝術具有重要地位，但它與傳統文化中書法的地位有質的區別。

當代文化的有關狀況，使現代書法創作注入或強化了過去沒有或不大被重視的因素，例如想像力、趣味等。這種變化既有積極的一面，又有消極的一面。積極的一面，是書法形式變得豐富多彩，與整個藝術更好地融合在一起，有利

〔註97〕陳振濂，〈近百年出土書跡對書法史的影響〉，《出土文物與書法學術研討會論文集》，（臺北：中華書道學會，1999 年 4 月修訂再版），拾 11～13。

〔註98〕邱振中，《書寫與觀照——關於書法的創作、陳述與批評》，（北京：中國人民大學出版社，2005 年 6 月），頁 162～163。

〔註99〕邱振中，《書寫與觀照——關於書法的創作、陳述與批評》，（北京：中國人民大學出版社，2005 年 6 月），頁 140。

於社會的吸取與享用，也有利於書法向當代藝術的滲透；不利的一面，是對形式的高度關注，會使人忽視書法後面還有一個「人」的存在。

一件作品，只要它還讓我們想起「書法」，我們便無法抹去對所有有關傳統的記憶。此外，忽視作品後面的「人」，會使我們無法真正深入傳統傑作的核心。「人」的深入，是當代書法創作深入的一個重要途徑。在技術問題普遍不曾解決的時候，技術的每一點進步都會使作品有明顯的變化，但技術達到一定水準隊以後，作品的精神狀態，或者說意境，成為至關重要的方面。〔註100〕

本文所論及的這些古文字學者書家，他們的研究與篆書創作息息相關，這些人物的學術、知識、所思所感，正是中華文化最傳統最精粹的部分，他們的感覺模式、思維方式也必須貼近古人方能了解古人；而研究過程中毛筆的書寫更是僅存在這些學者們身上。可以說，這批深具傳統文化素養、學問的古文字學者書家們的作品，代表著真正書法傳統的孑遺、傳統風格書法與「人」的有機結合，這是古文字學者書家流派的最重要意義。

第五節　總　結

近現代古文字學者憑藉著清代金石學研究的豐富積累，考古古文物、文獻資料的「文字之福」，著錄資料的傳播與保存遠邁前代，治學方法的傳承與開新，發展出現代化的古文字學，不論是舊有領域如小篆、六國文字、金文等門類的推進與完善，或是新發現的文字資料如甲骨文、春秋戰國金文、戰國簡牘帛書等新領域的建立與求備，都在近現代古文字學者書家手上獲得重大的成就。促進了以此為創作依託的古文字書法（篆書）在固有領域有了突破與完善；在新興領域有了創建與推動。古文字書法在古文字學中雖非重要門類，卻因學術的進步，使得每有新發現便使書法史得以一再增補。

這一群具有相近學習背景、學術專業的近現代古文字學者的篆書表現，形成了一個用字有據、用詞意涵豐富、書風雅正、具有文化深度的古文字學者流派，依各人專擅的研究領域寫出其學養與藝術表現相發的篆書，體現了「書者，如也，如其人、如其學、如其才」的傳統、正統的書法藝術觀。這種有文化深

〔註100〕邱振中，《書寫與觀照——關於書法的創作、陳述與批評》，（北京：中國人民大學出版社，2005年6月），頁163～164。

度且表現出其學者風範的篆書表現，爲往後的書法發展提供了最有核心意義的
參照：一個守正且自然的人格書法典型；爲越發走向視覺、形式的現代書壇丟
出一個深沉的思考課題。

參考書目

一、圖　書

《*LATER CHINESE PAINTING AND CALLIGRAPHY 1800-1950 Volume 3：Calligraphy*》（《中國近代書畫》），（Random House・New York 1987）

《丁佛言書法選》，（北京：人民美術出版社，1995 年 10 月）

《中日書法百家墨迹精華》，（瀋陽：遼寧大學出版社，1998 月 4 年）

《中國美術全集・清代書法》，（臺北：錦繡出版社，1989 年 8 月）

《中國書法全集 2 商周・金文》，（北京：榮寶齋，1993 年 4 月）

《中國書法全集 77 吳昌碩卷》，（北京：榮寶齋出版社，1998 年 11 月）

《中國書法全集 86》，（北京：榮寶齋出版社，1998 年 8 月）

《天津三百年書法選集》，（天津：天津楊柳青畫社，1993 年 11 月）

《王壯爲書法精品展》，（台中：臺灣省立美術館，1993 年 3 月 25 日）

《王襄著作集》，（天津：天津古籍出版社，2005 年 1 月）

《北京圖書館藏中國歷代石刻拓本匯編》，（鄭州：中州古籍出版社，1991 年 2 月）

《古文字詁林 9》，（上海：上海教育出版社，2004 年 10 月）

《民國時期書法》，（成都：四川美術出版社，1988 年 3 月）

《甲骨文發現一百周年學術研討會論文集》，（臺北：文史哲出版社，1999 年 8 月 8 日）

《石鼓文》，（上海：上海書畫出版社，2002 年 12 月）

《百年心畫——晚清民國名人書跡》，（澳門：澳門藝術博物館，2008 年 7 月）

《吳大澂安西頌》，（臺北：湘江出版社，）

《吳昌碩石鼓文墨迹》，（上海：上海書畫出版社，1975 年 5 月）

《金石家書畫集》，（東京：二玄社，1977 年 5 月 15 日再版）

《侯馬盟書》，（台北：里仁書局，1980 年 10 月 15 日）

《看似平常最奇崛──黃牧甫書畫篆刻藝術》，（澳門：臨時澳門市政局文化暨康體部，2001 年 5 月）

《書法大觀》，（北京：中國計量出版社，1987 年 12 月）

《殷周金文集成》，（北京：中華書局，2007 年 1 月）

《殷墟甲骨書法選·序》，（貴陽：貴州人民出版社，1992 年）

《商承祚教授百年誕辰紀念文集》，（北京：文物出版社，2003 年 9 月）

《商承祚教授百年誕辰紀念文集》，（北京：文物出版社，2003 年 9 月）

《商衍鎏·商承祚書正氣歌》，（北京：文物出版社，2004 年 11 月）

《國史館現藏民國人物傳記史料彙編第二十七輯》，（新店：國史館，2004 年 2 月）

《國立臺灣大學教職員書畫集》，（臺北：國立台灣大學，1987 年 7 月）

《梁乃予書畫篆刻紀念展》，（臺北：國立歷史博物館，2002 年 8 月）

《梁乃予書畫篆刻紀念展》，（臺北：國立歷史博物館，2002 年 8 月）

《清·吳大澂李公廟碑》，（東京：二玄社，1974 年 8 月 15 日）

《清末民初書畫藝術集》，（臺北：國立歷史博物館，1998 年 10 月）

《清吳昌碩篆書小戎詩冊》，（上海：上海書畫出版社，2004 年 1 月）

《清吳昌碩臨石鼓文》，（東京：二玄社，1969 年 3 月 31 日）

《現代書法論文選》，（上海：上海書畫出版社，1980 年 6 月）

《現代書法論文選》，（上海：上海書畫出版社，1980 年 6 月）

《揖芬集──張政烺先生九十華誕紀念文集》，（北京：社會科學文獻出版社，2002 年 5 月）

《董作賓先生全集乙編》，（台北：藝文印書館，1977 年 11 月）

《董作賓先生全集甲編》，（台北：藝文印書館，1977 年 11 月）

《董作賓先生逝世三周年紀念集》，（板橋：藝文印書館，1966 年 11 月）

《董作賓與甲骨學研究》，（開封：河南大學出版社，2003 年 10 月）

《盡心集──張政烺先生八十壽慶論文集》，（北京：中國社會科學出版社，1996 年 11 月）

《臺灣地區前輩美術家作品特展 二 書法專輯》，（臺中：臺灣省立美術館，1994 年 3 月 25 日）

《潘主蘭甲骨文書法》，（福州：福建美術出版社，2002 年 7 月）

《魯實先先生全集》，（臺北：黎明文化事業股份有限公司，2003 年 1 月）

《學府紀聞 國立西南聯合大學》，（台北：南京出版社，1981 年 10 月）

《歷代書法論文選》，（上海：上海書畫出版社，1979 年 10 月）

《歷代書法論文選續編》，（上海：上海書畫出版社，1993 年 8 月）

《黟山人黃牧甫先生印存上集》，（杭州：西泠印社，1935 年 4 月）

《黟山人黃牧甫先生印存下集》，（杭州：西泠印社，1935 年 4 月）

《羅振玉／法書集》，（香港：翰墨軒，1998 年 2 月 1 日）

《羅雪堂先生全集‧初編》，（臺北：文華出版公司，1968 年 12 月）

《羅雪堂先生全集‧續編》，（臺北：文華出版公司，1968 年 12 月）

丁仁，《商卜文集聯（附詩)》，（杭州：西泠印社，2000 年 1 月）

丁蒙 編，《丁佛言書法選》，（北京：人民美術出版社，1995 年 10 月）

于省吾，《雙劍誃殷契駢枝初編‧序》1940 年

小莽蒼蒼齋藏，《清代學者法書選集（續)》，（北京：文物出版社，1999 年 7 月）

弓英德，《中國書學集成》，（臺北：臺灣中華書局，1977 年 10 月五版）

弓英德，《六書辨正》，（臺北：臺灣商務印書館，1966 年 10 月）

中國社會科學院考古研究所編，《甲骨文編》，（北京：中華書局，1965 年 9 月）

支偉成，《清代樸學大師列傳》，（上海：上海泰東圖書局，1925 年）

方述馨等編，《甲骨金文字典》，（成都：巴蜀書社，1993 年 11 月）

王巨儒，《王襄著作集》，（天津：天津古籍出版社，2005 年 1 月）

王本興，《22 家甲骨文書法賞評》，（香港：華夏文藝出版社，2004 年 6 月）

王宇信、楊升南主編，《甲骨學一百年》，（北京：社會科學文獻出版社，1999 年 9 月）

王宇信、魏建震，《甲骨學導論》，（北京：中國社會科學出版社，2010 年 6 月）

王壯為，《玉照山房印選》，（台北：文史哲出版社，1979 年 10 月再版）

王壯為，《書法叢談》，（臺北：中華叢書編審委員會，1965 年 6 月）

王秀雄，《美術心理學》，（台北：台北市立美術館，1991 年 11 月修訂版）

王家葵，《近代書林品藻錄》，（濟南：山東畫報出版社，2009 年 4 月）

王家誠，《吳昌碩傳》，（台北：國立故宮博物院，1998 年 3 月）

王國維，〈古史新證〉，《王國維文集》，（北京：中國文史出版社，1997 年 5 月）

王國維，《觀堂集林》，（石家莊：河北教育出版社，2001 年 11 月）

王崇煥，《清王文敏公榮年譜》，（臺北：臺灣商務印書館，1986 年）

王寧，《漢字構形學講義》，（上海：上海教育出版社，2002 年 3 月）

王曉光，《秦簡牘書法研究》，（北京：榮寶齋出版社，2010 年 11 月）

王襄，《王襄著作選集》，（天津：天津古籍出版社，2005 年 1 月）

王襄，《簠室殷契徵文》，（天津：天津博物院，1925 年 9 月）

王懿榮，《王文敏公遺集》卷四，（民國劉氏嘉業堂刻本）

王懿榮，《王文敏公遺集八卷》，《近代中國史料叢刊，正編第 89 輯》，（臺北：文海出版社，1967 年）

北京大學中國傳統文化研究中心編，《北京大學百年國學文粹‧語言文獻卷》，（北京：北京大學出版社，1998 年月）

司惠國等編，《名家篆書楹聯集粹》，（北京：藍天出版社，2010 年 7 月）

白砥，《書法空間論》，（北京：榮寶齋，2005 年 2 月）

朱順龍、何立民，《中國古文字學基礎》，（上海：上海社會科學院，2004 年 12 月）

江淑惠，《郭沫若之金石文字學研究》，（臺北：華正書局，1992 年 5 月）

池秀雲編，《歷代名人室名別號辭典》，（太原：山西古籍出版社，2002 年 1 月）

池現平，《近現代甲骨文書法研究》，（開封：河南大學碩士論文，2012 年 5 月）

何國棟編，《20 世紀書法大成》，（太原：北岳文藝出版社，1996 年 3 月）

何靖，《近代百家書法賞析》，（成都：四川大學出版社，1996 年 4 月）

何學森，《書法學概要》，（北京：華夏出版社，2004 年 4 月）

吳大澂，《大篆楹聯》，（上海：上海書店出版社，2001 年 7 月）

吳大澂，《愙齋集古錄》，（臺北：台聯國風出版社，1976 年 9 月）

吳大澂，《篆文論語》，（板橋：藝文印書館，1966 年 10 月）

吳大澂，《論古雜識》，《叢書集成續編：第 75 冊》，（上海：上海書店，1994 年）

吳大澂等，《說文古籀補三種》，（北京：中華書局，2011 年 6 月）

吳昌碩，《缶廬集》，（永和：文海出版社，1984 年 7 月）

吳清輝，《中國篆書學》，（杭州：中國美術學院出版社，2002 年 6 月）

呂偉達，《王懿榮集》，（濟南：齊魯書社，1999 年 3 月）

李志賢等編，《中國篆書大字典》，（上海：上海書畫出版社，1994 年 6 月）

李宗焜編，《鑿破鴻蒙——紀念董作賓逝世五十周年》，（臺北：中央研究院歷史語言研所，2013 年 10 月）

李雪山主編，《董作賓與甲骨學研究續編》，（北京：中國社會科學出版社，2007 年 12 月）

李蕭錕，《書法空間藝術》，（臺北：石頭出版社，2005 年 8 月）

沃興華，《上古書法圖說》，（杭州：浙江美術學院出版社，1992 年 9 月）

沃興華，《金文書法》，（上海：世紀出版集團，2004 年 6 月）

沙孟海，《沙孟海論書叢稿》，（台北：華正書局，1988 年 7 月）

邢祖援，《篆文研究與考據》，（臺北：新文豐出版公司，1996 年 9 月）

孟世凱，《甲骨學小詞典》，（上海：上海辭書出版社，1987 年 12 月）

林進忠，《認識書法藝術 1 篆書》，（台北：國立台灣藝術教育館，1997 年 4 月）

林葉連，《《說文古籀補》研究》，（永和：花木蘭文化出版社，2007 年 9 月）

邱振中，《書法的形態與闡釋》，（北京：中國人民大學出版社，2005 年 6 月）

邱振中，《書寫與觀照——關於書法的創作、陳述與批評》，（北京：中國人民大學出版社，2005 年 6 月）

金祥恆，《金祥恆先生全集》，（板橋：藝文印書館，1990 年 12 月）

俞祖華，《王懿榮與甲骨文》，（濟南：山東文藝出版社，2004 年 10 月）

南羽編，《黃賓虹談藝錄・沙田問答》，（鄭州：河南美術出版社，1998 年 10 月）

姚孝遂主編，《殷墟甲骨刻辭類纂》，（北京：中華書局，1989 年 1 月）

姚奠中、董國炎，《章太炎學術年譜》，（太原：山西古籍出版社，1996 年 8 月）

柳曾符，《柳曾符書學論文集》，（臺北：華正書局，1995 年 6 月）

段玉裁，《說文解字注》，（臺北：黎明文化事業，1991 年 8 月增訂八版）

洪惟仁譯，《書道全集 14・清二》，（台北：大陸書店，1989 年 1 月 20 日）

秋子，《中國上古書法史》，（北京：北京商務印書館，2004 年 3 月挖改重印）

胡厚宣，《甲骨學商史論叢初集》，（石家莊：河北教育出版社，2002 年 11 月）

唐蘭，《古文字學導論》，（濟南：齊魯書社，1981 年 1 月）

唐蘭，《殷虛文字記》，（臺北：學海出版社，1986 年 8 月）

孫壯編，陳寶琛藏，《澂秋館吉金圖》，（臺北：臺聯國風出版社，1976 年 10 月）

孫洵，《民國書法史》，（南京：江蘇教育出版社，1998 年 9 月）

孫海波，《中國文字學》，（台北：學海出版社，1979 年 11 月）

孫海波，《甲骨文編》，（板橋；藝文印書館，1963 年 6 月再版）

孫海波，《魏三字石經集錄》，（板橋：藝文印書館，1975 年 9 月）

孫詒讓，《古籀拾遺・古籀餘論》，（北京：中華書局，1989 年 9 月）

孫詒讓，《古籀拾遺》，（臺北：華文書局，1971 年 5 月）

孫詒讓，《契文舉例》，（濟南：齊魯書社，1993 年 12 月）

容庚，《金文編》（二版），（臺北：弘道文化事業，1970 年 10 月）

容庚，《金文編》，（北京：中華書局，1985 年 7 月）

容庚，《容庚文集》，（廣州：中山大學出版社，2004 年 11 月）

容庚，《商周彝器通考》，（東京：汲古書院，1979 年 9 月）

島邦男，《殷墟卜辭類纂》，（東京：大安株式會社，1967 年 11 月 15 日）

徐中舒主編，《漢語古文字字形表》，（臺北：文史哲出版社，1988 年 4 月）

徐利明，《中國書法風格史》，（北京：人民美術出版社，2009 年 1 月）

徐珂，《清稗類鈔》第九冊，（北京：中華書局，1986 年 3 月）

徐寶貴，《石鼓文整理研究》，（北京：中華書局，2008 年 1 月）

祝嘉，《廣藝舟雙楫疏證》，（臺北：華正書局，1980 年 5 月）

祝嘉，《藝舟雙楫疏證》，（臺北：華正書局，1980 年 5 月）

馬宗霍，《書林藻鑑》，（台北：台灣商務印書館 1965 年 12 月）

馬思猛，《金石夢故宮情──我心中的爺爺馬衡》，（北京：國家圖書館出版社，2009年月）

馬衡，《凡將齋金石叢稿》，（北京：中華書局，1977年10月）

馬衡，《馬衡講金石學》，（南京：鳳凰出版社，2010年1月）

高明，《中國古文字學通論》，（北京：北京大學出版社，1996年6月）

商志䣊編，《商承祚文集》，（廣州：中山大學出版社，2004年11月）

商志䣊編，《商承祚書法集》，（北京：文物出版社，2006年12月）

商承祚，《十二家吉金圖》，（臺北：大通書局，1976年2月）

商承祚，《殷虛文字類編》，（臺北：文史哲出版社，1979年10月）

商承祚，《商承祚書法集》，（北京：文物出版社，2006年12月）

啓功，《古代字體論稿》，（北京：文物出版社，1999年3月）

張久深，《煙台文史資料第六輯·丁佛言》，（黃縣政協文史資料研究委員會、煙台市政協文史資料研究委員會編印，1986年）

張永明編，《書法創作大典·篆書卷》，（北京：新時代出版社，2001年1月）

張政烺，《張政烺文集》，（北京：中華書局，2012年4月）

張隆延，《張隆延書法論述文集》，（臺北：國立歷史博物館，1999年3月）

梁啓超，《清代學術概論》，（臺北：臺灣商務印書館，1921年2月初版）

許禮平主編，《羅振玉／法書集》，（香港：翰墨軒，1998年2月1日）

許禮平編，《宗陶齋主人藏近代名家楹聯》，（香港：翰墨軒，1998年5月4日）

郭沫若，《十批判書》，（北京：人民出版社，1982年9月）

郭沫若，《奴隸制時代》，（北京：人民出版社，1973年5月）

郭沫若，《甲骨文字研究》，（上海：大東書局，1931年5月）

郭沫若，《石鼓文研究》，（北京：科學出版社，2002年10月）

郭沫若，《兩周金文辭大系考釋》，（北京：科學出版社，2002年10月）

郭沫若，《青銅時代》，（北京：人民出版社，1982年9月）

郭沫若，《殷周青銅器銘文研究》，（北京：科學出版社，2002年10月）

郭沫若，《郭沫若致容庚書簡》，（北京：文物出版社，2010年1月）

郭沫若編，《殷契粹編》，（臺北：大通書局，1971年2月）

郭國權，《清代金文研究綜論》，（吉林大學博士學位論文，2011年4月）

郭勝強，《河南大學與甲骨學》，（開封：河南大學出版社，2003年3月）

陳立言，《先生之風：西南聯大教授群像》，（臺北：秀威資訊科技，2009年8月）

陳宏勉，《台灣藝術經典大系·篆刻藝術卷2：璽印寄情》，（台北：文化總會，2006年4月）

陳其銓，《甲骨文集聯》，（臺北：國立歷史博物館，1978年10月）

陳振濂主編，《書法學》，（台北：建宏出版社，1994年4月）

陳淩海，《吳稚暉先生年譜》，（臺北：陳淩海，1971 年 4 月）

陳欽忠，《風規器識・當代典範》，（臺北：文化總會，2006 年 4 月）

陳欽忠編，《中興中文 50 年　系友書法家聯展》，（臺中：國立中興大學藝術中心，2015 年 10 月）

陳煒湛，《甲骨文論集》，（上海：上海古籍出版社，2003 年 12 月）

陳煒湛、唐鈺明，《古文字學綱要》，（廣州：中山大學出版社，2009 年 12 月，第二版）

陳夢家，《殷墟卜辭綜述》，（北京：中華書局，1988 年月）

陳滯冬，《中國書法賞析叢書・甲骨文、金文》，（北京：北京圖書館出版社，1999 年 7 月）

陶明君，《中國書論辭典》，（長沙：湖南美術出版社，2001 年 10 月）

單國強編，《清代書法──故宮博物院藏文物珍品全集》，（香港：香港商務印書館 2001 年 12 月）

逯耀東，《且做神州袖手人》，（臺北：允晨文化，1989 年 5 月 1 日）

黃賓虹研究會編，《墨海青山》，（濟南：山東教育出版社，1988 年 8 月）

黃濬，《尊古齋所見吉金圖》，（臺北：台聯國風出版社，1976 年 10 月）

楊樹達，《積微居金文說》，（北京：中華書局，1997 年 12 月）

葉正渤，《葉玉森甲骨學論著整理與研究》，（北京：線裝書局，2008 年 10 月）

葉純芳，《孫詒讓《名原》研究》，（永和：花木蘭文化出版社，2007 年 3 月）

董玉京，《甲骨文書法藝術》，（鄭州：大象出版社，1999 年 4 月）

董作賓，《平廬影譜》，（西安：三秦出版社，2009 年 8 月）

董作賓，《甲骨文斷代研究例》，《董作賓先生全集甲編》，（台北：藝文印書館，1977 年 11 月）

董作賓，《殷虛文字乙編》，（中央研究院歷史與研究所，1948 年 10 月）

董作賓，《殷曆譜》，（臺北：中央研究院歷史語言研究所，1992 年 9 月二版）

董作賓，《董作賓先生全集乙編》，（台北：藝文印書館，1977 年 11 月）

裘錫圭，《文史叢稿》，（上海：上海遠東出版社，1996 年 10 月）

裘錫圭，《文字學概要》，（北京：商務印書館，1988 年 8 月）

裘錫圭，《裘錫圭學術文集・三》，（上海：復旦大學出版社，2012 年 6 月）

賈書晟、張鴻賓，《漢字書法通解・甲骨文》，（北京：文物出版社，2005 年 2 月）

熊道麟，《羅振玉金文學著述》，（永和：花木蘭文化工作坊，2005 年 12 月）

趙誠，《二十世紀甲骨文研究述要》，（太原：書海出版社，2006 年 2 月）

趙誠，《二十世紀金文研究述要》，（太原：書海出版社，2003 年 1 月）

趙誠，《甲骨文字學綱要》，（北京：中華書局，2005 年 5 月）

劉正，《金文學術史》，（上海：上海世紀出版公司，2014 年 12 月）

劉恒，《中國書法史・清代卷》，（南京：江蘇教育出版社 1999 年 10 月）

劉興隆，《甲骨文集句簡釋》，（鄭州：中州古籍出版社，1986 年 11 月）

劉興隆，《甲骨文集聯書法篆刻專集》，（北京：北京日報出版社，1989 年 5 月）

劉鶚，《鐵雲藏龜》，（板橋：藝文印書館，1975 年）

潘公凱主編，《潘天壽談藝錄》，（杭州：浙江人民美術出版社，1985 年月）

潘祖蔭，《潘鄭盦致吳愙齋書札》，（顧廷龍抄本，蘇州博物館藏）

蔣惠民主編，《丁氏故宅研究文集》，（華文出版社，2005 年 11 月）

鄭逸梅，《掌故小札》，（巴蜀出版社，1988 年 4 月）

魯實先，《殷契新詮》，（臺北：黎明文化事業股份有限公司，2003 年 1 月）

魯實先，《說文正補》，與段玉裁，《說文解字注》合刊，（臺北：黎明文化事業，1991
年 8 月增訂八版）

魯實先先生治喪委員會，《魯實先先生逝世百日哀思錄》，（臺北：洙泗出版社，1978
年 4 月）

魯實先講授，王永誠編輯，《甲骨文考釋》，（臺北：里仁書局，2009 年 2 月 25 日）

魯實先講授，王永誠編輯《周金疏證》，（臺北：臺灣商務印書館，2011 年 4 月）

黎東明，《秦漢篆書》，（北京：北京圖書館出版社，1999 年 7 月）

盧炘選編，《潘天壽研究》，（杭州：浙江美術學院出版社，1989 年）

穆孝天、許佳瓊，《鄧石如世界》，（台北：明文書局，1990 年 6 月）

駢宇騫，《簡帛文獻概述》，（臺北：萬卷樓圖書公司，2005 年 4 月）

戴君仁，《戴靜山先生全集》，（臺北：戴顧志鵷，1970 年 9 月）

謝國楨編，《吳愙齋（大澂）尺牘》，（臺北：文史哲出版社，1983 年 6 月）

韓天衡編，《歷代印學論文選》，（杭州：西泠印社，1999 年 8 月）

叢文俊，《中國書法史・先秦、秦代卷》，（南京：江蘇教育出版社，2002 年 6 月）

簡經綸，《甲骨集古詩聯》，（臺北：商務印書館，1970 年 12 月）

羅振玉，《集殷虛文字楹帖》，（長春：吉林大學出版社，1985 年 3 月）

羅振玉，《增訂殷墟書契考釋》，（板橋：藝文印書館，1981 年 3 月）

羅振玉，《羅雪堂先生全集・七編》，（臺北：大通書局，1976 年 7 月）

羅振玉，《羅雪堂先生全集・三編》，（臺北：文華出版公司，1970 年 4 月）

羅振玉，《羅雪堂先生全集・續編》，（臺北：文華出版公司，1968 年 12 月）

羅琨、張永山，《羅振玉評傳》，（南昌：百花洲文藝出版社 1996 年 12 月）

嚴一萍，《甲骨綴合新編》，（板橋：藝文印書館，1991 年 1 月）

嚴一萍，《甲骨學》，（板橋：藝文印書館，1991 年 1 月）

嚴一萍，《萍廬文集二》，（板橋：藝文印書館，1989 年 8 月）

顧廷龍，《吳愙齋先生年譜》，（台北：文海出版社 1965 年 6 月）

顧廷龍，《顧廷龍學述》，（杭州：浙江人民出版社，2000 年 9 月）

顧頡剛，《顧頡剛全集》，（北京：中華書局，2010 年 12 月）

二、期刊論文

《中國書法 207》,（北京：中國書法雜誌社,2010 年 7 月）

大三,〈王壯爲〉,《青少年書法》,（鄭州：河南美術出版社,2002 年 19 期）

王子微,〈王懿榮及其書法藝術研究〉,《東方藝術》（河南省藝術研究院,2013 年 18 期）

王方宇,〈記董作賓先生〉,《中原文獻》21 卷 1 期,（臺北：中原文獻雜誌社,1989 年 1 月 1 日）

王世民,〈郭沫若同志與殷周銅器的考古學研究〉,《考古》1982：6,（北京：科學出版社,1982 年 11 月 25 日）

王永誠,〈重讀甲骨文筆記緬懷澦廬師〉,《魯實先教授逝世三十周年學術研討會論文集》,（臺北：萬卷樓圖書公司,2007 年 12 月 15 日）

王永誠,〈魯實先先生金文治學要旨與貢獻〉,《魯實先先生學術討論會論文集》,（臺北：國立台灣師範大學國文系,1993 年 5 月 8 日）

王學春,〈豫籍甲骨學專家董作賓〉,《開封大學學報,1995 年第一期》

史樹青,〈學養深醇　氣概雄邁——郭沫若的書法藝術〉,《中國書法 111》,（北京：中國書法雜志社,2002 年 7 月）

池現平,〈論近現代甲骨文書法創作〉,《中國書法》,（中國書法雜誌社,2011 年 4 期）

何崝,〈談書法中的古文字使用問題〉,《書法》1990：1,（上海：上海書畫出版社,1990 年 1 月）

吳榮曾,〈張政烺先生與古史研究〉,《揖芬集——張政烺先生九十華誕紀念文集》,（北京：社會科學文獻出版社,2002 年 5 月）

吳璵,〈魯實先先生與其文字學〉,《中國語文通訊》17,（香港：香港中文大學,1991 年 11 月）

呂厚龍,〈詩書文章孫滄叟〉,《中華文化畫報》,（北京：中國藝術研究院,2013：1）

宋興晟、周寶宏,〈王襄的學術成就淺議〉,《山西高等學校社會科學學報》27：12,（太原：太原理工大學等,2015 年 12 月）

宋鎮豪,〈甲骨文書學發展簡說〉,《殷都學刊》,1994：4,（安陽：殷都學刊雜誌,1994 年 12 月）

李月萍,〈王襄其人其書——書擅篆楷　別出機杼〉,《收藏家》2001：10,（北京：北京市文物局,2001 年 10 月）

李宗焜,〈從分期分類談甲骨書法風格〉,《出土文物與書法學術研討會論文集》,（臺北：中華書道學會,1999 年 4 月修訂再版）

李林,〈吳大澂大篆《孝經》刻石疏證〉,（商丘：商丘師範學院學報,2010 年 01 期）

李軍,〈吳大澂篆書《論語》考〉,《美苑》,（瀋陽：魯迅美術學院,2013 年 04 期）

李海珉,〈人才濟濟的南社書壇〉,《中國書畫》,（上海：上海人民出版社,2006 年 8 月）

杜澤遜，〈顧廷龍先生生平學術述略〉，《書目季刊》32：3，（臺北：書目雜誌社，1998年12月16日）

汪珂，〈羅振玉：翰墨餘事而專精〉，《中國書法》，（北京：中國書法雜誌社，2013年7期）

沙孟海，〈近三百年的書學〉，《二十世紀書法研究叢書・歷史文脈篇》，（上海：上海書畫出版社，2000年12月）

沙曼翁、華人德，〈記蕭退庵老師及其書法〉，《中國書法》，（北京：中國書法雜誌社，1986年2期）

林邦德，〈淺析潘天壽書法藝術精神的凝定集其當代意義〉，《書畫藝術》，（無錫：無錫市文化藝術研究保護所，2010年第2期）

金玉甫，〈甲骨文與當代書法創作〉，《青少年書法》2003：24，（鄭州：河南美術出版社，2003年12月16日）

姜棟，〈從形到意：二十世紀甲骨文書法實踐謅論〉，《東方藝術》2007年16期，（鄭州：河南省藝術研究院，2007年8月16日）

柳曾符，〈餘事揮毫韋仲將──述柳詒徵先生書法〉，《中國書法》1999：4，（北京：中國書法雜誌社，1999年8月）

胡厚宣，〈卜辭同文例〉，《史語所集刊》九本二分，（中央研究院，1947年9月）

胡厚宣，〈甲骨文字的藝術與書法〉，《中國書法》，（北京：中國書法雜誌社，1994年第1期）

祝帥，〈書法篆刻家的古文字學視野〉，《東方藝術》2016：08，（河南省藝術研究院，2016年4月）

尉天池、徐利明，〈蕭蛻其人其書〉，《中國書法全集 86》，（北京：榮寶齋出版社，1998年8月）

崔樹邊，〈宋、清兩代金石學對書法的影響及其背景分析〉，《書法研究》，（上海：上海書畫出版社 2002年5月）

張俊嶺，〈吳大澂的金石研究及其書學成就〉，《書法研究124》，（上海：上海書畫出版社，2005年5月）

張政烺，〈郭沫若同志對金文研究的貢獻〉，《考古》1983：1，（北京：科學出版社，1983年1月25日）

張政烺，〈獵碣考釋初稿〉，《史學論叢》第一冊，（北京大學潛社，1934年7月）

張偉生，〈試論郭沫若的書法藝術〉，《二十世紀書法研究叢書・品鑒評論篇》，（上海：上海書畫出版社，2008年1月）

張朝暉，〈近代甲骨文先驅孫儆作品賞析〉，《美術教育研究》2015：12（合肥：安徽省科學教育研究會）

陳廖安，〈「師大・大師」魯實先先生的學術貢獻〉，《漢學研究之回顧與前瞻國際學術研討會論文集》，（臺北：國立臺灣師範大學，2006年4月）

陳鳳珍，〈博采眾長成一家──蕭蛻的篆書藝術〉，《中國書法208》，（北京：中國書

法雜誌社，2010 年 8 月）

楊魯安，〈甲骨文書體淺說〉，《古今書法論文彙編》，（河南書法函授院，1987 年 3月）

董作賓，〈甲骨文研究的擴大〉，《安陽發掘報告‧第二期》，（北平：中央研究院歷史語言研究所，1930 年 12 月）

董作賓，〈殷墟出土一塊武丁逐豕骨版的研究〉，《大陸雜誌》八卷六期，（臺北：大陸雜誌社，1954 年 3 月 31 日）

董作賓，〈骨文例〉，《史語所集刊》七本一分，（中央研究院歷史語言研究所，1936年）

董作賓，〈商代龜卜之推測〉，《安陽發掘報告》第一冊，（國立中央研究院歷史語言研究所，1929 年 12 月）

董建，〈安徽省黃山市博物館藏黃士陵書法評述〉，《書法叢刊 91》，（北京：文物出版社，2006 年 5 月）

裘錫圭，〈關於石鼓文的時代問題〉，《傳統文化與現代化》，（國家古籍整理出版規劃小組，1995 年第一期）

趙誠，〈重新認識葉玉森〉，《古文字研究‧24》，（北京：中華書局；2002 合肥：安徽大學出版社，2002 年 7 月）

劉江，〈吳昌碩書法評傳〉，《中國書法全集 77 吳昌碩卷》，（北京：榮寶齋出版社，1998 年 11 月）

劉雨，〈唐蘭先生的治學之路〉，《故宮博物院院刊 181》2015：5，（北京：故宮博物院，2015 年 9 月）

鄧京，〈丁仁輯《西泠八家印存》孤本考證〉，《書法叢刊 91》，（北京：文物出版社，2006 年 5 月）

鄭博文，〈羅振玉與「甲骨書風」的勃興〉，《書法》，（上海：上海書畫出版社，2014年 10 期）

衡政安，〈肇啟契學 炳耀千古——王懿榮與甲骨文及其書法〉，《書畫世界》，（安徽美術出版社，2006 年 1 期）

鮑鐵団，〈凝神寫心的藝術晤語——淺談山東博物館藏丁佛言書法作品〉，《書法叢刊142》（北京：文物出版社，2014 年 6 月）

叢文俊，〈商周金文書法綜論〉，《中國書法全集 2 商周‧金文》，（北京：榮寶齋，1993年 4 月）

叢文俊，〈雪堂書法敍論〉，《中國書法全集 78》，（北京：榮寶齋，1993 年 3 月）

叢文俊，〈羅振玉書法觀後〉，《中國書法》，（北京：中國書法雜誌社，1990 年 4 期）

羅繼祖，〈雪堂公論書綜述〉，《中國書法》，（北京：中國書法雜誌社，1990 年 4 期）

羅繼祖，〈雪堂鑒藏撰著出版歷代名人碑帖墨跡記略〉，（北京：中國書法雜誌社，1990年 4 期）

三、學位論文

王永誠，《先秦彝銘著錄考辨》，（國立台灣師範大學國文研究所博士論文，1978 年）

王志，《民國篆書研究》，（南京：南京師範大學碩士學位論文，2011 年 5 月）

王連波，《馬衡金石學研究對其書法篆刻創作的影響》，（杭州：杭州師範大學碩士學位論文，2011 年 6 月）

王慧，《魏石經古文集釋》，（安徽大學碩士學位論文，2004 年 5 月）

池現平，《近現代甲骨文書法研究》，（河南大學碩士論文，2012 年 5 月）

吳慧，《商承祚文字學之研究》，（華中科技大學博士學位論文，2013 年 6 月）

宋海濤，《清末民初書風研究》，（山西師範大學碩士學位論文，2012 年 5 月 15 日）

李彥樺，《吳大澂《愙齋尺牘》及書風研究》，（國立台灣師範大學美術研究所中國美術史組碩士論文 2004 年 6 月）

李軍，《吳大澂交遊新證》，（上海：復旦大學博士學位論文，2011 年 4 月）

姜棟，《20 世紀大陸地區甲骨文書法實踐狀況研究》，（北京：首都師範大學碩士學位論文，2006 年 5 月）

孫亮球，《吳大澂古文字學與篆書書法研究》，（東吳大學中文系博士論文，2007 年 7 月）

婁博，《唐蘭之甲骨文研究》，（河北師範大學碩士學位論文，2006 年 5 月）

張向民，《說文古籀補補研究》，（天津：天津師範大學研究生學位論文，2007 年 6 月）

程仲霖，《晚清金石文化研究——以潘祖蔭爲紐帶的群體分析》，（北京：中國藝術研究院博士學位論文，2013 年 5 月）

程邦雄，《孫詒讓文字學之研究》，（上海：華東師範大學博士學位論文，2004 年 4 月）

賀瓊，《葉玉森甲骨文論著研究》，（重慶：西南大學碩士學位論文，2007 年 5 月）

鄧菽菁，《陳其銓書法藝術之研究》，（中興大學中文研究所碩士學位論文，2006 年 3 月）

盧燕秋，《王襄甲骨文論著研究》，（重慶：西南大學碩士學位論文，2007 年 5 月）

薛心素，《吳大澂篆書風格演進過程研究》，（北京：中央美術學院書法系碩士學位論文，2016 年 3 月）

韓軍，《唐蘭的金文研究》，（山東大學博士學位論文，2009 年 3 月）

譚飛，《羅振玉文字學之研究》，（華中科技大學博士學位論文，2010 年 5 月）

四、報紙、網路資源

〈如何欣賞書法〉之講演内容，（1976/12/24 東海大學、1977/1/25 臺中圖書館、1977/4/21 臺灣省政資料館、1977/5/21 歷史博物館。）

《1949 年後已故著名書畫家作品限制出境鑑定標準（第一批 2001 年）頒布》，（國家文物局，2013 年 2 月 4 日）文物博發（2013）3 號

《小說月報》1919 年 10 卷第 3、4 期

http://3img.zhuokearts.com/auction.pics/2015/4/4/zc-14834-sml-365.jpg，2017/4/26 檢索

http://61.155.84.107/xxgl/ShowArticle.asp?ArticleID=588，2016/12/13 檢索

http://bbs.artron.net/thread-3248163-1-1.html，2016/10/27 檢索

http://dd3bfd90831042169f0e4cb74887f701，2014/8/20 檢索

http://hclyj.huangchuan.gov.cn/rwls/hcmr/2015FMPlZmoTHg.html，2017/4/20 檢索

http://hk.apple.nextmedia.com/supplement/columnist/15982986/art/20121012/18038320，2017/3/12 檢索

http://member.99ys.com/home/163150/detail_auction_work-140752　2016/10/27 檢索

http://shufa.pku.edu.cn/?c=show&m=view&id=125，2017/3/12 檢索

http://userimage8.360doc.com/16/0428/08/9608259_20160428083823 0174549224.jpg，2017/3/5 檢索

http://view.ig365.cn/zhysj/3f/3f26e1418c914543e168aefe8b52d9aa.jpg，2017/4/7 檢索

http://wangchangzhengb.blog.163.com/blog/static/16944231620130242021198/，2017/2/18 檢索

http://www.artfoxlive.com/wap/wapProDetail/21515，2017/5/14 檢索

http://www.jiaxing.cc/Article/jiahemingshi/2014/0G5214520142145_3.html，2017/3/15 檢索

http://www.jiaxing.cc/uploads/2014/allimg/140715/1-140G5093513T7.jpg，2017/3/12 檢索

http://www.kaogu.cn/cn/kaoguyuandi/kaogusuibi/2013/1025/35223.html，2017/3/12 檢索

https://fr.pinterest.com/pin/497718196304622010/，2017/3/15 檢索

https://kknews.cc/culture/k83o3mr.html，2017/3/13 檢索

https://read01.com/7R2j8L.html，20170313 檢索

王寶林，〈丹甲青文彌復光──偶得胡厚宣甲骨文書法贅言〉，http://blog.sina.com.cn/s/blog_620312b10102w9cr.html，2017/2/10 檢索

北京保利秋季拍賣會 2016/12/5，http://auction.artron.net/paimai-art5096542337/，2017/2/28 檢索

李植，〈鎮江人與甲骨文研究〉，《鎮江日報》，1999 年 8 月 10 日第 7 版

李植中，〈葉玉森與甲骨文書法〉，《鎮江日報》，（鎮江：鎮江日報），2000 年 4 月 11 日，B3 版

松丸道雄，〈日本現存的殷墟甲骨文〉，《朝日新聞》，1981 年 8 月 21 日第 5 版

林麗真，〈戴君仁先生傳〉，台大中文系網站，201511/24 檢索
http://www.cl.ntu.edu.tw/people/bio.php?PID=128#personal_writing

孫金石，〈鮑鼎生平及其著作〉，《鎮江日報》，2003 年 12 月 12 日 B3 版

容庚，〈雕蟲小言〉，《小說月報》1919 年 10 卷第 3、4 期

徐富昌，〈金祥恆先生傳〉，國立台灣大學中國文學系網站 2015/11/24 檢索：

　　http://www.cl.ntu.edu.tw/people/bio.php?PID=139#personal_writing

徐蘇，〈鮑鼎及其古文字研究〉，《金山網 www.jsw.com.cn》，2016/12/13 檢索

張政烺自述，朱鳳瀚整理，〈我與古文字學〉，2016/12/13 檢索自

　　http://book.ifeng.com/xinshushoufa/n001/detail_2012_04/19/14005795_1.shtml

鄧散木，〈蕭先生〉，《大公報》，1957 年 7 月 17 日第二版

鄭培凱，〈顧廷龍的字〉，（香港：《蘋果日報》，2013 年 7 月 28 日），副刊

顧潮、顧洪，〈懷念我們的父親顧頡剛〉，2017/2/27 檢索

　　http://www.mj.org.cn/mzzz/2011/01/2011-05/09/content_50250.htm?authkey=moqp92

附錄一　近現代非古文字學者之篆書表現

　　本文的第二至第五章已經將近現代古文字學者的篆書表現做了概要的論述，這一類形的學者書家的作品表現已然形成一特殊的流派，並在近現代篆書史上寫下重要的一頁；與古文字學者相對的，不論是其他各領域的學者及非學者，同樣爲近現代篆書史貢獻心力，爲求參證與對照，現將部分非古文字學者之篆書表現依時代先後呈現於附錄中。

一、吳昌碩之篆書表現

　　吳昌碩（1844～1927），原名俊，又名俊卿，字蒼石、昌石、昌碩等，70歲後以字行，號樸巢、缶廬〔註1〕、缶道人、老缶、苦鐵〔註2〕、大聾等，浙江安吉人。他生逢清季亂世，艱辛備嘗，雖然在客觀條件的限制下，從軍、從政未能有成，卻在勤奮與稟賦的錘鍊下，成就個人的不替藝業。1869年負笈杭州

〔註1〕　光緒八年（1882）四月初九，友人金傑（字俯將）答贈一古缶，因名居室爲「缶廬」。而「缶」、「缶道人」、「老缶」、「缶翁」……隨著歲月的遷延，缶不但成爲他的諸多別號，簡直與他的形象、心靈合爲一體。見王家誠，《吳昌碩傳》，（台北：國立故宮博物院，1998年3月），頁54。

〔註2〕　光緒九年，印跋言：「苦鐵，良鐵也。……鄭云：良當作苦。則苦亦良矣。」非不勝鐵筆之苦，實是甘之如飴也。見王家誠，《吳昌碩傳》，（台北：國立故宮博物院，1998年3月），頁65。

詁經精舍，師從俞樾；又在蘇州向楊峴學金石、書法。並因此而結識許多詩人、金石收藏家和書畫篆刻家，尤其受到吳大澂、吳雲和潘祖蔭等人的賞識，得以遍觀諸家收藏，眼界為之大開。〔註3〕

吳昌碩各體字兼善，他的楷書，初從顏真卿入手，成年後轉學鍾繇，30歲左右曾致力於黃庭堅書法之學習，進而追本溯源，直索魏晉，參用北碑筆法，融入鍾繇骨體中，冶鍊昇華，楷法為之一變。隸書方面，青壯遊歷時期曾臨習漢碑，師從楊峴，也受鄧石如、吳熙載等人影響，更主要的是「曾讀百漢碑」〔註4〕這種大量臨寫的薰陶。行、草書初學王鐸，後又學歐陽詢與米芾，久而久之，熔為一爐。中年以後參用黃庭堅左低右高、中宮緊縮、四肢輻射的行楷，平常所見的楹聯或題款，亦多用黃氏結體，但不專師之。越到晚年，越將篆、隸書的筆法引入楷、行、草、繪畫，同時也將畫意納入書法，使筆增靈動、墨色豐富。〔註5〕

由於吳昌碩早歲即醉心篆刻，且鬻印維生，他對篆書的興趣與學習由來頗早。初學楊沂孫風格，如〈篆書小戎詩〉〔註6〕（圖附1.1），用筆含蓄凝煉、結體規整嚴謹，一點一畫，無不畢肖，繼承了楊氏古樸嚴整之風，結體趨方，工穩精到，個人風格不明顯。楊沂孫也是學石鼓的；吳昌碩的取徑，與學篆的歷程，或許是深受楊的啟發吧。此外，張惠言、鄧石如、吳熙載、莫友芝、吳大澂都是他學習的對象。從他對《石鼓文》的臨、創作品的款識中，更可見他對前輩書家的仔細揣摩與領悟。長期的臨寫與提煉，加上對金文的臨寫，如〈臨庚羆卣〉（圖附1.2），吸收金文章法有行無列、字形大小參差的特點，加上自身極高的悟性，終於形成自己的獨特風格。

〔註3〕 劉江，〈吳昌碩書法評傳〉，《中國書法全集77吳昌碩卷》，（北京：榮寶齋出版社，1998年11月），頁1～4。

〔註4〕 吳昌碩，〈何子貞太史書冊〉，《缶廬集》，（永和：文海出版社，1984年7月），卷四頁3。

〔註5〕 劉江，〈吳昌碩書法評傳〉，《中國書法全集77吳昌碩卷》，（北京：榮寶齋出版社，1998年11月），頁4～11。

〔註6〕 《清吳昌碩篆書小戎詩冊》，（上海：上海書畫出版社，2004年1月）

圖附 1.1　吳昌碩〈小戎詩冊〉

1885 年 37×22cm

圖附 1.2　吳昌碩〈臨庚罷卣〉

1898 中秋

　　吳昌碩所臨習的《石鼓文》並非原拓，而是阮元於浙江學政任內以范氏天一閣北宋拓本所摹刻的本子，阮元在重刻跋文中說：「《石鼓文》脫（拓）本以浙東天一閣所藏松雪齋北宋本為最古。海鹽張氏燕昌曾雙勾刻石，尚未精善。元於嘉慶二年夏，細審天一閣本，並參以明初諸本，推究字體、摹擬書意，屬燕昌以油素書丹，被之十碣，命海鹽吳厚生刻之。至於刀鑿所施，運以意匠，精神形蹟，渾而愈全，則儀徵江氏德地所為也」〔註7〕。阮刻本經過如此周詳計劃而製成，雖仍有小部份錯誤，但在安國十鼓齋「先鋒、中權、

〔註7〕　《清吳昌碩臨石鼓文》，（東京：二玄社，1969 年 3 月 31 日），頁 55。

後勁」三宋拓本復出印刷行世前，〔註8〕可謂臨習《石鼓文》的最佳範帖。吳昌碩有詩曰：「劫火已讎天一閣，宏文阮刻費搜羅。漫誇明拓存微字，翠墨張皇雁（贗）鼎多。」〔註9〕他對阮元重刻本有著無比的信賴，並以此爲學習的範本。

從吳昌碩作品中的題款看來，他認爲臨習《石鼓文》要取其神，其神爲「古茂雄秀」、「疏宕」，要避免「板滯」；用筆要「虛實兼到」、「中鋒平直」、「綿勁」、「挺」、結合「剛、柔、渴」；結構是「圓勻」，這些觀察與體會用於實際操作中，並在「不知何者爲正變，自我做古空群雄」、「詩文書畫有眞意，貴能深造求其通」〔註10〕、「與古爲徒」〔註11〕、「不薄今人愛古人」的藝術理念支持、指導下，鑄成他個人特殊風格，而且「強抱篆隸作狂草」〔註12〕，將書法中眞、草、篆、隸四體字的特點互相融通，取其長處或特點來豐富線條的質感和內涵，甚至與篆刻、繪畫風格統一起來。

吳昌碩的篆書作品中，《石鼓文》的臨書佔絕大多數的份量，或節臨，或集字、集句，下面由作品的結字、筆法、用墨、章法或加上書寫內容等共同構成作品總體的氣勢、韻味和精神來對他的篆書作一些共性考察、剖析。

（一）從結字看

1、多取斜勢。凡有左右偏旁，或左、中、右結體，或左右有兩豎等結構的字，多呈左低右高之形，好似梯形，由低往高上升之感。他這種斜勢既不同於《石鼓》原拓的結構均衡平整的特點，也不同於同時代人所寫的，而形成吳昌碩個人特有之處。可能借鑒於形草書的筆勢或從繪畫中的構圖以斜取勢，也有的是取材於《石鼓》少數字的啓示與生發而形成。

2、有束有放。原拓多呈筆劃平均勻整狀，而吳臨《石鼓》多取小篆的「上

〔註8〕 清道光年間，安國後人分產，拆售天香堂，於樑上得安氏所藏石鼓十冊，時爲邑人沈梧所得，秘不外傳，故世尟有知者。民國初爲秦文錦所得，始於其藝苑眞賞社影印行世，後宋拓三本售於日本河井荃廬。

〔註9〕 《吳昌碩石鼓文墨迹》，（上海：上海書畫出版社，1975年5月），頁41。

〔註10〕 吳昌碩，〈刻印〉，《缶廬集》，（永和：文海出版社，1984年7月），卷一頁4。

〔註11〕 吳昌碩1912年爲美國波士頓美術館題匾。

〔註12〕 吳昌碩，〈何子貞太史書冊〉，《缶廬集》，（永和：文海出版社，1984年7月），卷四頁3。

束下疏」之法，適當再誇張一點，而有結字上重下輕、上密下疏、上束下放，且字形偏長的效果，增加了疏密對比與氣勢的收放。

3、剛柔相參。吳書以圓筆中鋒爲主，然圓筆中也寓方剛之勢。另有上小下大的塔形，或中軸緊而兩翼放，或偏旁中的上大下小等形態，皆依字勢而定，形成雄壯的氣勢。

（二）從用筆用墨來看

1、用筆：吳昌碩在一般篆書的遒勁、圓潤、光潔等特點外，加上行草書和繪畫中的用筆、用墨，再加上篆刻中的點畫蒼茫等古趣的融入，從而形成他在《石鼓》字中的筆中有墨、墨中有筆、筆墨相滲、千變萬化、氣息醇厚、蒼勁高古的金石氣味之特點。

2、用墨：一筆之中常存由於起筆的逆鋒落筆而顯得圓濕粗重，中段中鋒行筆勁健圓潤，末段行筆略快入墨較少而得枯筆或飛白，用筆的速度與提按的力度與墨色相融，形成筆墨融合的雄肆渾樸。

（三）從章法看

他的作品中，字的大小、長短在基本統一的基礎上，常有些打破常規之處。題款部分則更增氣勢，越到晚年的行草書用筆常兼含有篆、隸的筆法與行草或行、楷的結體，用於題款，實是相得益彰。

由於吳昌碩臨創《石鼓文》的結字大多有意左低右高，以取升勢，這些單字不少本身就已具備險中見奇的形勢；與較對稱均衡組合，以及字畫多少、直曲的分布，均形成較爲強烈的對比，造成一種特殊的對比而又諧調雄肆的藝術魅力，把書法「以靜示動」的內蘊發揮到極高的境界。〔註13〕

吳昌碩的書法，尤其是其風格強烈的篆書，爲他贏得了很高的聲譽，作品流傳亦多，鼓努風潮，毀、譽自然隨之而來。如向燊云：「昌碩以鄧法寫石鼓文，變橫爲縱，自成一派，他所書亦有奇氣，然不逮其篆書之工。」符鑄云：「缶廬以石鼓得名，其結體以左右上下參差取勢，可謂自出新意，前無古人。要其過人處，爲用筆遒勁，氣息深厚；然效之輒病，亦如學清道人書，彼徒見其手顫，此則見其肩聳耳。」《霋嶽樓筆談》：「缶廬寫石鼓，以其畫梅之法爲之，縱挺橫

〔註13〕劉江，〈吳昌碩書法評傳〉，《中國書法全集 77 吳昌碩卷》，（北京：榮寶齋出版社，1998 年 11 月），頁 14～15。

張，略無含蓄，村氣滿紙，篆法掃地盡矣。」〔註14〕楊守敬：「《石鼓文》常熟楊沂孫學之，自稱歷劫不磨；吾友吳蒼石仿之，亦喧傳一時。」〔註15〕沙孟海：「篆書，爲先生名世絕品。寢饋於《石鼓》數十年，早、中、晚年各有意態，各有體勢，與時推遷。大約中年以後漸離原刻，60 左右確立自我面目，7、80 歲更恣意浪漫，獨步一時。」〔註16〕如〈爲陶菴臨石鼓文四屏〉（圖附 1.3）。

圖附 1.3　吳昌碩〈為陶菴臨石鼓文四屏〉

〈爲陶菴臨石鼓文四屏〉（第 3、4 屏）及局部，1918 初春

〔註14〕以上諸家評論，皆見馬宗霍，《書林藻鑑》，（台北：台灣商務印書館，1965 年 12 月），頁 445～446。

〔註15〕楊守敬，《學書邇言》，（台北：華正書局，1984 年 2 月），頁 11。

〔註16〕沙孟海，〈吳昌碩先生的書法〉，《沙孟海論書叢稿》，（台北：華正書局，1988 年 7 月），頁 208。

　　吳昌碩一生勤研《石鼓文》等周秦兩漢金石文字，並匯通書、畫、篆刻，互注相生自我成局。由於《石鼓文》等兩周文字字形仍頗有筆意自然展開，基本上便脫開秦刻石及印本《說文解字》等規整化飾用篆文的板滯拘限，可以說找到篆書古典的活水，在清代篆書困於字形、著力筆意變化時風中，無疑是能開展視野的少數慧眼。

　　「臨氣不臨形」是吳氏研習金石篆書有成的重要理念，他擅以粗厚線條密斂中宮，再以縱勢開展拉長結字，故即使文字行列緊連，在錯落中亦自成虛實韻律，顯見其視覺構成的藝術創作深刻認知。因此，其所用雖非《石鼓文》原拓本，亦無礙其自我體會。50歲尚循守規矩紮深根基，60筆墨略脫形跡、遺貌取神，70以後則摻合自運、神與古會，即使款記臨書、集字實係自我展態。其作品中隨機應形，流現的濃郁情思與揮運風采，充分展現書寫文字表現的書法藝術本旨，而所成點畫形質的構成極為厚實精湛，可以說是清代金石派新古典表現書法的集大成傑出典型代表。〔註17〕

　　由於他在書法上取法較為狹窄，風格來源也清楚可尋，因此作為提煉個人風格的手段而對範本所施加的變化和發揮就非常明顯，特徵強烈同時也是技法的簡單明瞭，因而招致批評者的注意。立論或有偏頗苛求之處，但也在一定程度上指出了碑派書法發展到普及階段，出於對個人風格強烈渴求，技法趨於單調，趣味趨於世俗，而與傳統文人審美心理拉大距離這一事實。〔註18〕

　　不過，吳昌碩寫的石鼓文充滿了新鮮的活力，比《石鼓文》原拓更具藝術魅力。吳昌碩的最高水準在他的大篆。老辣、豪邁，甚至充滿霸悍之氣。萬毫齊力，線條圓實卻又有殘破感，最具金石之氣。結體欹側參差，字字蠢蠢欲動，在所有字體中，篆書最具靜態，而能把篆書寫得如此具有飛動之感、抒情之意，捨吳昌碩又有誰。〔註19〕

二、黃士陵之篆書表現

　　黃士陵（1849～1908），字牧甫，亦作穆甫、穆父，晚年別署黟山人、倦游

〔註17〕林進忠，《認識書法藝術1篆書》，（台北：國立台灣藝術教育館，1997年4月），頁127。

〔註18〕劉恒，《中國書法史・清代卷》，（南京：江蘇教育出版社，1999年10月），頁266。

〔註19〕陳振濂主編，《書法學》，（台北：建宏出版社，1994年4月），頁392。

窠主。青年時,書齋取名蝸篆居;中年一度名延清芬室;晚年所居曰倦游窠、息倦窠、古槐鄰屋。安徽黟縣人。父名德華,宇仲龢,是個讀書人,詩文之外,還通文字訓詁之學,著有《竹瑞堂集》。黃氏由於家庭習染,少時便對篆學發生興趣,八、九歲開始學習刻印。1863 年太平天國亂起,家鄉受兵燹所及,因而顛沛流離,未冠而之江西南昌謀食。〔註20〕

　　光緒八年(1882)黃士陵由南昌來到廣州,與長善、志銳、梁肇煌、梁鼎芬、文廷式、沈澤棠等文人交游,其篆書、篆刻有了長足的進展。篆刻仍師承吳熙載,篆書則在取法吳熙載的同時,又參以楊沂孫之法。

　　光緒十一年(1885)八月,黃士陵由汪鳴鑾、志銳等人舉薦,到北京國子監肄業,從盛昱、王懿榮、吳大澂等人學習金石,並協助吳大澂編訂金石書籍。吳大澂於十一年(1885)冬編成《恒軒所見所藏吉金錄》,於十二年(1886)編成《說文古籀補》、《愙齋集古錄》,黃氏參加了部分書藉的編訂工作。在國子監期間,他見到大量古璽印章、鐘鼎彝器、詔版鏡銘等金石原件及其精拓本,其篆書、篆刻漸從金石取法,以古為師。光緒十二年(1886)十一月,吳大澂受任廣東巡撫,黃士陵應吳氏之邀,回廣州「為吳愙齋門下士」,其於十四年(1888)十月所作《寄盦集古印》題記對此事有所載:「歲丁亥,陵來東粵,就食吳愙齋門下。」〔註21〕當時廣州聚集了眾多篤好金石的學者,《吳愙齋先生年譜》載:

> 先生撫粵,值師門繼格為將軍,親家張之洞為總督,表弟汪鳴鑾為
> 學政。汪氏幕中有葉昌熾、江標……先生門人王同愈,亦相隨左右。
> 諸公者皆博覽群籍,篤好金石文字,賞奇析疑,極盡簪之樂。〔註22〕

正因群英聚此,吳大澂為官之暇,在金石方面做了大量工作。光緒十三年(1887)三月約葉昌熾為之續編《金石記》。又以邠州石室舊稿授葉昌熾輯錄《邠州石室錄》,因紙敝墨渝,又多譌奪,無從考釋而罷。〔註23〕十四年(1888)五月「借

〔註20〕馬國權,〈晚清印壇巨擘黃牧甫〉,《看似平常最奇崛——黃牧甫書畫篆刻藝術》,(澳門:臨時澳門市政局文化暨康體部,2001 年 5 月),頁 13。

〔註21〕馬國權,〈晚清印壇巨擘黃牧甫〉,《看似平常最奇崛——黃牧甫書畫篆刻藝術》,(澳門:臨時澳門市政局文化暨康體部,2001 年 5 月),頁 17。

〔註22〕顧廷龍,《吳愙齋先生年譜》,(台北:文海出版社,1965 年 6 月),頁 157。

〔註23〕顧廷龍,《吳愙齋先生年譜》,(台北:文海出版社,1965 年 6 月),頁 157。

川沙沈氏（樹鏞）宋拓《劉熊碑》，以趙撝叔（之謙）雙鉤本校定，屬黃生士陵摹勒端石。」〔註24〕；同年七月囑黃士陵、尹伯圜爲之重新編訂《十六金符齋印存》，並自題書衣曰：

> 蓄印十六年，積累至二千；古鈢得至寶，文字秦燔先。漢魏官私印，
>
> 金玉皆精堅；同鈕各從類，年代不細編。印茲二十部，裒集豈偶然！
>
> 誰其任此役？穆父（黃）與伯圜（尹）。光緒戊子秋七月吳大澂自題。

〔註25〕

此外，他又批校了阮元《積古齋鐘鼎彝器款識》，十四年（1888）七月，廣雅書院落成，八月吳大澂出任河東河道總督，黃士陵則留在廣雅書院從事經史的校刻。〔註26〕這段期間的金石之助，開始形成其獨特的書風、印風。

　　黃士陵獨特書風、印風的形成，是在回到廣州後三年左右。因此從他入國子監取法金石始，到其書風、印風形成，前後約五、六年時間，黃氏在這段時間取法金石，並於數年間形成自家風格。一方面是因他見到了大量古璽印章、鐘鼎彝器、詔版鏡銘、封泥瓦當等金石原件及精拓本，另一方面則是因在與吳大澂、盛昱、王懿榮、張之洞、葉昌熾、江標等學者的交游中，受到了眾好古之士的影響。然就交游與影響而言，吳大澂與他的交游最密，對他的影響也最深。〔註27〕

　　吳大澂對黃士陵的影響是多方面的。首先，黃氏從吳氏的金石收藏與研究方面受到了影響。吳氏收藏了較多的鐘鼎、古印、泉幣、鏡銘、磚瓦等金石及精拓本，並編訂了較多金石書籍，黃牧甫從此受益匪淺。如他的〈騎督之印〉邊款曰：「騎督之印，見《十六金符齋印集》，務芸愛之，屬陵仿之，其光潔可及而渾古不及也。」〔註28〕再如其〈臣耘私印〉印款曰：「漢印露棱

〔註24〕顧廷龍，《吳愙齋先生年譜》，（台北：文海出版社，1965年6月），頁167。

〔註25〕顧廷龍，《吳愙齋先生年譜》，（台北：文海出版社，1965年6月），頁264。

〔註26〕張俊嶺，《吳大澂的金石研究及其書學成就》，（暨南大學碩士學位論文，2004年5月），頁42～43。

〔註27〕張俊嶺，《吳大澂的金石研究及其書學成就》，（暨南大學碩士學位論文，2004年5月），頁43。

〔註28〕韓天衡編，《歷代印學論文選》，（杭州：西泠印社，1999年8月），頁783。

角，於《十六金符齋印譜》一二見之。偶一效之。」〔註29〕黃士陵在這兩處都指出從吳氏書籍的取法。而「光潔」、「渾古」、「露棱角」可以說都是黃氏印風的獨特之處，這雖有其自身審美追求的因素，但也在一定程度上受益於吳氏的收藏及著作，這兩個材料都有力地說明了這一點。其次，黃士陵受到吳氏的治學精神影響：吳大澂有著極為嚴謹的治學精神，每得一器必「證以經史」，不敢妄自猜測。而黃氏喜在印章邊款中注明所用之字的來處，如其〈彥武所得〉印款曰：「古得字從手，寸亦從手，會意，故通用。」〔註30〕；〈金門隱者〉印款曰：「隱，篆省文，見《繆篆分韻》。」〔註31〕黃氏的這種嚴謹性較多的是與吳氏的影響有關。再者，吳大澂的金石書籍的編訂也影響了他。金石書籍的編訂包括拓碑、鉤摹、繪圖、刻板、印刷、裝訂等程序，吳氏為由金石的斑駁爛漫處尋其本真，見其內在精神，在拓與摹刻時，不僅求精，而且求「有力」與「神似」。黃士陵在為他編訂金石書籍時，自然會受到他的審美觀的潛移默化的影響。吳大澂對「古雅」的追求在黃牧甫的書、印上都得到了很好的體現。〔註32〕

在與吳氏交游前後，黃士陵書風、印風有著明顯的變化。就篆書而言，在與吳氏交游前，其篆書師承鄧石如、吳熙載，又參以楊沂孫法，用筆講究提按頓挫，重筆意，筆畫粗細變化豐富，形體狹長，書風婀娜多姿。在與吳氏交游後，他更多的從商周吉金取法，同時他也將大小篆融為一體，追求整飭平正的「古雅」之美。其後期篆書結體介於金文、小篆之間，古樸方正，不強調用筆的提按頓挫及筆畫的粗細變化，而是筆畫內斂，追求簡潔、勁挺之美；用筆堅挺流暢，「在光潔爽利的點畫中表現出用筆的果斷肯定」〔註33〕，有一種靜穆高雅之氣。他的這種書風與吳大澂如出一轍。馬國權在題黃牧甫的篆書扇面時，曾指出吳大澂對其篆書的影響：

〔註29〕韓天衡編，《歷代印學論文選》，（杭州：西泠印社，1999 年 8 月），頁 780。

〔註30〕韓天衡編，《歷代印學論文選》，（杭州：西泠印社，1999 年 8 月），頁 791。

〔註31〕韓天衡編，《歷代印學論文選》，（杭州：西泠印社，1999 年 8 月），頁 776。

〔註32〕張俊嶺，《吳大澂的金石研究及其書學成就》，（暨南大學碩士學位論文，2004 年 5月），頁 43。

〔註33〕劉恒，《中國書法史·清代卷》，（南京：江蘇教育出版社，1999 年 11 月），頁 220。

　　牧甫古籀初師濠叟、憩翁，後參差變化，契合周賢，楊、吳兩公所

　　不及也。〔註34〕

黃士陵早期書法主要寫吳熙載一路，署款爲行書，〔註35〕喜參鄧石如法，所
寫〈琅琊石刻〉、〈泰山石刻〉一類秦篆，用筆極爲銛利挺勁，線條雄奇鬱勃，
且敢於作「寬可走馬，密不容針」之聚散安排，予人以閎肆灑逸之感。〔註36〕
後來的篆書取法商、周文字，結體介於金文、小篆之間，古樸平正，用筆圓
潤渾厚、果斷肯定；〔註37〕用筆則取法於金文鑿款，堅挺流暢，斬釘截鐵。
他並不熱衷於依賴濃濕的墨色和頓挫顫抖來達到遲澀生拙的效果，而是在光
潔爽利的點畫中，表現出用筆的果斷肯定，以字形結構的古意（相對於小篆
而言）來營造出一種大智若愚和傲岸不群的氣氛，〔註38〕如〈臨濠叟夏小正〉
（圖附 2.1）。所作多參酌〈石鼓〉與周金文體勢，自成淵懿渾古、峻利挺拔
體貌。一字之中每喜作一二輕快之筆以取趣味，如「口」字中間相接之處，
往往左邊斜垂，而右邊則稍稍翹起，用求變化；如左右兩點，亦一平一斜，
使之靈動而不呆板〔註39〕。中期作品還有署款改行書爲隸書的特點（吳大澂
一些篆書亦用隸書款），如〈微雨、雜花八言聯〉（圖附 2.2）；晚期除了愈寫
愈老辣、愈成熟外，款文改爲帶有明顯碑意的行書。〔註40〕他在自己藝術風
格的形成過程中，與吳大澂的關係最爲密切，其審美的追求也與吳氏相似。
吳大澂的不求蒼野與怪異，他所編訂與刊刻金石、文字書籍，爲世人習書、

〔註34〕馬國權，〈題黃士陵扇面〉，《看似平常最奇崛——黃牧甫書畫篆刻藝術》，（澳門：
　　　臨時澳門市政局文化暨康體部，2001 年 5 月），頁 14。

〔註35〕董建，〈安徽省黃山市博物館藏黃士陵書法評述〉，《書法叢刊 91》，（北京：文物出
　　　版社，2006 年 5 月），頁 56。

〔註36〕許禮平編，《宗陶齋主人藏近代名家楹聯》，（香港：翰墨軒，1998 年 5 月 4 日），
　　　頁 54。

〔註37〕張俊嶺，〈吳大澂的金石研究及其書學成就〉，《書法研究 124》，（上海：上海書畫
　　　出版社，2005 年 5 月），頁 88。

〔註38〕劉恒，《中國書法史·清代卷》，（南京：江蘇教育出版社，1999 年 10 月），頁 220。

〔註39〕許禮平編，《宗陶齋主人藏近代名家楹聯》，（香港：翰墨軒，1998 年 5 月 4 日），
　　　頁 54。

〔註40〕董建，〈安徽省黃山市博物館藏黃士陵書法評述〉，《書法叢刊 91》，（北京：文物出
　　　版社，2006 年 5 月），頁 57。

印提供了良好範本。從中更可見金石文字學與書印之間的內在聯繫及清代學術在篆書發展中所產生的巨大影響〔註41〕。

圖附 2.1 黃士陵〈臨濠叟夏小正〉

〈臨濠叟夏小正〉1896

〔註41〕張俊嶺〈吳大澂的金石研究及其書學成就〉,《書法研究124》,(上海:上海書畫出版社,2005年5月),頁89〜91。

圖附 2.2　黃士陵〈微雨、雜花八言聯〉

〈微雨、雜花八言聯〉142×33cm

　　而至於篆刻方面，首先，黃士陵的以鐘鼎文入印受到了吳大澂的影響：吳大澂在篆刻上倡導以鐘鼎、古璽文字入印；黃氏早期遠師鄧石如，近師吳熙載，以今人為主，印風嫵媚多姿；而後期受吳氏以鐘鼎、古璽為宗的審美觀影響，在師法古印時，更多的取法於三代鐘鼎、古璽，以吉金文字入印，從金文上闢出一條新路。至於他對金文的取法，羅復堪曾云：「牧甫先生篆刻力追三代吉金、秦漢璽印，間仿錢幣，旁及瓦當。」〔註42〕趙之謙、吳昌碩的篆刻雖偶有運用金文的，但沒有像黃士陵這樣將金文放在主位。李茗柯在

────────────────

〔註42〕羅復堪，《黟山人黃牧甫先生印存上集‧題辭》，（杭州：西泠印社，1935 年 4 月）

比較趙之謙和黃士陵的篆刻時，對黃氏在金文上的成就也給予了充分的肯定：「悲庵之學在貞石，黟山之學在吉金；悲庵之功在秦漢以下，黟山之功在三代以上。」〔註43〕其次，黃氏的平正光潔的印風受到了吳氏影響。吳大澂追求「古雅」，其篆刻多平整、秀勁，不追求外形的殘破。而黃士陵也極重於追求光潔勁挺，如其〈季度長年印〉印款云：「漢印剝飾，年深使然，西子之矉，即其病也，奈和捧心而效之？」〔註44〕；〈祖望〉印款云：「漢《三公山碑》篆書而畫多徑直，今仿之。」〔註45〕爲求光潔、勁挺，他將原沖刀發展爲長沖刀，刀法光潔精煉。其後期的印風是平易正直，勁挺光潔，「平正中見流動，挺勁中寓秀雅，既無板滯之嫌，也無妄怪之失。」追求平正、光潔之美。黃氏的這種審美追求也在很大程度上受益於吳大澂的「古雅」觀。〔註46〕

　　總之，不論是書還是印，黃牧甫前期皆重於筆意，追求筆法的跌宕、結體的姿媚；而後來則追求用筆的沉實，結體的整飭與平正，重於字的空間的分割，力求一種高雅淡然之美。其成熟的篆書、篆刻風格與吳大澂的規範平正的書風、印風有著較多共同性。可以說，吳大澂對黃牧甫書風、印風的形成產生了決定性的影響。如今，黃牧甫印風以嶺南爲據點輻射全國，豈無愙齋之功？〔註47〕

三、齊白石之篆書表現

　　齊璜（1863～1957），湖南湘潭人，原名純芝，字渭清，號蘭亭，後改名璜，字瀕生，號白石，別號借山吟館主者、寄萍老人、木人等，著名書畫家。少家貧，學木工並習繪畫，1919 年定居北京，以篆刻賣畫爲生，後任北京中央美術學院名譽教授、中央文史館館員。書法初學何紹基，後改學金農、鄭板橋，行草蒼勁豪邁，篆書得力於《三公山碑》、《天發神讖碑》、《新嘉量銘》，

〔註43〕易均室，《黟山人黃牧甫先生印存下集・跋》，（杭州：西泠印社，1935 年 4 月）

〔註44〕韓天衡編，《歷代印學論文選》，（杭州：西泠印社，1999 年 8 月），頁 782。

〔註45〕韓天衡編，《歷代印學論文選》，（杭州：西泠印社，1999 年 8 月），頁 784。

〔註46〕張俊嶺，《吳大澂的金石研究及其書學成就》，（暨南大學碩士學位論文，2004 年 5 月），頁 44～45。

〔註47〕張俊嶺，《吳大澂的金石研究及其書學成就》，（暨南大學碩士學位論文，2004 年 5 月），頁 45。

篆刻淵源於趙之謙而另闢蹊徑，雄放峻拔，影響深遠，作品收入《齊白石作品集》中。

　　齊白石吸取吳昌碩的經驗，將臨習的範本局限在三國吳的〈天發神讖碑〉一種之上，這種碑本來就是在篆書已經衰敝的三國時代由一些好古尚奇之士勉強湊合而成，其中有不少想像爲之的造型與筆法。齊白石原是一位善發奇想的藝術家，這通石刻篆書的不合法度似乎正與他意氣相投，因此也給他的篆書創作帶來許多難以逆料的奇思異想。齊白石篆書用筆的大膽與筆觸的解放，是吳昌碩、黃賓虹二氏所遠遠不及的，這種篆書線條甚至可以說是由文人畫介入繪畫的書法線條在經過文人大寫意的充分誇張、放大、培育之後，又由齊白石引回到書法中來。因此，要以書法的標準去衡量齊氏的這種篆書線條顯得有些不自量力，這種線條所創造的新的美感經驗實際上已經預示著中國書法在當代中國將發生的更劇烈變化的前景。齊白石篆書與吳、黃二氏的相同之處是：都注重結體上的圖案意味，在不損害結構的前提下，將這種意味與運筆的特殊美感結合起來，創造出令人耳目一新的篆書書法。吳、黃、齊三氏不僅都是畫家，同時都是對篆刻的研究和創作有深湛修養的篆刻家，這一點令人想到清代以裝飾意味濃厚的篆書著名的趙之謙和徐三庚，他們也都是成就斐然的篆刻家，而且趙氏還是一位有相當創造性的畫家。或許，從畫家注重造型的心目中所見到的金文字形，從篆刻家注重空間分割和線條裝飾的心目中所見到的篆書字形，與平常注重筆法與字形字義的書法家和文字家心目中所見到的古代文字遺迹畢竟有些不同之處吧。不管如何，三位畫家兼篆刻家的篆書創作給現代書法家們學習金文書法提示了另一種可能性。〔註48〕

　　他的篆書融會〈三公山碑〉、〈天發神讖碑〉、秦詔、〈瑯琊刻石〉等，改易減省爲較易識別的簡體篆，並適當摻用隸法，以行筆尚方、縱橫平直、對比鮮明、促上疏下、字取縱勢等爲特徵，從而造就了自己樸野剛毅、雄肆淋漓的篆書個性，如〈李頎寄韓鵬詩〉（圖附3.1）、〈月圓人壽橫幅〉（圖附3.2）當然，在他的眾多篆書作品中，也有篆法訛誤，或偏旁組合成字不夠協調，或某一字結字的圓轉、方折處理不夠自然，或整篇篆字風格不夠統一等不足之處，這些

〔註48〕陳滯冬，《中國書法賞析叢書・甲骨文、金文》，（北京：北京圖書館出版社，1999年7月），頁52～54。

情況和鄧石如對篆書的創造所遇到的情況相似〔註49〕。以印入篆，多方折而少圓通，雖流於單一而略嫌匠氣，也卓成一家〔註50〕

圖附 3.1　齊白石〈李頎寄韓鵬詩〉

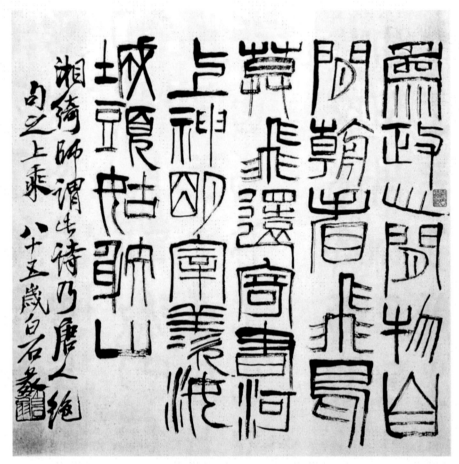

〈李頎寄韓鵬詩〉　1945 年

圖附 3.2　齊白石〈月圓人壽橫幅〉

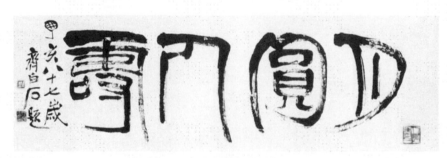

〈月圓人壽橫幅〉　1947 年

〔註49〕吳清輝，《中國篆書學》，（杭州：中國美術學院出版社，2002 年 6 月），頁 62。

〔註50〕白砥，《書法空間論》，（北京：榮寶齋，2005 年 2 月），頁 68。

　　齊白石書、畫、印三絕，他的繪畫審美精神也同樣體現在他的書法、篆刻上。其篆刻取法《三公山碑》、《天發神讖碑》，奇絕雄肆單刀直沖，繼吳昌碩之後開現代篆刻大寫意新境。「齊白石書法早年學何紹基，30 多歲時寫的何紹基體，形神兼備，神足氣完，具有很高水平，這說明他的書法在早年就打下了很深厚的傳統功底。後取法金農、李北海、米芾、黃山谷，化古為我，自揭鬚眉，形成長槍大戟、風神凜然而又不乏名士氣、不衫不履、破空橫行的書法風格」。從齊白石書法的取法來看，他基本偏重文人書風一路。但他在書法審美觀念上卻無異與傳統文人書法有著根本的衝突。傳統文人書法從二王、蘇東坡、黃山谷的重韻、書卷氣，到明代董其昌的重禪氣、淡意，再到清代劉墉重廟堂氣，以致最終形成帖派末流的館閣體。由闇弱到死寂，傳統文人書法可謂每況愈下。齊白石書法不重韻，也不重禪氣、廟堂氣，而是重神——即來自生命本身的自由精神。齊白石書法沒有傳統文人書法的蘊藉、風雅、矜莊之態，更沒有其末流的酸腐、孱弱。他的書法一如其畫，自然質樸，大樸不雕，有一種天真爛漫的稚拙之境。與其繪畫的筆精墨妙、爐火純青比較，他的書法有一種狡黠橫發、不為合格的殘缺美。而與其說這是齊白石書法在技術層面把握的欠缺所造成的，倒不如說是一種脫略技巧而對內在精神深層把握的顯示。齊白石書法雖表面看來不無粗疏荒率，但其真氣彌漫，透出一種生命本色，在精神抖擻處顯見別裁和天才。〔註51〕

四、黃賓虹之篆書表現

　　黃賓虹（1865/1/27～1955/3/25），安徽歙縣人，生於浙江金華。字樸存，一作樸人，後以號行，別署予向、虹廬、虹叟，中年更號賓虹。

　　黃賓虹與吳昌碩作為近百年歷史上的兩位傑出的繪畫大師，他們在書法藝術領域同樣取得了很高的成就。而篆書無疑是兩位大師的強項，王家葵在論黃賓虹書法時說「畫家書法推崇墨韻，風姿綽約，若論法度規矩則不免疏失；學者心思縝密，書寫瞻前顧後，往往謹嚴有餘而情趣蕩然。約言之，學者過於冷靜；畫家容易衝動，皆局限其書法境界之攀升。……黃賓虹頗能擺脫宿命，以理法統率書寫，所作較浪漫書家多規矩，較刻板學者多生動，和

〔註51〕宋海濤，《清末民初書風研究》，（山西師範大學碩士學位論文，2012 年 5 月 15 日），頁 20～21。

合折中，允為上善。」又云：「賓虹大篆最為生動，識字功夫深，構圖心思巧，正介於畫家與學者之間，宜其超邁前賢。」〔註52〕此論頗為中的。〔註53〕

光緒二十五年甲骨文字的發現，光緒二十六年敦煌石窟藏品的出世，以及大量的金石、陶文、璽印、錢幣、簡牘等文物紛紛出土。黃賓虹適逢良機，有幸從這些前人無法得見的古文字和漢晉墨跡中汲取營養，得到啟發。賓翁亦曾自言「我習篆書是從金石古璽銘刻入手，從刀書的清剛，悟出杵書筆法渾厚之風，行筆多變，八面有鋒。」〔註54〕從篆籀文字中提煉出「參差離合，大小欹正，俯仰斷續，肥瘦短長，齊而不齊」的「內美」價值觀、審美觀，並付諸書法實踐。黃氏所追求的這種「內美」即「自然美」，在用筆上重視合度與合道，而不作硬性的牽扯與擺佈；就字勢而言要按點畫的自然形態順勢而出，力避人工的「布算」與做作。老子說「人法地，地法天，天法道，道法自然」，在藝術實踐中傳統型的所有書家無不追求著這種「大美不雕」的境界，遺憾的是很多人在創作中總是要做出種種刻意的「表現」而終究難臻此境。黃賓虹對於這種「大美」的追求自覺、執著、真實、自然，所以一筆一字洋溢著一片天真爛漫的勃然生機。

從黃賓虹現存的作品看，其篆書作品有融入大篆筆意，靈動峻宕的小篆，如〈潛德錄題簽〉（圖附 4.1）；頗多秦詔版、漢摹印篆遺意，筆道方折一路的篆書，如〈楊誠齋詩手卷〉（圖附 4.2）取法三代吉金文字的大篆。此類作品以不齊為齊，神態生動自然，極盡變形之能事，意境深遠，傳達著先生所追求的「內美」即「自然美」，代表著他篆書創作的高度。三代古文字形體變動不拘，外形參差不齊，形態變化多端，蘊含不齊之齊、大巧若拙之美，而東周籀文富有裝飾意味，具圖案美，特別是周末六國璽印文字尤變異奇詭，不可思議。這些字體可開發性或可塑性極強，適合於書家按某種需要進行裁剪，以抒寫己意。

〔註52〕王家葵，《近代書林品藻錄》，（濟南：山東畫報出版社，2009 年 4 月），頁 94。。
〔註53〕王志，《民國篆書研究》，（南京師範大學碩士學位論文，2011 年 5 月），頁 13。
〔註54〕黃賓虹研究會編，《墨海青山》，（濟南：山東教育出版社，1988 年 8 月），頁 132。

圖附 4.1　黃賓虹〈潛德錄題簽〉

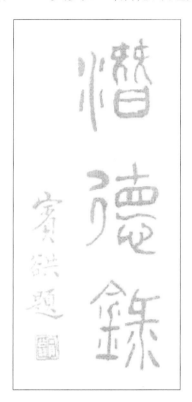

圖附 4.2　黃賓虹〈楊誠齋詩手卷〉

　　如〈驦驦、牡丹七言聯〉（圖附 4.3）聯云：「驦驦邁群冀北馬，牡丹盛稱洛陽花」是黃賓虹成熟時期作品，其深諳金文章法之奇趣，欹側多變，取法乎上，充分展示黃賓虹獨特的藝術個性。結字奇崛，不齊中求齊，生辣稚拙，筆墨蒼潤相間。就整體而言，黑白、虛實、枯潤、聚散、疏密多方面強烈對比，頗能刺激讀者視覺上的愉快，創造出無可言狀的藝術感染力。從用筆上表現出對「正統」的背叛，老而生、稚而拙，並大膽地揉入明清諸大家的草書筆意，飄逸出塵。從這幅對聯靈動的用筆來看，他是實踐了自己的主張，不死執筆桿，而是懸臂以指轉動筆桿書寫。這也是受包世臣書論影響。他強調「用筆之道，宜以指轉筆，作篆尤非用轉不得靈活，但不可落邪怪耳。」〔註 55〕以指轉筆則靈活多變，行筆自然，不板不滯。此聯整體營造一種高古蒼潤、趨於荒寒的意境，這除了得力於作品的實處，即起訖波磔提頓等的力滿氣渾之外；主要得力於作品中的虛處，即分行布白的巧妙。在無筆墨處用心，布白多追求弧三角形，而忌全方全圓等規則幾何形，達到寓齊於不齊、寓不齊於齊的藝術效果。〔註 56〕

　　黃賓虹用筆主張：「一曰平、二曰圓、三曰留、四曰重、五曰變。」並於「變」字上極盡能事。從〈驦驦、牡丹七言聯〉中可見其篆書線條以純方或純圓面目出現者極少，而方圓兼施。通過用筆的提按與翻折，在點線起收處、線條中段及轉折處形成諸多方筆或使點畫蘊含方的意味，其中對於帶弧形的線條處理尤見匠心，頗具一波三折之趣，柔中見剛，極富韻致。而這些提按與翻折筆法的運用卻又是自然的，無矩可尋，因此線條方中圓、圓中方，點畫輪廓多呈不規則的凹凸起伏，線條呈微妙的粗細變化，極耐品味。

　　他在金文的書寫中加入顫動、波動、提按、留駐，同時運用中、側鋒的自由轉接（有時在一筆畫中幾次轉換筆鋒），致力表現銘文殘缺的感覺，但部分筆畫接駁處沒有仔細銜接，似乎是故意留下某些對書寫的暗示，他沒有一味強調力量的使用，而在控制行筆中的生澀意味時，還表現出輕鬆的一面。與前人相比，他對金文有自己的理解和成功的處理。〔註 57〕黃賓虹篆書結字多呈長形，

〔註55〕南羽編，《黃賓虹談藝錄・沙田問答》，（鄭州：河南美術出版社，1998 年 10 月），頁 44。

〔註56〕王志，《民國篆書研究》，（南京師範大學碩士學位論文，2011 年 5 月），頁 14。

〔註57〕邱振中，《書法的形態與闡釋》，（北京：中國人民大學出版社，2005 年 6 月），頁 186。

用拉長或縮短某些點畫以獲奇趣。他強調疏密對比，結體常常出人意料而又合於理趣，結字多疏朗，留白較多，而字內空間又多呈開放性，與字外空間相互貫通，使空白處成為整幅作品不可分割的有機組成部分和營造意境的重要因素。

圖附 4.3　黃賓虹〈驪驪、牡丹七言聯〉

　　黃賓虹沒有把繪畫中墨法表現用於篆書，在篆書的創作中除偶用漲墨外，不強求墨色的過多變化，與傳統的路數基本相近，即用墨忌枯燥、求清潤。黃賓虹追求篆書用筆、結體的多變，不求墨色的多變，強化了作品的藝術表現力，使作品更耐人品味；而墨色的少變，能避免作品出現「花」的現象，有利於荒寒冷寂意境的營造，而這種境界可能就是他要追求的。

　　黃賓虹於大篆書法的探索之路在書史上有著獨特的價值。從它生辣稚拙，筆墨蒼潤篆書作品中我們看到了濃郁的文人意味，看到了書作中隱隱的畫意，看到了一個高古、冷逸、靜穆的審美新天地。〔註58〕

　　黃賓虹融入大篆筆意的小篆作品，取法秦詔版、漢篆的一路篆書，取法三代吉金文字的大篆，以及極盡變形之能事，代表著他篆書創作的高度。〔註59〕

　　與吳昌碩將目光鎖定在秦國刻石《石鼓文》一種文獻之上不同，黃賓虹則更廣泛地注目於西周金文並旁及春秋戰國璽印文字、青銅器銘文（圖附4.4），他以舊稱的大篆系統的金文的材料創作他的篆書作品，以蒼潤戰掣的筆痕，傳達出古拙奇逸的藝術趣味。黃氏的作品彷彿盡量避免使用常見的字形，以圖案味極重的冷僻造型給人以生辣的第一印象，這也是一般書法家和古文字學家所難以做到的。〔註60〕

〔註58〕王志，《民國篆書研究》，（南京師範大學碩士學位論文，2011年5月），頁14。

〔註59〕王志，《民國篆書研究》，（南京師範大學碩士學位論文，2011年5月），頁17。

〔註60〕陳滯冬，《中國書法賞析叢書‧甲骨文、金文》，（北京：北京圖書館出版社，1999年7月），頁51。

圖附 4.4　黃賓虹〈臨叟季良父壺〉

五、吳敬恆之篆書表現

吳敬恆（1865～1953），原名眺，幼名紀靈，亦稱寄舲，字稚暉。後改名敬恆，別字朏盦，旅居海外時署名訒盦，對日抗戰時化名翰青，晚年自稱朏盦老人。〔註61〕江蘇武進人；6 歲喪母，兼之家貧，遂歸養於無錫外祖母鄒氏家，以迄成人，因亦有稱其爲無錫人者。〔註62〕7 歲入塾啓蒙，18 歲即開始教讀，治《皇清經解》有功力，長於史論；文學桐城派古文義法，對於詩賦喜讀而不常作。〔註63〕

光緒十三年（1887）爲陽湖縣學生，光緒十五年（1889）入江陰南菁書院，山長爲定海史家黃以周，有座右銘曰：「實事求是，莫作調人」，吳氏終身引爲服膺之言。光緒十七年（1891）應鄉試，中式爲舉人，此後三次入京會試均未第。首次會試未第後，於光緒十九年（1893）改入蘇州紫陽書院肄業，光緒二十一年（1895）三次會試仍未第後，返就吳縣陳容民家爲西席。光緒二十三年（1897）北上天津，任北洋大學堂漢文教席，光緒二十四年（1898）南下上海，改就南洋公學國文教席，前後凡三年；光緒二十七年（1901）三月，因與新任總辦張元濟未洽，旋赴日本習高等師範。是年冬，應兩廣總督陶模之聘，返廣州於廣雅書院舊址籌辦廣東大學堂，次年四月，於招生藏事後，仍回日本；斯後，其行止更爲雜蕪，先與蔡元培、章炳麟同組愛國學社於上海，旋因「蘇報案」水火不容，幾同破裂，再於光緒三十一年（1905）年春於英國倫敦寓所會晤孫逸仙後，正式加入中國同盟會；冬，在法國巴黎與張人傑、李煜瀛成立世界社，主編《新世紀周刊》，以，「燃」、「燃料」、「夷」爲筆名，宣傳無政府主義、反對君主立憲、倡導革命，逮至民國肇建，吳氏返國，爲孫逸仙大總統迎至總統府同室居住，便往來於南京、上海之間。往後即學、政兩兼，雖職任未崇，然於中華民國實居師保之尊，於孫逸仙、蔣介石之國民革命運動中之領導地位則始終擁護，每值危疑震憾之際，輒仗義執言，頗有澄清局勢之功。1927年襄贊國民革命軍總司令蔣介石實施清共，完成中國統一，使蘇俄赤化中國之

〔註61〕陳淩海，《吳稚暉先生年譜》，（臺北：陳淩海，1971 年 4 月），頁 3。

〔註62〕孫亮球，《吳大澂古文字學與篆書書法研究》，（東吳大學中文系博士論文，2007 年 7 月），頁 117。

〔註63〕《台灣地區前輩美術家作品特展・二，書法專輯》，（臺中：台灣省立美術館，1994 年 3 月 25 日），頁 29。

陰謀延阻二十年，即其特著之一端耳。1949 年春由上海遷臺北，1953 年 10 月
30 日因攝護腺病不治，享年 89，12 月 1 日，中國國民黨中央黨部遵其遺囑，
葬骨灰於金門水頭附近海域。

　　吳氏於民國肇建後，職履雜甚，艱於備舉，茲列其常任之職如下：里昂中
法大學校長、上海國語師範學校校長、國民黨中央監察委員、國防最高委員會
委員、　中央評議委員、中央研究院院士、國民大會代表、總統府資政。一生豐
於著述，1917 年緣推行國語統一運動之故，因纂成《國音字典》，1919 年 9 月
由商務印書館梓行，身後則有《吳稚暉先生全集》十八冊行世。

　　吳敬恆一生，干涉政治頗深，然其名山之業，實在訂定國語注音符號，
推行國語統一運動；此一運動因其倡導，得使全國關注國音符號之必需，凡
國語統一、民族團結之效益，莫不由此奠基，然事之發軔，實緣於光緒二十
二年（1896）館陳氏（容民）時，為便利文盲之親友拼寫本鄉方言所需，按
《康熙字典》等韻創製之「豆芽字」。至若書藝一道，要亦名家，惟乃餘事而
已。〔註 64〕

　　吳氏工於楷、篆，審其字容，均似燒剪筆鋒所書。所作楷書，形構方整，
風格近乎顏、柳而轉折平易，泯卻姿態，鍛鍊鋒芒，饒有篆意。代表作為 1946
年蔣介石命書之〈蔣金紫園廟碑〉。篆書則純法吳大澂而來，想因長於蘇州府所
轄、蘇州之旁縣無錫，又曾入紫陽書院，且於廣雅書院舊址籌建廣東大學堂之
經歷，而於大澂謦欬有所陶染所致。其篆書形貌之淵源，或可從吳本善、沈恩
孚一路窺知。

　　吳本善，字訥士，江蘇吳縣人。吳大澂兄大根之子，當代海上畫派名家吳
湖帆之父，蘇路股款清算處負貢人。大澂嘗稱此姪「喜習篆文」、「能識三代古
文，深知大篆之勝於小篆也，所見出李潮上矣。」〔註 65〕曾在蘇州創辦草橋中
學，善詩文，喜臨池，行草書冠絕鄉里；工四體書，以鐘鼎之法作小篆，工穩
淵茂，但不輕為人作，書以篆最為擅長。因吳大澂子早夭，故將吳本善子吳湖
帆過繼其為孫。三代之中，吳本善之名少為人知，其書跡更為難見，吳本善曾

〔註 64〕孫亮球，《吳大澂古文字學與篆書書法研究》，（東吳大學中文系博士論文，2007 年
　　　　7 月），頁 117～118。

〔註 65〕顧廷龍，《吳憲齋先生年譜》，（台北：文海出版社，1965 年 6 月），頁 152。

為吳大澂代筆，從〈畫裡、鏡中七言聯〉〔註66〕（圖附 5.1）之吳大澂款「蓉伯表弟大人屬訥士侄書此聯句，見者多疑為拙作，然病後腕弱，鄙人已無此筆力矣，書此以誌喜。丙申除夕天意欲雪，未知能慰三農之望否？」和作品的呈現來看，確非妄言。至〈長篇、晚節七言聯〉〔註67〕（圖附 5.2），其中結字間架已漸有稚拙之趣，從上聯中前五字觀之，已與前作和下聯風味大殊矣。

圖附 5.1　吳本善〈畫裡、鏡中七言聯〉

〈畫裡、鏡中七言聯〉1897 年　115.5×26cm

〔註66〕http://member.99ys.com/home/163150/detail_auction_work-140752 2016/10/27 檢索。

〔註67〕http://bbs.artron.net/thread-3248163-1-1.html，2016/10/27 檢索。

圖附 5.2　吳本善〈長篇、晚節七言聯〉

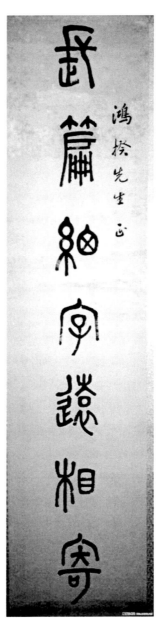

　　另就吳本善贈錢基博之〈贈潛廬軸〉（圖附 5.3）「鎮之以清瀞（靜），安之以惠龢（和）」看來，雖仍不脫吳大澂嚴謹風格，然多出敦厚生拙之氣；用筆節奏以逆筆起的中鋒爲主調，穩實中間有如「清」、「瀞」之水部偏旁的遲滯；而如「鎮」、「之」、「安」等字較諸「惠」、「龢」之結體，疏放稚嫩風調已壓倒凝練之姿，似乎在預示沈恩孚、吳敬恆一路篆書目的到來。〔註68〕

───────────

〔註68〕孫亮球，《吳大澂古文字學與篆書書法研究》，（東吳大學中文系博士論文，2007 年 7 月），頁 116。

圖附 5.3　吳本善〈贈潛廬軸〉

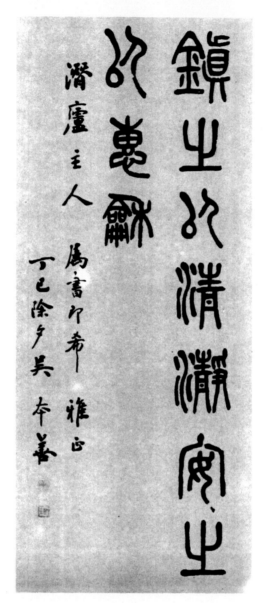

1917 年除夕

　　沈恩孚（1864～1944），字信卿，號漸庵、心罄。江蘇吳縣人。上海龍門書院肄業。光緒三十年（1904）赴日本考察教育，回國後任龍門師範學堂監督、江蘇學務總會會長，辛亥革命後籌創南京河海工程專門學校暨鴻英圖書館。〔註69〕沈氏於近代書名未著，觀其〈奔馬、好花五言聯〉（圖附 5.4）：「奔馬不可及，好華（花）安用多」，其用筆、結體近於吳大澂〈白鶴泉銘〉看來，

〔註69〕池秀雲編，《歷代名人室名別號辭典》，（太原：山西古籍出版社，2002 年 1 月），頁 819。

知其作篆亦是取徑吳大澂，但體貌較為雄壯粗豪，筆畫的轉折、構成更傾向於機械化，而用字配篆的講究則稍欠細謹。如「華」字形構近《說文》小篆，然下半部之「」覈諸眾鼎銘字形，皆未有能切合者；「用」字中豎畫獨長，與兩旁豎畫難以勻配；「多」字首筆亦稍短而使結構空疏。吳敬恆生也晚於沈氏，所作篆書亦略同此機械化面目，有時更加隨意不經，就近代篆書譜系而言，此一路數可謂吳大澂篆書理路的末流。〔註70〕

图附 5.4　沈恩孚〈奔馬、好花五言聯〉

〔註70〕孫亮球，《吳大澂古文字學與篆書書法研究》，（東吳大學中文系博士論文，2007年7月），頁116～117。

　　吳敬恆之作篆，由晚年〈歲寒軸〉（圖附 5.5）：「歲寒然後知松柏之後彫」看來，知其一生致力者乃在大澂〈白鶴泉銘〉、《真人三碑》一路，與吳本善、沈恩孚同一徑路；又，〈岳忠武王詞〉（圖附 5.6）一作，未署時日，審諸款書行楷，風調近於〈蔣金紫園廟碑〉，故疑書作年限亦當在 1946 年前後。是作一見亦知是沿〈白鶴泉銘〉、《真人三碑》路數而來，惟構形、章法勻整至極，較諸大澂，實有過之。所異者，於筆畫稍省之字、獨體構形之字，如「王」、「雨」、「壯」等，特注重墨，下粗豪之筆；又字有左右、上下組合構形之字，如「武」、「冠」、「歇」等部分偏旁之筆畫亦同樣處理，如是兩紙、行、字之間，因粗重、細輕不斷穿錯之故，形成宛如樂章中輕、重音般之節奏感。而關鍵接筆處故留間隙之處理，如「王」、「怒」、「憑」等，不僅未顯支離之態，甚且達到外部「空氣」得以浸潤、流布字內空間之效果，降低篆書先天本有之嚴肅感，無形中增添些許平易氣質，且於莊重之容無失；凡所用心處，未僅於原本形構、章法機械、圖案化之傾向有所減卻，亦使氣機流動於紙間，是以乍睹是作，未免有板滯之嫌，然彌視彌佳，殊堪細品；細品之中，復覺其神理在吳氏〈臨秦銅權詔〉、〈吉金、讀畫七言聯〉之間，雖功力、品調稍遜，然緣諸輕重穿插所呈現之節奏感，及其悅目之疏朗空間氛圍，卻為大澂書作所無；凡習大澂晚年小篆書體一路者，迄此可謂展延殆盡矣。〔註71〕

　　〈生活、生命十五言聯〉（圖附 5.7）乃臺人熟稔之句，聯云：「生活的目的在增進人類全體之生活，生命的意義在創造宇宙繼起之生命」，款題云：「總裁撰聯詔示宇宙人生哲理，精微含閎，久張朝野習禮之堂，今敬以古籀體式書之。中華民國三十有四年七月，吳敬恆謹篆，時年八十有一。」實大澂《篆文論語》「大、小二篆，同條共貫」創作手法之再現，而風貌之板滯不諧，猶有過之。〔註72〕

〔註71〕孫亮球，《吳大澂古文字學與篆書書法研究》，（東吳大學中文系博士論文，2007 年7 月），頁 119。

〔註72〕孫亮球，《吳大澂古文字學與篆書書法研究》，（東吳大學中文系博士論文，2007 年7 月），頁 120。

圖附 5.5　吳敬恆〈歲寒軸〉

〈歲寒軸〉1943 年

圖附 5.6　吳大澂〈白鶴泉銘〉

圖附 5.7　吳敬恆〈岳忠武王詞〉

〈岳忠武王詞〉約 1946 年

　　綜觀全作，金文、《說文》小篆、古文之形體錯雜，配篆並未得宜，兼之筆畫伸展方向零散，而大、小篆、楷書筆意錯雜；楷書筆意明顯者，如，「增」、「類」、「全」、「體」四字，致使整聯宛如一五味未調之羹湯，頗顯扞格澀硬之狀，未稱合作，遜於〈岳忠武王詞〉多矣。蓋老年頹筆，雖經刻意布置，然已心餘力絀，故有未逮之處；要亦於大篆一道諦解未深所致也。凡涉大篆一道純只慕效《篆文論語》「大、小二篆，同條共貫」之創作手法，而於古文字學研治未深者，其失大抵若是。〔註 73〕

<hr>

〔註 73〕孫亮球，《吳大澂古文字學與篆書書法研究》，（東吳大學中文系博士論文，2007 年 7 月），頁 123。

圖附 5.8　吳敬恆〈生活、生命十五言聯〉

頌敦	13 上 5	5 下 18 古文	頌敦
師酉敦	2 上 34 古文	4 下 17	11 上 3
7 上 4	許子妝鼎	許子妝鼎	7 上 4
10 下 24	頌敦器	頌敦器	4 上 1 古文
虢季子盤	陳猷釜	11 上 3 或體	7 上 4
林氏壺			孟鼎
師虎敦			13 下 31
羊子之造戈			召尊
7 下 7			孟鼎
7 下 15			10 上 33

〈生活、生命十五言聯〉1945/7

六、蕭蛻之篆書表現

蕭蛻（1876～1958），江蘇常熟人。初名守忠，後改名嶙。早年字盅孚，一作中孚，後又易名蛻，字蛻公、退闇。奉佛後法名慧脫，又曰本無。別署很多，如寒叟、寒蟬、聽松庵行者、旋暗室主、苦綠等，晚年常署無翁、本

無老人、本無居士、罪松老人等；〔註74〕因其耳聵，又號聵齋。〔註75〕名號多不勝數，晚年移居蘇州，以鬻書自給。初住大石頭巷，後住葑門內闊家頭巷，那一帶俗稱南園，因自號南園老人。學生翁闓運曾問先生別號為何如此之多？答曰「為了不求人知」。其淡於名利如此。性耿介，博通經史，治六書、三禮、輿地之學，尤精小學。為清代廩生，後入南社，和李叔同（弘一法師）、余天遂、葉玉森、沈尹默、馬敍倫等同為南社名書家。又參加同盟會，以文字鼓吹革命。辛亥革命後，袁世凱及軍閥先後篡竊國政，乃退居不仕，因號退庵，不和友朋往來；南社舊友只與李叔同一人保持聯繫，寄居上海執教兼行醫。曾從張聿青學醫，和丁福保、吳子深為同學，醫術甚精，曾被推為上海中醫公會副會長。

蕭氏教書初在上海城東女學。後入愛國女中，曾繼蔡元培之後，代理校長。城東女學校長楊白民是楓涇人，和先生為莫逆交。同時期教師有黃炎培、劉三（季平）等，皆一時髦俊。〔註76〕

蕭蛻治學，以 1922 年 47 歲前最為活躍。其自撰〈小傳〉中所謂「嘗作〈近代書評〉一篇，詞旨淵邃，人比之鍾嶸《詩品》」。此文發表於《小說月報》（1919/6 第十卷第六號）。〈小傳〉中所列著作《說文建首溯源》、《音韻發伏》、《文字學淺說》、《勁草廬文鈔》、《蛻盦詩鈔》、《鑠迦羅心室筆記》、《小晴雲館論書》、《醫屑》等多已散佚，今尚見《小學百問》，為 1919 年出版，著名語言文字學家胡樸安為之序。又有《習字速成法》，1918 年上海大東書局出版。可見其學問在古文字學、音韻學、書學、醫學、文學多種領域均有建樹。奉佛後，以遁世的態度對待人生，學問著述隨之擱下。不過，既有的深厚學識修養滋養了他的書法，書法一藝，既成為他謀生的手段，同時亦是他精神寄託之所在，從而，幾經蛻變，自成風格，得以在書法史上佔一席之地。〔註77〕

〔註74〕尉天池、徐利明，〈蕭蛻其人其書〉，《中國書法全集86》，（北京：榮寶齋出版社，1998 年 8 月），頁 1。

〔註75〕《中國書法 207》，（北京：中國書法雜誌社，2010 年 7 月），頁 5。

〔註76〕柳曾符，〈江南大書家蕭蛻庵〉，《柳曾符書學論文集》，（臺北：華正書局，1995 年 6 月），頁 179～180。

〔註77〕尉天池、徐利明，〈蕭蛻其人其書〉，《中國書法全集86》，（北京：榮寶齋出版社，

　　近代上海唐駝寫招牌字很有名，某年蕭先生從常熟到上海，唐駝往見，對先生說：「我是小書匠，你是大書家。」其親家趙古泥曾刻了一方「海內第一書家」的圖章送給他，但他不肯用。趙又刻了一方「虞山第一書家」的圖章，他仍不肯用，其謙虛可敬如此，但蕭氏「江南第一書家」的名氣就此傳開了。〔註78〕

　　〈蕭蛻公小傳〉中自作評價曰：「蛻於書無體不工，篆尤精。初學完白，上窺周、秦、漢代金石遺文，而折衷於《石鼓》，能融大小二篆爲一，不知者謂擬缶廬，其實自有造也。分隸出入〈張遷〉、〈韓敕〉、〈楊孟文〉、〈衡方〉，以渾秀勝。眞、行泛濫百家，歸墟小歐、大蘇，致力北碑而不襲其貌。」其書各體淵源大致如此。他自以爲最得意者在篆書，尤以作《石鼓文》體爲最，與世評一致。「不知者謂擬缶廬」，可見世評以其體勢效法吳昌碩。蕭氏雖非吳昌碩門人，但其《石鼓文》體確受吳氏響很深。蕭之鄰友沈石友爲著名詩人，又專於硯，著有《沈氏硯林》，彼此交誼頗深；沈石友又與吳昌碩相友善，常相往還，吳訪沈府，往往一住多日，談詩論藝。蕭蛻經沈石友介紹與吳昌碩相識，很早就耳濡目染，心摹手追，得其體勢、筆法，入之很深。〔註79〕

　　蕭蛻中年時即常嘗試以各家體勢、筆法交融滲透，以求脫出吳昌碩篆書藩籬。如1923年〈臨石鼓文四條屏〉〔註80〕分別以鄧石如、吳昌碩、趙之謙、乾嘉人篆法參之，較其優劣，推敲思考，這在各屏中均有題識，可知其自以爲以鄧、趙、乾嘉人法參之並不如意，而吳昌碩「筆意駸駸入古矣」，是符合其理想的，故而「採其用筆而不襲其貌」，因爲「一襲貌則俗耳」。他所不滿處在吳書左低右高的「貌」，故作改變。其弟子鄧散木曾記述：「他的篆書初學吳昌碩，後來參酌楊沂孫、吳大澂兩家，自立門戶，從吳昌碩的圈子裡跳出來，創造了自己的面貌。自來篆書都寫得長長的，無論秦之李斯，唐之李陽冰，清之鄧石如等，一脈相承，都是如此。一直到楊、吳兩家，才漸漸化

　　1998年8月），頁3。

〔註78〕柳曾符，〈江南大書家蕭蛻庵〉，《柳曾符書學論文集》，（臺北：華正書局，1995年
　　　　6月），頁179。

〔註79〕尉天池、徐利明，〈蕭蛻其人其書〉，《中國書法全集86》，（北京：榮寶齋出版社，
　　　　1998年8月），頁4。

〔註80〕圖版可見《中國書法全集86》，（北京：榮寶齋出版社，1998年8月），頁45～46。

長爲方。但到了吳昌碩手裡，不但寫得長，而且寫成左低右高。在當時，他
自然是自成一家，後來學他的人多了，就成爲一時風氣」〔註81〕。據鄧散木引
述蕭蛻之言曰：

> 篆書貴圓轉自如，貴柔中有剛，貴結構緊湊。但必須寫得方，寫得
> 扁，方是好手。吳大澂寫得方是方了，可是不夠圓轉，不夠流麗；
> 楊沂孫呢，又嫌圓而無骨，結構鬆弛；吳昌碩則剛有餘而柔不足，
> 尤其他那種縮項聳肩的樣子實在太怪了。〔註82〕

由此可知，爲了能寫得與吳昌碩不同，蕭氏又從吳大澂、楊沂孫篆書中得到
啓發，將字形寫方，同時避免前者不夠圓轉流麗、後者圓而無骨、結構鬆弛
之弊，又糾正吳昌碩剛有餘而柔不足的用筆與縮項聳肩的字態，其理想是不
但字形方，而且能圓轉自如、柔中有剛、結構緊湊，這也正是其晚年篆書的
風格特點。

　　蕭蛻的求方、求扁是從篆書字形的古意入手的。石鼓是戰國時期的遺物，
其文字結體，字形帶方、扁，故有上古遺意，是小篆之祖。石鼓的線條圓轉而
遒勁，飽滿厚樸。但蕭蛻認爲石鼓最難寫，因爲字形方，筆畫短，難以盡勢而
畫已成，所以難以寫得有力。吳昌碩採用縱勢聳肩的辦法，型態上不好看，線
條不含蓄，有霸氣。所以，蕭蛻的求方、求扁，實際也是對篆書古質的要求。
〔註83〕

　　確實，蕭氏的篆書寫得美麗而莊重，體勻而流轉，血肉豐盈而不肥鈍，堪
稱當代寫篆書之高手。〔註84〕

　　對於書寫筆意的追求導致了從其他書體中借鑒筆法成爲了現實，蕭蛻書於
1922年冬的〈宮室、農田八言聯〉（圖附6.1）：「宮室初成乃樹桑杞、農田既畢
用牧雞豚。」字的筆意更充足，線條的流動性更強了。他在落款中說：

〔註81〕 鄧散木，〈蕭先生〉，《大公報》，1957年7月17日第二版。

〔註82〕 鄧散木，〈蕭先生〉，《大公報》，1957年7月17日第二版。

〔註83〕 陳鳳珍，〈博采眾長成一家——蕭蛻的篆書藝術〉，《中國書法 208》，（北京：中國
　　　　書法雜誌社，2010年8月），頁67。

〔註84〕 柳曾符，〈江南大書家蕭蛻庵〉，《柳曾符書學論文集》，（臺北：華正書局，1995年
　　　　6月），頁181。

圖附 6.1　蕭蛻〈宮室、農田八言聯〉

後 2.39.17	前 4.15.2		
乙 1155	鐵 50.1		
京津 4020	京津 4901		
鐵 5.1	前 5.10.5		
掇 2.49	精 3.1		
餘 2.1	前 2.7.6		
前 2.37.1	續 3.31.9		
前 4.42.6	後 1.13.1		

〈宮室、農田八言聯〉1922 年冬　163×35×2cm　　《集殷虛文字楹帖》47

求篆法於秦，弁髦唐之所謂《三浯》、《縉雲》、《三墳》，古矣，猶未也！必求諸周，於是《頌鼎》、《頌敦》、《虢白子盤》、《毛鼎》、《散盤》乃大張，《石鼓》附庸，竟執牛耳，至矣，猶未也！龍蛇發陸，龜牛騰耀，商虡大文，升明堂、朝諸侯矣。集而書之，所以驕周也。

這話實際上講了學篆三個階段或旨趣，並層層提升的境界不同。第一：學秦篆（小篆）得古，猶未足也；第二，學周代金石文字等大篆，也還沒達到至善的境界；第三，追溯至甲骨，可以跨越金文的限制，尋繹源頭，登堂入室。最後，將前代各種篆書之長「集而書之」，才能「驕周」，才能達到最高的境界。

蕭蛻的口號是「驕周」，他在這裡並不是在鼓吹大家都去寫甲骨文，而是提倡習篆要以周爲圭臬。蕭蛻的篆書化傳統的長篆爲方篆，但方之後尚能保持圓勁的用筆與體勢。此幅甲骨文，帶有類似吳昌碩的一些痕跡，雖然他並不以學吳自居。我們可以看出筆墨個性的強化。〔註 85〕也是他「集而書之」的具體實踐。

蕭蛻早年習篆，正因襲吳昌碩寫《石鼓文》之路數而植基；中年以後，深知吳氏篆書「左低右高」，「縮項聳肩」之弊，故再折衷於楊沂孫、吳大澂二家，力求擺落昌碩藩籬，在篆書結體上，化長爲方，追求「蝶扁」體勢，於是自成結構密實而用筆圓暢之面貌，本聯以篆書筆法擬甲骨文字，雖與傳世卜辭尖起尖收之形貌距離遠甚，但體氣厚實壯偉，別具風調；觀其用筆、結體之平正，頗具吳大澂篆書之風彩，可見其沾染殊深，且較諸吳氏滋潤圓活，在筆情墨趣上，多了一分書寫進程的流動感。〔註 86〕

這段話其實也梳理了蕭蛻的學篆經歷及篆書風格。從傳世書跡看，他的篆書大致有三種面貌：初學鄧石如、吳昌碩的階段，即蕭蛻 40 歲以前的階段。這個時期，蕭蛻廣泛學習乾嘉篆書前輩的書風，在筆法、筆意上逐漸入古。40～60 間是變法階段，前十年在溯源中求變，後十年其個人風格逐漸成熟；60 歲後是風格成熟期，他的篆書風格大致可分爲三種：一爲用筆圓轉、剛柔相濟型的；二是造型上融大小篆爲一的偏方扁型的；三是疏密安排合理，古意盎然老辣型的。〔註 87〕

〈宮室、農田八言聯〉代表蕭蛻對篆書歷史的深刻體會，也以具體的作品

〔註 85〕 姜棟，〈從形到意：二十世紀甲骨文書法實踐讜論〉，《東方藝術》2007 年 16 期，（鄭州：河南省藝術研究院，2007 年 8 月 16 日），頁 79。

〔註 86〕 孫亮球，《吳大澂古文字學與篆書書法研究》，（東吳大學中文系博士論文，2007 年 7 月），頁 127。

〔註 87〕 陳鳳珍，〈博采眾長成一家——蕭蛻的篆書藝術〉，《中國書法 208》，（北京：中國書法雜誌社，2010 年 8 月），頁 67～68。

示現了一個書家在面對新出土古文字資料時可以有的應對方式。首先是接受新知：此聯參考了羅振玉 1921 年出版的《集殷虛文字楹帖》中「小囿初成乃樹桑杞，農事既畢用牧雞豚」聯，在合乎格律的前提下稍加更動、挪移書中他聯文字，構成全新聯語；如此也同時展現了自己對國學素養的總體儲備，應用裕如。再是善用本身書學、書藝上的優勢，將新的元素納入、融會爲自己的藝術語言。這樣的嘗試與實踐非常有意義，也只能透過同時具備這些能力的少數人來做。蕭蛻的這一步起點很高，只是時不他予，未竟全功。

　　蕭氏 1927 年 52 歲時所書〈鮮自、禽同五言聯〉（圖附 6.2）頗具獨特的審美價值。此聯字形長，但無左低右高姿態，用筆圓轉流暢、線條粗壯雄厚又有秀潤之氣，筆勢運動感強烈又不失端莊之姿，氣度不凡，又頗具新意，然蕭蛻並未沿此路進一步發展爲個性書風。其晚年定型的那種篆書風格是一種雅俗共賞的面目，如〈百花、眾鳥七言聯〉（圖附 6.3）可爲代表作。但這種風格又往往顯得勻稱工整而變化不夠，圓轉流麗中又有過於甜潤之感，氣度、力度不夠。這裡便反映出蕭氏中晚年長期靠賣字爲生對其審美理想和書法風格所產生的消極作用。〔註88〕

　　蕭蛻論篆書又云：「學篆書當求秦以上，唐以後不足學，而漢碑額多活潑生動，有奇趣，可以取法。」並認爲「篆字筆法少，結構多同，要辟蹊徑實難，能寫得方、寫得扁方是好手。」他化傳統的長篆爲方篆，但方之後尚能保持圓勁的用筆與體勢，結字特好，正是他這種理念下的結果。人謂其篆書從容含蓄、博大宏深，深得徐鉉所謂「扁」之法，雖未盡合乎實情，但大致還是中肯的。其不實處則是其篆書字形依然以修長整齊爲主格調，並非是傳統意義上的以方、扁、多變爲特徵的蝶扁篆。但與吳昌碩諸家相比，蕭蛻庵篆書格調欠古厚，雖然自視甚高，亦有自知之明，深恨已書之病在於不古，既缺乏古拙蒼勁、質樸渾厚的氣象。蛻庵並爲之辯解曰「箋莊代鬻書余字，多用灑金之箋，以投俗客之好，墨色須豐潤，務去老勁荒率之舉，焉能高古？」〔註 89〕應該說這是外

〔註88〕尉天池、徐利明，〈蕭蛻其人其書〉，《中國書法全集86》，（北京：榮寶齋出版社，1998 年 8 月），頁 4～5。

〔註89〕沙曼翁、華人德，〈記蕭退庵老師及其書法〉，《中國書法》，（北京：中國書法雜誌社，1986 年 2 期），頁 11。

因，根本原因還是他自己的審美追求。〔註90〕

圖附 6.2　蕭蛻〈鮮自、禽同五言聯〉

〈鮮自、禽同五言聯〉　　1927 孟夏 85×16×2cm

〔註90〕王志，《民國篆書研究》，（南京師範大學碩士學位論文，2011 年 5 月），頁 23～24。

圖附 6.3　蕭蛻〈百花、眾鳥七言聯〉

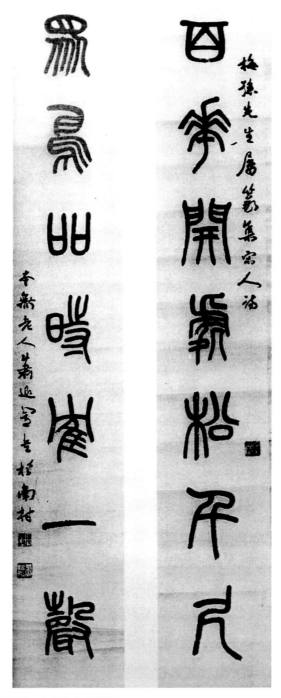

〈百花、眾鳥七言聯〉　　1935-1944 132×21×2cm

　　蕭蛻對漢篆亦有深刻體會。鄧散木記道：我曾見過他替人家寫的墓碑，上面的篆額（碑頭）因字數較多，只能把字壓得極扁，可是字雖扁，仍然寬展、流暢，一點不覺得侷促。當時我向他請教，如何才能寫到這樣？他認為

我能欣賞這點，所以很高興地說：「這就是南唐徐鉉所謂『蝶扁』啊！」蝶扁不是易事，首先手上得有功夫；其次多看漢碑篆額、西漢碑碣。古人說：『疏處可以走馬，密處不能容針』。這兩句話正是書法的度世金針，特別是篆書，必須達到這個要求。能寫到疏至無可再疏，密至無可再密，到這時候，要方就方，要圓就圓，要長就長，要扁就扁，可以隨心所欲，無所不宜了。」〔註91〕能寫得扁而流暢，他從漢篆中學到了在扁方字形中妥帖處理偏旁筆畫疏密關係的手段。

我們看蕭蛻所書〈瞿啓甲墓志篆蓋〉：「常熟瞿君之墓志銘」（圖附 6.4）字，便可見其從容含蓄、博大深宏之美，這也正是他學養工深所達的方圓長扁隨心所欲無所不宜的神境。

圖附 6.4　蕭蛻〈瞿啟甲墓志篆蓋〉

〈瞿啓甲墓志篆蓋〉　　1939/12 47×50cm

〔註91〕鄧散木，〈蕭先生〉，《大公報》，1957 年 7 月 17 日第二版。

蕭氏說大篆中《石鼓》最難寫，因為字形方，筆畫短。筆畫短的難寫，清代包世臣在《藝舟雙楫》中說：惟小正書，畫形既促，未及換筆而畫已成，非至神熟，難期合法。〔註92〕

其實篆書亦何不如此？篆書短畫也常常是未及盡勢而畫已成，所以全靠筆力。但這種筆力又不能蠢，要沒有霸氣才好。吳昌碩寫《石鼓》專取直勢，含蓄不夠，一鼓作氣可以，但第二筆常難以為繼，我們取《石鼓》原跡和吳臨對比，便能發現吳書直畫過重，一沖而下的偏向，因此下一橫筆，常只一帶而過，寫成便見寬展不足。劉熙載說得好：

> 書能筆筆還其本分，不消閃避取巧，便是極詣。「永」字八法，只是
> 要人橫成橫，豎成豎耳。〔註93〕

篆書當亦如此。

清末書風，李瑞清、吳昌碩為糾趙之謙輕滑之失，務求重澀。但矯枉過正，未免流於獰獷做作，加之賣字海上，習氣過深，識者不無譏議。至蕭蛻出，書風復一變。剛柔並濟，博大精微，可概其全貌。蕭氏雖一生逃名，而作為一代大家，終當不朽。〔註94〕

蕭蛻弟子中，鄧散木刻印與齊白石齊名，一時有「北齊南鄧」之譽，自稱29歲見蕭蛻後始聞書法大道，終其一生，敬禮有加；上海有翁闓運，精通筆法，尤擅金石考證鑒賞之學；陳鍥齋，師弟感情最篤，珍藏先生墨寶及晚年遺札頗富。鄧散木傳單孝天，闓運有女弟子周慧珺，並以書法名世。〔註95〕

七、柳詒徵之篆書表現

柳詒徵（1880～1956/2）字翼謀，一字希卝〔註96〕，（晚）號劬堂，又號

〔註92〕包世臣，《藝舟双楫》，《歷代書法論文選》，（上海：上海書畫出版社，1979 年 10 月），頁 645。

〔註93〕劉熙載，《書概》，《歷代書法論文選》，（上海：上海書畫出版社，1979 年 10 月），頁 709。

〔註94〕柳曾符，〈江南大書家蕭蛻庵〉，《柳曾符書學論文集》，（臺北：華正書局，1995 年 6 月），頁 190。

〔註95〕柳曾符，〈江南大書家蕭蛻庵〉，《柳曾符書學論文集》，（臺北：華正書局，1995 年 6 月），頁 179、190。

〔註96〕卝，礦之古字。《集韻》：「卝，金玉未成器也。」；總角，孩童束髮兩角之貌。音冠。

龍蟠釣叟、能稼樓主人、盦山髯，江蘇鎮江人。七歲而孤，母鮑氏茹苦食貧，寄食外家，口授十經，教子成人。17 歲入學，30 歲舉優貢。歷任南京高等師範學堂、東南大學、東北大學、北京女子師範大學、貴州大學等校教授，南京國學圖書館館長、中央研究院院士。1949 年後曾任上海市文管會委員，是著名學者，亦是一位四體兼工、功力深厚的書家。一生多撰述，著作等身，已出版的專書有《中國文化史》、《國史要義》、《柳詒徵文學論文集》、《東亞各國史》、《中國教育史》、《中國商業史》、《國學圖書館總目》、《國學圖書館現存書目》等二十餘種，七十餘冊。另有論文一百三十餘篇散見雜誌。遺稿未刊的有《敬堂文錄》、《人民生活史》、《奴隸史資料》、《敬堂隨筆》、《人形志資料》、《社會史資料》、《檢書小志》等及日記 81 冊，古今體詩 1700 餘首，逾一千萬言。柳氏門人廣眾，胡小石、宗白華、呂鳳子、陸維釗皆出其門。〔註97〕

　　柳詒徵精研史學，與陳垣齊名，一時有「北陳南柳」之稱。1933 年胡適在《清華學報》評論其名著《中國文化史》，以爲是文化史開山之作，但又認爲對書法的介紹太多。其實胡氏忽略了書法是能代表中國文化的特有藝術，柳詒徵在文化史中做重點介紹，正是出於他發揚愛護中國文化的熱忱。他自己也終身致力於書法，當時書名並不在他史學聲名之下。

　　柳氏學貫中西，善於溝通中外古今文化，書法既是文化之一端，他又致力如此之久，故其創造之豐，自不待言。他書法活動的跨度兼包科舉考試、甲骨出土至近現代前後達六、七十年，在此一歷史時期，孜孜不倦，學習、吸收、創作，形成了他蘊含時代眾多特點而又與眾不同的書法風貌。錢穆曾評介柳氏的《中國文化史》謂「充實而有光輝」，其實，以如此六字移作對柳詒徵書法的評介，亦頗爲貼切。具體言之，在多重時代特徵中，他書法的特色大至可分爲三點：

　　一、書風儒雅，筆力驚絕。他嘗自言其寫字只強調「橫平豎直」四字，而每寫一筆必用盡全身之力，寫此一筆時不計及下一筆。章誠忘教授曾比較同在兩江師範的李瑞清與柳詒徵書法，說柳氏字儒雅，而梅庵做作。1951 年 4 月，

〔註97〕姜棟，《20 世紀大陸地區甲骨文書法實踐狀況研究》，（北京：首都師範大學碩士研究生學位論文，2006 年 5 月），頁 23、柳曾符，〈一藝之成源遠流長——記柳詒徵先生書法〉，《柳曾符書學論集》，（臺北：華正書局，1995 年 6 月），頁 58。

柳氏日記載《朱文公集‧跋米喻二公帖》：「本朝名勝相傳，不過以唐人為法，至於黃米，而欹傾側媚、狂怪怒張之勢極矣。」柳在後續批：「『欹傾側媚、狂怪怒張』，是清季至民國人書。」讀此可知他書法之趨向。

　　二、四體兼工，功力深厚。柳氏自幼書法有日課，逐日臨某帖幾字，均載於日記，直至暮年。〔註98〕他自少年時代即兼習四體書，每日輪習二種。廿二歲以前以篆書寫《阮氏鐘鼎》（每日六行），後又寫《石鼓》、《碣石頌》；隸書初寫《張遷》，《曹全》、《史晨》、《封龍山》，後寫《西狹頌》、《石門銘》、《禮器》，每日五六十字，每種三年。楷書寫顏書《元次山》、《茅山碑》、《東方畫贊》、歐陽詢《皇甫君碑》，兼及虞、褚、董、趙，行書寫李北海、米、趙，小楷寫董、趙，楷書日亦五六十字，行書六行。〔註99〕柳詒徵之孫柳曾符在六十年代中曾取柳所臨《殷契佚存》和黃鴻圖所寫甲骨聯請王蘧常觀之，王氏以為柳所臨者差善。大概他有貢生的小楷功力，其手眼功夫非後來無小楷功夫者可比，而黃書有李瑞清做作氣的緣故。

　　三、以北碑寫行書。他曾跋〈嵩山會善寺碑〉說：「此碑在唐刻中別一蹊徑，蓋以智永懷仁行楷參北碑沉鷙之筆」〔註100〕這其實也是自道作書之祕，只有以北碑筆力參化行楷形式之中，才能得到和諧的結合。〔註101〕

　　至於其篆書之淵源，他曾自道少年苦學書法、學會篆書的事：原來是他舅父擅四體書的朋友孫維祺（永之）常到書房閒談，柳氏見其篆字欲學寫，孫氏說「不是學著寫，要看《說文》，才曉得每個字的來歷。」在不知《說文》為何物的情況下，聞得鄰居張貽百（藻文）有一部江陰刻的《說文繫傳》，一本一本借出抄下；〔註102〕1895年以小篆默寫《爾雅》，又作七古〈焦山瘞鶴銘〉，獲中

〔註98〕柳曾符，〈餘事揮毫韋仲將——述柳詒徵先生書法〉，《中國書法》1999：4，（北京：中國書法雜誌社，1999年8月），頁50。

〔註99〕柳曾符，〈一藝之成源遠流長——記柳詒徵先生書法〉，《柳曾符書學論集》，（臺北：華正書局，1995年6月），頁63。

〔註100〕柳曾符，〈一藝之成源遠流長——記柳詒徵先生書法〉，《柳曾符書學論集》，（臺北：華正書局，1995年6月），頁88。

〔註101〕柳曾符，〈餘事揮毫韋仲將——述柳詒徵先生書法〉，《中國書法》1999：4，（北京：中國書法雜誌社，1999年8月），頁50。

〔註102〕柳曾符，〈餘事揮毫韋仲將——述柳詒徵先生書法〉，《中國書法》1999：4，（北京：

秀才，文名大著。〔註103〕從其〈說文敘〉（圖附 7.1）可觀其根底之深。是書於行列分明中做大小參差的形體調配，擺脫了傳統小篆字字同等空間的限制，線條有瘦硬感且有提按變化，節奏緩而有致；長橫畫微有一波三折的韻味，強調筆畫黏搭處的滯澀，接角處多以方折之筆爲之，因此整體看來是平穩莊重、整飭清朗中待有繁星羅列的暢懷之感。

圖附 7.1　柳詒徵〈說文敘〉

至於臨古之作，可以其〈臨虢季子白盤銘軸〉（圖附 7.2）爲例，〈虢季子白盤〉是西周晚期篆引形式的高峰之作，線條粗細一致，既勁挺又流暢，結體工

中國書法雜誌社，1999 年 8 月），頁 51。

〔註103〕柳曾符，〈一藝之成源遠流長──記柳詒徵先生書法〉，《柳曾符書學論集》，（臺北：華正書局，1995 年 6 月），頁 62。

整，組合形式有方有圓有三角，造形的對比關係頗爲豐富。預示了東周以後金文書法的發展趨勢，而且影響到秦代小篆的風格面貌，在書法史上具有承先啓後的作用。尤其是其銘文行距約等於字距，且字體相對的小，因此行列空間加大，增加了疏朗感，單字在畫面上會有點塊狀的漂浮感，是章法上的創新與變革。柳氏此作擷取前二三行成段文字書寫，將章法改爲行距小於字距，且字距也明顯縮短，使得視覺被迫做橫向的觀察，將隸書常見章法引入篆書中，且在行列均布中故作參差，加上「顯」字傾矢而帶動的行氣擺動、長橫畫常有的右下傾斜趨勢，較諸〈說文敘〉又更進一步，常使得單字的重心不穩而以作品整體平衡之。兩行之間若即若離，甚具前瞻性。若說陸維釗的以隸爲篆、打破行氣的界線是由此而出也是不爲過的。線條渾勁有力，率直中有波折的流動感；結字穩定中又有欹倒之勢，深值玩味。

圖附 7.2　柳詒徵〈臨虢季子白盤銘軸〉

　　1925 年，柳詒徵因同事王伯沆之託爲劉鶚遺孀分售甲骨，他自購 200 版，
開始涉足甲骨文書法實踐。所作甲骨文書法總的來說還屬於羅振玉的路子，並
無大的開拓。柳詒徵與李瑞清相交甚久，也對其書法甚爲推崇，但是在柳氏筆

下卻看不出所受到的影響。值得注意的是，他的筆下開始出現了線條粗細輕重的變化，這是非常重要的資訊。在此以前的幾乎所有甲骨文書寫，都是在線條粗細大體相當的前提下展開的，無論是羅振玉等人的小篆或金文用筆，還是蕭蛻《石鼓文》氣息的線條，都未出此窠臼。而原片上甲骨文的刻寫是有著起收的粗細變化的。在柳氏的甲骨文（圖附 7.3）裡開始出現的這種變化，是他對甲骨原片多年觀察和積累練就的成果。〔註 104〕其甲骨書風不拘於字形，從用筆到結體隨情意而行，生動婉轉、富於意趣；他善於借用甲骨文錯落的章法，結字大小相間，方圓並用，稚拙斂逸，內藏生機，生動自然，一派大家風範。〔註 105〕

圖附 7.3　柳詒徵〈甲骨文〉局部

〔註 104〕姜棟，《20 世紀大陸地區甲骨文書法實踐狀況研究》，（北京：首都師範大學碩士研究生學位論文，2006 年 5 月），頁 23。

〔註 105〕王志，《民國篆書研究》，（南京：南京師範大學碩士學位論文，2011 年 5 月），頁 11。

八、簡經綸之篆書表現

簡經綸（1888/12/1～1950/3/31），字琴齋，號琴石，別署千石、千石樓主、萬石樓主，齋名有千石樓、千石居、千石室、萬石樓、千萬石居等。祖籍廣東番禺，生於越南。他少嗜金石篆刻；及長，從著名學者、教育家簡朝亮（竹居）治經史，從康有為學書法；簡朝亮與康有為均為名儒朱次琦的弟子，簡氏得二人親炙，可謂是師出名門。早年，簡經綸曾任國民政府參事，後由於時局動盪，轉而殫精藝事。他和當時大多數的藝術家一樣，把人生的大部分時間留在了藝術與商業異常繁榮的上海，以鬻藝為生。當時，他與滬上之易孺、葉恭綽、吳湖帆、張大千、王秋湄、馬公愚、鄧散木等書畫家、篆刻家多有往還。1937 年冬，簡經綸移居香港，還曾於 1942 年移家澳門，戰後返港。

簡經綸的人生和從藝道路都比較曲折，據說他的父親曾資助過辛亥革命，他在回國後又任職僑務機構，所以和政界有著千絲萬縷的聯繫。他有一方〈海外歸來始讀書〉的印章，說明對於治國學來說，他真正的起步還是在國內開始的。他敢於積極嘗試甲骨文和簡牘這樣的新發現，又在五十歲的時候開始習畫，在他身上，究心藝術的味道是很濃厚的。從他的著作《琴齋印留》（四卷）、《千石樓印識》（一卷）、《甲骨集古詩聯》、《琴齋書畫印合集》來看，多為書畫作品集，所以他不應該算作一個專研學術的學者。

有人在分析簡經綸的篆、隸書的時候說他沒有「惟古是尊」的觀念，這應該是對的。他生長在封建帝國已經結束的時代，西學之影響日漸強大，不是如董作賓這樣以研究為職業的學者，他身處在上海這樣一個海派文化的背景下，曾經面對市場掛牌鬻藝，也可以說是某種程度上的職業書家。他自然也會受到商業化的影響，而這又是和純粹從研究角度出發的董作賓是截然不同的。

所以，在同樣的情況下，他的求變的創新的意識就要比別的非職業的藝術家要更加強烈一些，膽量也要更大一些。如前所述，20 年代末 30 年代初，甲骨文已經被人們所普遍認識，書法市場上也開始有人將甲骨文作為一種書體專列出來。但是在當時，以《石鼓文》為代表的大篆風格仍然是篆書的典範。簡經綸的新意便是希望從甲骨文字體的造型上有所突破。他所書寫的工具也不同，是鈍嘴鋼筆（見《近代印人傳》），這可是一種很大的冒險，但結果是他成功了。1937 年 2 月商務印書館刊印了他的《甲骨集古詩聯（上編）》

石印本，吳湖帆題籤，葉恭綽、容庚、商承祚等製序，書出兩月，即有再版，足見其影響。〔註106〕

　　與董作賓基本同時的簡經綸，是對甲骨刀刻意味進行追求的實踐者，著力希望在甲骨文字體的造型上有所突破。

　　他的甲骨文書風簡潔恬淡，造型上空闊疏朗，這與前人迥異。他試圖再現甲骨文所特有的瘦硬的特點。爲了適應自己的書風，他將甲骨文的某些字形進行了加工和改造。造險、挪位等藝術方法大量出現在同樣是集聯的《甲骨集古詩聯》（上編）中。〔註107〕茲以其中之集陶潛「得知千載外，直在百年中」一聯（圖附 8.1）爲例：

　　在用字上：「䣄」，或從弋，與金文〈師虎簋〉䣄字同，〔註108〕亦與《石鼓文》「䣄西䣄北」之䣄同，羅振玉釋載，〔註109〕可從；「外」，不從夕，外丙「外」字作此形；〔註110〕「中」字多作上下斿飄動之形，此應取「中」而改易致誤；「年」之左上多一短斜線，係觀察失準；其他字形各有依據。爲了章法的需要，簡經綸可以更自如地對字形進行改造和變化，如「得」、「載」、「年」等，且保持原字字形和「味道」不變。在這一點上，他是高出於葉玉森的。相對於頓嘴鋼筆所寫出的瘦硬感，其〈得知、直在五言聯〉〔註111〕（圖附 8.2）雖在字形結構上依遵《甲骨集古詩聯》，但「百」的形誤與線條的滑膩圓熟，反不如矣。

〔註106〕姜棟，《20 世紀大陸地區甲骨文書法實踐狀況研究》，（北京：首都師範大學碩士學位論文，2006 年 5 月），頁 30。

〔註107〕姜棟，〈從形到意：二十世紀甲骨文書法實踐讜論〉，《東方藝術》2007 年 16 期，（鄭州：河南省藝術研究院，2007 年 8 月 16 日），頁 80。

〔註108〕中國社會科學院考古研究所編，《甲骨文編》，（北京：中華書局，1965 年 9 月），頁 112。

〔註109〕羅振玉，《增訂殷墟書契考釋》，（板橋：藝文印書館，1981 年 3 月），殷上 16。

〔註110〕中國社會科學院考古研究所編，《甲骨文編》，（北京：中華書局，1965 年 9 月），頁 298。

〔註111〕http://userimage8.360doc.com/16/0428/08/9608259_20160428083823O174549224.jpg，20170305 檢索。

圖附 8.1　簡經綸〈集得知、直在五言聯〉
圖附 8.2　簡經綸〈得知、直在五言聯〉

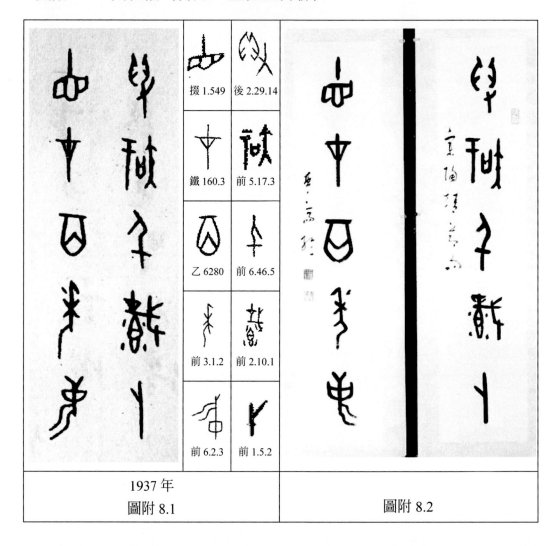

掇 1.549	後 2.29.14
鐵 160.3	前 5.17.3
乙 6280	前 6.46.5
前 3.1.2	前 2.10.1
前 6.2.3	前 1.5.2

1937 年 圖附 8.1	圖附 8.2

　　簡經綸的《甲骨集古詩聯上編》1937 年 2 月商務印書館石印本，收詩 37
首，聯句 138 對。商序云：「吾師上虞羅先生始集爲聯語，繼之者章式之、王君
九、高遠香、戴迴雲諸家，其集爲詩者，則有葉葓漁之流。予於研究文字之暇，
間嘗集爲楹聯，書貽同好，媿弗工也。吾友簡君琴齋，夙通歐西文字，歸國後
理董國故，比歲攻治甲骨文字，於形聲義三者，時時觀其會通，今夏（1936 年）
避暑莫干山，曾未匝月，集詩三十餘首，聯語百又四十餘。」〔註112〕可見當時
頗有一批文人學士，受啓於甲骨文集聯，又進而集詩，書法上追商殷舊跡，蔚

〔註112〕簡經綸，《甲骨集古詩聯‧商序》，（臺北：商務印書館，1970 年 12 月），全書未
　　　　標頁碼。

然成風，使書法藝術開一新天地。其中戴迴雲所集未見公開發表；又知商氏亦有爲之贈同好者；鎮江葉玉森漁的甲骨文集詩書軸，上海書畫出版社《中國書法》、四川美術出版社《民國時期書法》、《當代名人書林》等書均有著錄。唯簡氏集詩，是繼丁氏後收穫較多的一位。葉恭綽序：「獨琴齋書法浸漬于古者日以深，其點畫神態，間不期然而上追三代之遺，其既也，將融會貫通，別啓塗轍，不復爲往者之橢梏所限，于書法寖有推陳出新之望。」〔註113〕今案簡氏的甲骨文書法作品，主要是以古詩句配聯組詩，與丁氏書自身所作詩不同，別有一番意趣，他的「別啓塗轍」恐怕更切合其以甲骨文治印，所鈐印譜《琴齋印留》、《琴齋書畫印合集》等精品甚多，與同時代之南京楊仲子，同爲最早以甲骨文奏刀入印者，後者有《漂泊西南印集》、《哀哀集》、《懷沙集》等。1969年嚴一萍將《甲骨集古詩聯》與羅振玉《彙編》及丁仁《商卜文集聯集詩》三種合成《集契彙編》，由藝文印書館影印出版。〔註114〕

　　簡經綸是較早的以一個藝術家的眼光去看待甲骨文並進行他的藝術加工的人。這與羅振玉、丁佛言、葉玉森諸人都有不同。但簡氏在他不懂甲骨的情況下進行創作，這有著很大的冒險性。雖然他在甲骨文書寫上顯得頗有新意，但是今天看來，彼時所評價他的「摹寫之工，後來居上」，大多是因爲他用鋼筆寫出了鍥刻的那種瘦硬感，加之其筆法的簡淨、線條的勻淨、結體的變化等方面，都體現出一個「簡」化形象，讓人耳目一新，可若和董作賓的比較起來，無論是從筆意，還是從象形意味上，都要稍遜一籌。董作賓主張甲骨文風格向原始刻寫回歸的理念和他從臨摹到創作的方法在甲骨文書寫史上所產生的深遠影響，是簡經綸無法比擬的。〔註115〕

九、丁仁之篆書表現

　　丁仁（1879～1949），原名仁友，又名仁，字子修，一字輔之，號鶴廬，

〔註113〕簡經綸，《甲骨集古詩聯・葉序》，（臺北：商務印書館，1970年12月），全書未標頁碼。

〔註114〕宋鎮豪，〈甲骨文書學發展簡說〉，《殷都學刊》，1994：4，（安陽：殷都學刊雜誌，1994年12月），頁6。

〔註115〕姜棟，〈從形到意：二十世紀甲骨文書法實踐謅論〉，《東方藝術》2007年16期，（鄭州：河南省藝術研究院，2007年8月16日），頁80。

室名守寒巢，晚年別署簠叟，浙江杭州人。〔註116〕祖丁丙〔註117〕（松生）以藏善本書兼及印譜而著名，素有杭郡丁氏「八千卷樓」藏書之美稱（後歸江蘇國學圖書館，即今南京圖書館）。他自幼耳濡目染，學有淵源。詩古文詞，金石書畫，無不精究，尤雅好篆刻。輯有《泉唐丁氏八家印譜》、《杭郡印輯》、《鶴廬印存》、《悲盦印賸》、《秦漢丁氏印譜》。1904 年，他與葉銘（品三）、王禔（福厂）、吳隱（石潛）等人發起創建西泠印社，以「保存金石、研究印學，兼及書畫」爲宗旨，至今是海內外研究金石篆刻歷史最悠久、成就最高、影響最廣的學術團體，有「天下第一名社」之盛譽。1939 年，丁氏與高時敷、葛昌楹、俞人萃合輯《丁丑劫餘印存》二十卷等，於印學頗多貢獻。西泠印社社址小孤山，大部分爲其祖業。〔註118〕

　　丁氏精篆刻，於甲骨文素有研究，他的書法成就主要在甲骨文。在對甲骨文研究基礎之上，用甲骨文集了許多聯語，1928 年，丁仁的《商卜文集聯附詩》石印本出版。其前有黃葆戌（1880/6/12～1968/7/15）和黃賓虹的序。黃葆戌序云：

> 余老友錢唐丁鶴廬冒風雨過破盦龕，出示其近集商卜文字二百餘聯，讀未竟，崇明童心盦踵至。謂集聯之難，難於集字，尤莫難於集商卜文字。心盦先有百聯之集，久藏篋衍中，以上虞羅雪翁前集已經行世，不欲複出。蓋以其字考識無多，集者共此聰明才力，恐坐雷同之誚。予曾集十數聯而止，猶此意也。鶴廬是集自四言至十二言，每聯皆自抒心得，詞句典雅，對偶工整，如俯拾散錢，貫串即得，無牽合矯強之嫌，誠如坡翁詩云：「信手拈得俱天成」者也。余與心盦固已心折之矣，使他日雪翁見之，或亦斂

〔註116〕姜棟，《20 世紀大陸地區甲骨文書法實踐狀況研究》，（北京：首都師範大學碩士學位論文），頁 17。

〔註117〕丁丙（1832～1899），字松生，號松存，諸生。錢塘（今杭州）人。喜藏書，沿用其祖「八千卷樓」爲藏書室名。文瀾閣《四庫全書》散佚後，丙多方收集、抄補。撰《善本書室藏書志》等。見孫洵，《民國書法史》，（南京：江蘇教育出版社，1998 年 9 月），頁 184。

〔註118〕孫洵，《民國書法史》，（南京：江蘇教育出版社，1998 年 9 月），頁 86。

手嘆服，不以吾言爲過歟！戊辰四月，長樂黃葆戉。〔註119〕

由黃序可知，崇明童大年和黃葆戉自己也都有集聯，只不過數量不多，又恐重複，故未結集出版。1921 年羅在集聯時，與羅同時集聯的還有章鈺、高遠香、王季烈等一批遺老，他們三人的集聯所得在 1925 年與羅振玉的《集殷虛文字楹帖》合併，由羅手抄，1927 年出版爲《集殷虛文字楹帖彙編》。從鎮江葉玉森到杭州丁輔之、崇明童大年、上海黃葆戉，可推知 1928 年時，書家中就已形成一股集甲骨聯句之風。顯然，1928 年時的這種集聯的風氣是受到了羅振玉的影響。

丁氏所用資料主要是王襄《簠室殷契類纂》（1920 年）和商承祚《殷墟文字類編》（1923 年）。前者收可識字 873 個，後者收入可識字 789 個，而丁仁所得集聯共 222 對、集詩 30 首，較羅振玉又有進展。在大家都畏難於文字釋讀、可用字少的情況下，深知其中甘苦的黃葆戉盛讚他「使他日雪翁見之，或亦斂手嘆服」，以示推邁。〔註120〕

丁氏是何時開始甲骨文書寫的？他在丁卯年（1927）孟秋之月中即有「扇面四元，大者加倍，商卜文照墨筆」之語，可以斷定丁氏開始進行甲骨文書寫的時間一定會早於 1927 年 7 月。1927 年臘月，他開始集聯。而其孫丁利年在《集甲骨文觀水遊山詩》的序言中所說「先祖之書寫商卜文字即現稱之甲骨文，始於 1928 年初」，比這兩個時間都要晚，顯然是不準確的。1928 年是《商卜文字集聯》出版之年，丁利年的結論或受此影響。

就集聯而言，對丁仁影響最大的當然是羅振玉。1937 年丁仁的甲骨遊記詩《觀水遊山集》長卷由墨緣堂出版，而墨緣堂正是羅振玉開設的書店，若非傾仰，身處江南文化重鎮的他也不會到千里之外的的天津去出版這樣一本小冊子。丁仁與羅振玉同屬於早期以摹形爲主的書寫，在《集甲骨文觀水遊山詩》（1932 年）卷首中的自記中寫道「集商卜文，限於字，工拙所不計也。」此固謙虛之語，但確實也反映了其意在文字構形，不在書法造型工拙的心態。

丁氏的《觀水遊山集》，刊於 1937 年，至今始終難見；只能看到一批丁

〔註119〕丁仁，《商卜文集聯》，（杭州：西泠印社出版社，2000 年 1 月），黃葆戉序。

〔註120〕姜棟，《20 世紀大陸地區甲骨文書法實踐狀況研究》，（北京：首都師範大學碩士學位論文），頁 18。

氏甲骨文書法遺作的印件，如 1981 年《書法》第 6 期著錄丁氏書扇葉〈遊華山詩〉五絕五首；1983 年上海書畫出版社的《名勝書藝》卷二，有丁氏《觀水遊山集・華山記遊詩》甲骨文手跡印件；1987 年 11 月 20 日《西泠藝報》第 30 期登有其甲骨文詩軸二幀，一爲題畫梅詩五律二首，一爲七絕一首，又有集聯一對，前詩又刊入《當代名人書林》；1990～1991 年《西泠藝報》第 59、61、62、66 期連登丁氏遺作《甲骨文紀遊詩卷》（一）～（四），爲〈紹興跳山紀遊〉五言詩 22 韻、〈遊處州詩〉七絕 4 首、〈遊天臺山詩〉五絕 6 首和七絕 2 首、〈雁山紀遊〉五絕 6 首；1989 年北京大地出版社出《中國書法鑒賞大辭典》，收有丁氏〈題黃山天都峰望雲海小影〉七律 1 首書影。丁氏甲骨文書法，格調高古，筆劃勁挺，字形好爲變體，書卷氣深厚，自闢書道之一途。〔註 121〕

在書寫上給丁仁巨大影響的是王襄，其書寫甲骨的範本是王襄的《簠室殷契類纂》，故大都平正方整規範。《簠室殷契類纂》和《殷墟文字類編》這兩部書都是字典，不但原字經過了選編，而且摹寫的水準都不很高，以直線爲主，本身就有板滯之弊。現在尚不知他是否參照過原拓，推想他應該讀過《鐵雲藏龜》。而若僅在王、商二人著作的基礎上憑個人理解和領悟去造型，達到如此的水準已是難得。

以現存作品來看，丁仁的大幅作品幾乎都不很成功。如 1933 年秋的〈少日、暮年七言聯〉（圖附 9.1）和 1948/10 的〈黎明、遣日六言聯〉（圖附 9.2）：首先是他的結字顯得比較「鬆」，字形稍由長變方，字的中心收得並不緊湊，這與葉玉森明顯不同。在通篇章法上，也不如葉玉森茂密，線條也顯得很細弱。讀者甚至會感到一些困惑：他是在追求書寫意味時線條弱化了？還是在追求契刻的味道時一味纖細尖利了？需知丁仁對篆刻的修養與摯愛全然不比甲骨文差半分。他的字裡面有筆意、也有刀痕，可是總體上是纖細有餘，挺健不足。

〔註 121〕宋鎮豪，〈甲骨文書學發展簡說〉，《殷都學刊》，1994：4，（安陽：殷都學刊雜誌，1994 年 12 月），頁 6。

圖附 9.1　丁仁〈少日、暮年七言聯〉

前 4.9.2	前 4.55.3
萃 121	鐵 180.2
前 2.26.7	前 5.40.7
菁 9.3	前 2.36.5
鐵 160.3	續 5.5.3
前 2.16.3	前 1.29.4
菁 11.16	前 6.49.3

〈少日、暮年七言聯〉1933 秋，142×31cm

從筆法的角度來分析，對葉玉森和丁仁的著眼點大概只在直線、曲線以及轉折上即可。他們對於轉折的處理都太方硬了，丁仁還使用一些曲線，而葉玉森則基本不用。折的筆法一直是書法中比較重要的一環，而對於篆隸而言，外方內圓還是圓轉直下的不同，甚至成為了某些流派分野的標誌。葉玉森和丁仁開始了對甲骨文轉折筆法的探索，尤其是丁仁使用的是方折，這有別於羅氏以前使用的圓轉。丁仁在轉折處稍有停頓，顯得凝重了。但仍是借鑒了前人的篆書寫法，未有創意。

圖附 9.2　丁仁〈黎明、遣日六言聯〉

| 〈黎明、遣日六言聯〉1948/10 | 《商卜文集聯附詩》26 |

丁仁留下了很多甲骨文對聯作品，大部分都是酬人之作，似羅振玉晚年。丁仁在以卜辭集詩時，曾書於烏絲界欄中，據說是爲了方便別人摹寫參考，但說不上別開生面。評者認爲丁氏用筆謹飭有餘，傷於羸弱，失去了甲骨文純樸自然的書風，不無道理。相比之下，他的甲骨文扇面寫得非常精彩。可以顯出他甲骨文書法結合停勻的特點：筆劃挺直細秀、疏朗清麗。

　　丁輔之將甲骨文壓成接近方塊字，筆畫平直，顯得呆板，是其所失。〔註 122〕但他書寫的小字甲骨文作品，卻給人一種清麗可人的感覺。如其於1939 孟冬所作〈四泠八家印存跋〉（圖附 9.3），以調寄相見歡集商卜文字云：

─────────────
〔註122〕賈書晟、張鴻賓，《漢字書法通解・甲骨文》，（北京：文物出版社，2005 年 2 月），
　　　　頁 79。

「武林印啓予宗，自康雍。派衍三周甲子亂咸豐。錢塘七，仁和一，八家工。五百餘方世守戰爭中。」〔註123〕其取法鐵線篆，所作詩聯線條娟秀端麗、清新俊美、舒健嫻靜，用墨平和清雅。〔註124〕黃賓虹之序《商卜文集聯附詩》：「丁君輔之摩娑金石，吟詠篇章，集殷商貞卜之文，繼周魯頌聲之作，誦習餘暇，輯爲楹語嘗數百聯，意尙明通，詞無蹇澀，秉經酌雅，既典麗而喬皇；妃白儷紅，亦文心之綺靡。豈僅臨池引興、笑博籠鵝，行將圍堵爭觀，誇傳駐馬。」〔註125〕，疏言丁氏屬詞之工、鑄句之巧，在他大量的集詩、詞、聯語的作品中，同樣適用。

圖附 9.3　丁仁〈四泠八家印存跋〉

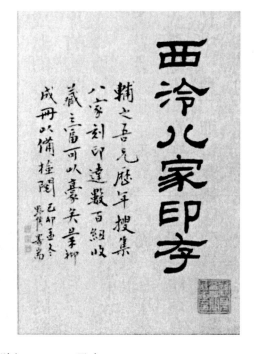

〈四泠八家印存跋〉　　1939 孟冬

　　丁輔之的集詩聯著作，確實爲甲骨文書法愛好者提供了不少便利之處，但也存有不少缺點，沃興華對丁氏甲骨文書法如此品評：「首先，它們都是自

〔註123〕鄧京，〈丁仁輯《西泠八家印存》孤本考證〉，《書法叢刊 91》，（北京：文物出版社，2006 年 5 月），頁 79。文中斷句原作「武林印啓予宗自康雍派，衍三周甲子亂咸豐。錢塘七仁和一，八家工五百餘方，世守戰爭中。」今依相見歡詞律改之。

〔註124〕池現平，《近現代甲骨文書法研究》，（河南大學碩士論文，2012 年 5 月），頁 30。

〔註125〕丁仁，《商卜文集聯》，（杭州：西泠印社出版社，2000 年 1 月），黃賓虹序。

己手寫的，字形大小、疏密、正側都被重新安排過了，修飾得過於整齊，尤其是丁輔之的集聯，簡直可譏作館閣體甲骨文。」〔註126〕馬國權說：「其用筆謹飭有餘，傷於纖弱。」〔註127〕林公武認爲：「他的甲骨文，於線條運筆上，更刻意纖細尖利，起筆收筆也顯見運筆如刀的技巧。但他反而將葉玉森的失誤強化爲長處，變成了甲骨文美術字。」〔註128〕

徐利明把丁輔之的甲骨文書法歸於單刻型風格。相較與同類型中的羅振玉、潘天壽，其「線條偏細，瘦硬出鋒，結體端正穩健。」〔註129〕相較於同類型中刻意追求刀筆效果的葉玉森，其用筆略顯含蓄，起筆、收筆注意了藏鋒，而精氣內含，間接地將甲骨文的瘦勁特點表現得淋漓盡致。丁輔之如此寫甲骨，與寫北碑，「透過刀鋒看筆鋒」爲同一境界，了輔之篆書風格以淡雅、雋永爲主格調，而更多的賦予甲骨文以筆墨情趣，溫潤之中見剛毅，剛毅之中見儒雅。〔註130〕

丁仁與前所列書家之不同在於他自己並非是研究甲骨文的專家學者，他是基於對傳統文化的一種深沉的認同而熱衷於此的。〔註131〕以其所長之詩、詞、古文，搭配以其所善用之甲骨文字，成就了他豐富多樣的精詞麗句，給後世以方便之門，示學者以博雅深閎之範，在甲骨文書法的發展過程中，留下醒目的一頁。

十、潘天壽之篆書表現

潘天壽（1897/3/14～1971/9/5），出生於浙江省寧海縣冠莊村，原名天謹，

〔註126〕沃興華，《上古書法圖說》（杭州：浙江美術學院出版社，1992 年 9 月），頁 21。

〔註127〕賈書晟、張鴻賓，《漢字書法通解·甲骨文》，（北京：文物出版社，2005 年 2 月），頁 78。

〔註128〕賈書晟、張鴻賓，《漢字書法通解·甲骨文》，（北京：文物出版社，2005 年 2 月），頁 78～79。

〔註129〕徐利明，《中國書法風格史》，（人民美術出版社、河南美術出版社，2009 年 1 月），頁 337。

〔註130〕王志，《民國篆書研究》，（南京：南京師範大學碩士學位論文，2011 年 5 月），頁 10～11。

〔註131〕姜棟，《20 世紀大陸地區甲骨文書法實踐狀況研究》，（北京：首都師範大學碩士學位論文），頁 18～19。

學名天授。1910 年春,入縣城正學小學讀書,接受西式學校教育。1915 年秋,以優異成績考取浙江省第一師範學校,赴杭州就讀。浙江第一師範,當時是「五四」新文化運動的中堅,聚集了諸如經亨頤〔註132〕、李叔同〔註133〕等一批五四時期的先驅人物。李叔同在書法上是卓然大家,尤其是他在審美教育中的「以德感人」、「以德爲表率」的人格魅力在他的學生中曾產生了巨大的感召力。經亨頤則以學術見長,其書法篆刻亦爲一代俊彥。這兩位大家的處世不阿、愛國救世以及在藝術上精益求精的精神,對青年潘天壽的影響頗深。〔註134〕1923 年春,任教上海民國女子公校。夏,兼任上海美專中國畫系國畫習作課和理論課教師,並結識吳昌碩、王一亭、黃賓虹、吳茀之、朱屺瞻,畫風向吳昌碩接近,由原先的恣肆揮灑向深邃蘊藉發展。

　　潘天壽是非常強調「書畫同源」的,但在甲骨文的書寫中,卻並沒有看出他對象形意味的特別關注,他的用筆一如他的畫,用筆老辣蒼潤,結體峻拔奇肆。在字形上,主要以方整爲主。從 1943 年的〈天邊、月下七言聯軸〉(圖附 10.1)到 1948 年的〈人有、予唯八言聯〉(圖附 10.2)「人有土田周邦咸喜,予唯明德春日載陽」,落款中都說「集卜文參以獵碣意致」的話,可知民國初年吳昌碩以《石鼓文》爲創作物件的取法觀念仍然深深地影響著潘天壽的甲骨文書法實踐。

〔註132〕經亨頤(1875～1938),字子淵,號石禪,晚號頤淵,別署石淵、秋道人、白馬湖叟等。浙江上虞人。早年留學日本,專攻教育學,畢業於東京高等師範。回國後興辦教育事業。曾任浙江省立第一師範學校校長、浙江省教育會會長等職。工詩文,書法師八大山人,兼收並蓄,自成家數。能刻印,喜以《爨寶子》結字刻入印款,西泠印社社員、南社社員。

〔註133〕李叔同(1880～1942),幼名文濤,名息、息霜,後名廣平,號漱筒、瘦桐,39 歲出家,釋名演音,號弘一。別名多至 200 餘,以叔同、弘一最著。祖籍山西洪洞,生於天津。其父爲清吏部尚書,幼喪父,從趙幼梅學詞,從唐敬嚴學金石篆刻。1898 年去上海入南洋公學,參加滬學會,組織上海書畫公會,後留學日本,1911 年,畢業於東京美術學校西洋畫科,善西畫、音樂、戲劇,曾組織春柳劇杜,提倡話劇,自飾茶花女,爲我國話劇先驅。回國後在上海、天津任教,參加南社。1918 年在杭州虎跑定慧寺披剃爲僧,成爲芒鞋破缽的苦行頭陀,後圓寂於泉州。

〔註134〕林邦德,〈淺析潘天壽書法藝術精神的凝定集其當代意義〉,《書畫藝術》,(無錫:無錫市文化藝術研究保護所,2010 年第 2 期),頁 25。

圖附 10.1　潘天壽〈天邊、月下七言聯軸〉

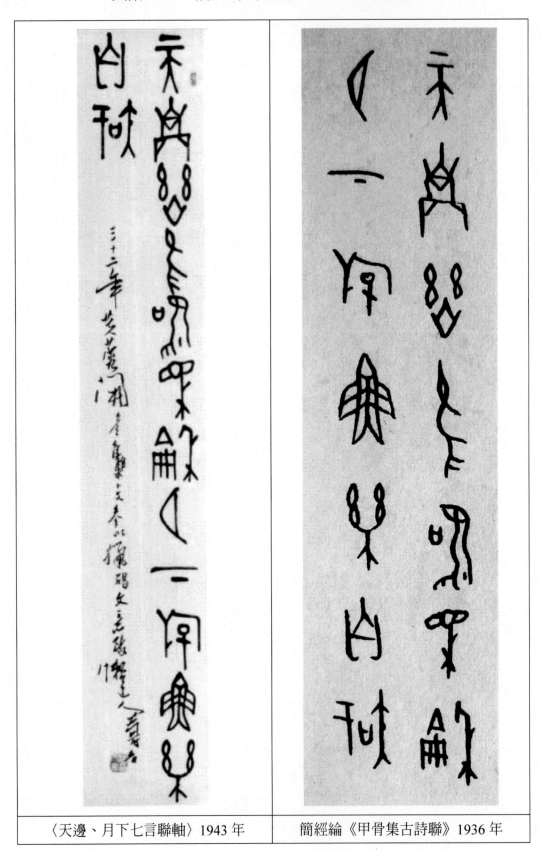

〈天邊、月下七言聯軸〉1943 年	簡經綸《甲骨集古詩聯》1936 年

圖附 10.2　潘天壽〈人有、予唯八言聯〉

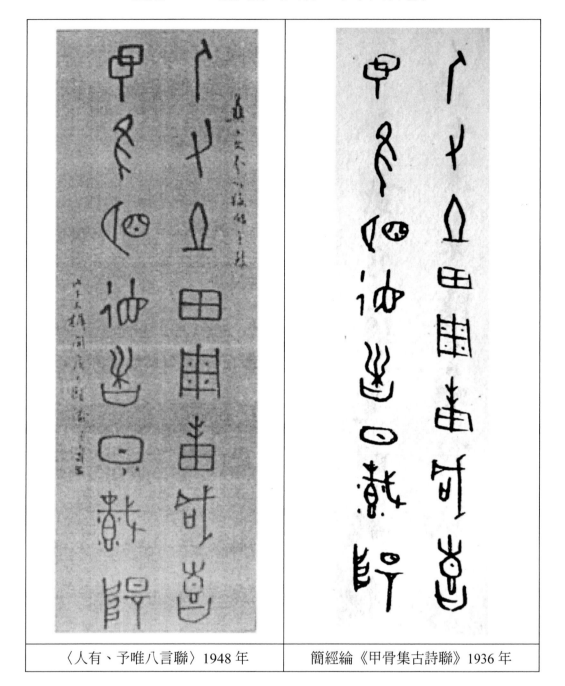

〈人有、予唯八言聯〉1948 年	簡經綸《甲骨集古詩聯》1936 年

「參以獵碣意致」已然不同於先前的用小篆筆法或金文筆法了，而是書家提出了更為明確的參考範本，將這個範本的筆法移用過來書寫甲骨文，這是一個不小的變化。〔註 135〕也形成他甲骨文書寫，用筆老辣蒼潤，結體峻拔

〔註 135〕姜棟，〈從形到意：二十世紀甲骨文書法實踐讜論〉，《東方藝術》2007 年 16 期，（鄭州：河南省藝術研究院，2007 年 8 月 16 日），頁 81。

奇肆的特徵。1948 年是潘天壽潛心創作的一年，是年其作畫數量劇增，由此也確立了他在藝術上的獨特面貌。由是，推想他這一年在書法創作時的心態也應該是十分愜意的了。這從他的題款中也可以看得出來「木樨開後」很閒適而富有詩情。王本興說他主張在圓筆的基礎上用方筆寫甲骨文，呈「圓後之方」的意境。〔註 136〕他的結構是方的，用筆上確實是圓的，對於筆劃之間的熔鑄感非常重視。他的甲骨文書作不多，但其主張頗有新意。〔註 137〕

〈天邊、月下七言聯軸〉書法用筆老辣蒼潤，筆力渾厚，線條遒勁，善用圓筆藏鋒，結勢結體峻拔奇肆，儀態萬方，充分體現了其畫家的審美觀念，與羅振玉等一批學者們的甲骨文書法風格拉開了距離。〔註 138〕此聯取自簡經綸《甲骨集古詩聯》之集王安石、許棠詩句「天邊幽鳥鳴相龢（和），月下游魚樂自知」，化對聯爲條幅，字距緊密，形成下貫行氣，且字與字的聯結軸線有擺動的趨勢，和落款文字相得益彰。〈人有、予唯八言聯〉亦取自簡經綸《甲骨集古詩聯》之集《詩經》句，在格式上遵依對聯法度，用筆則如款言之取自《石鼓文》，有如此之參照，自是開拓了甲骨文書法的筆法視野與內涵。

潘天壽十分注重選擇符合自身精神氣質和審美取向的碑帖和書體，在甲骨、石鼓、印璽、簡帛、錢幣、瓦當上的體類，用功尤勤。他的隸書，淵源於〈秦詔版〉、〈萊子侯〉、〈褒斜道〉、〈三公山〉、〈楊孟文〉諸刻，遺貌取神，融會貫通，平奇相輔，格局雄闊；行書則出入晉唐，尤重明清，中年以後傾心黃道周、倪元璐，運筆方圓並用，變化多姿。經營位置則大小、疏密、斜正、錯落，一任自然。歷史上各個不同時期書法體制、流派、風格，經他分析賞會、提煉吸收後，從其筆底流淌出來，無不沉雄飛動，自具風格。〔註 139〕潘天壽的書法主體風格爲氣質高古，結體奇崛，風神獨具，魄力驚人，與他的大寫意繪畫一脈相承。

首先，由於潛心秦漢古法，側重篆隸圓轉凝練之骨法用筆的研習，潘天壽

〔註 136〕王本興，《22 家甲骨文書法賞評》，（香港：華夏文藝出版社，2004 年 6 月），頁 54。

〔註 137〕姜棟，《20 世紀大陸地區甲骨文書法實踐狀況研究》，（北京：首都師範大學碩士研究生學位論文，2006 年 5 月），頁 42～43。

〔註 138〕王志，《民國篆書研究》，（南京：南京師範大學碩士學位論文，2011 年 5 月），頁 30。

〔註 139〕林邦德，〈淺析潘天壽書法藝術精神的凝定集其當代意義〉，《書畫藝術》，（無錫：無錫市文化藝術研究保護所，2010 年第 2 期），頁 25。

的書法重在骨氣，強在骨力。他說：「偶然落筆，輒思古人屋漏痕、折釵股。」
〔註140〕即使是行書，亦多生辣拙重之氣。他的線條以剛直爲主，轉折處往往成
方形轉角，所以，他的線條給人的感覺是剛正勁健，有棱有角，特別見骨。但
是，他的直線又不是一味的率直，而是筆從直處還求曲，直體之中寓曲致，如
堊壁漏痕，隨行隨止。方折亦非同圭角，而是圓而且方，方而復圓，剛勁之中
含柔韌，如折釵股，雖彎不斷。這種直與曲，方與圓，行與止，堅韌與含蓄等
等因素統一在線條中，似彎弓射箭，將發未發，欲動又止，使力量得到了進一
步的積蓄與增強。

　　其次，潘天壽的書法最重視的還是一個「力」字。他在繪畫作品中表現
出的強勁的線條，在書法中也顯而易見。對此，他自己有一比：「畫大寫意之
水墨畫，如書家之寫大草，執筆宜稍高，運筆須懸腕，利用全身之體力、臂
力、腕力，才能得寫意之氣勢。」藏鋒是一種力，忌浮滑是一種力，金剛杵
是力，取澀勢的「直而不直」也是一種力。可以說，潘天壽的書法就是力的
交響樂，他在理論上從多角度反復指出並強調這一點，在實踐中又反復體驗
這一追求，表明這是潘天壽書畫中最值得重視也迥異於他人風格一個特殊所
在——氣骨強悍。他曾說：「蓋吾國文字之組織，以線爲主，線以骨氣爲質，
由一筆而至千萬筆，必須一氣呵成，隔行不斷，密密疏疏，相就相讓，相輔
相成，爲行雲之飄渺於太空，流水之流行於大地，一任自然，即以氣行也。
氣之氤氳於天地，氣之氤氳於筆墨，一也。」〔註141〕他對「骨、氣、神」的
追求已非純技巧的表現，而是達到一種精神境界的高度。他在《論畫殘稿》
中說：「落筆須有剛正之骨，浩然之氣，輔以廣博之學養，高遠之神思，方可
具正法眼，入上乘禪；若少氣骨、欠修養，雖特技巧思，偏才捷徑，而成新
格，終非大家氣象。」〔註142〕他告誡學生學習書法要有取捨：「楷書中，魏
碑多是扁筆寫，其特點是剛勁挺拔，古拙生辣。但扁筆側鋒太多，易生弊病，
所以我們學習魏碑，要取其精神，而不必拘泥於形似。要求用筆筆寫出刀刻
的效果是吃力不討好的，但是那高華蒼古的精神要吸取。」〔註143〕，這種對

〔註140〕潘公凱主編，《潘天壽談藝錄》，（杭州：浙江人民美術出版社，1985年），頁102。

〔註141〕潘公凱主編，《潘天壽談藝錄》，（杭州：浙江人民美術出版社，1985年），頁96。

〔註142〕潘公凱主編，《潘天壽談藝錄》，（杭州：浙江人民美術出版社，1985年），頁80。

〔註143〕潘公凱主編，《潘天壽談藝錄》，（杭州：浙江人民美術出版社，1985年），頁146。

骨力、氣韻的高度領悟，使他的獨特風格遠離偏狹狂怪，具有了高格深韻的大家氣象。〔註144〕

再者，整體佈局大氣。潘天壽曾說，為人、處事、治學、作畫，均須以整體之氣象意致為上。故作畫須始終著眼於大處，運籌於全局，方不落細小繁屑，局促散漫諸病。為造成畫面之總體精神氣勢，往往須捨棄局部細小變化，此所謂有所得必有所失。因而，他的書法整體性強，個人風格突出，充滿了磅礴大氣，極盡了奇思妙想。〔註145〕誠如沙孟海所評：「從結體、行款到整幅佈局，慘淡經營，成竹在胸，揮灑縱橫，氣勢磅礴，富有節奏感，可說獨步一時。」〔註146〕如 1956 年新春的〈摹遣小子鞄簋銘橫幅〉（圖附 10.3）與 1961 年的〈田家、至樂七言聯軸〉（圖附 10.4）實可謂其創作理念之實踐與其書畫境界的完善了。

圖附 10.3　潘天壽〈摹遣小子鞄簋銘橫幅〉

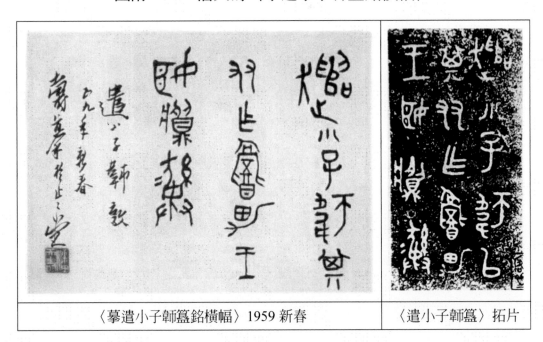

| 〈摹遣小子鞄簋銘橫幅〉1959 新春 | 〈遣小子鞄簋〉拓片 |

〔註144〕林邦德，〈淺析潘天壽書法藝術精神的凝定集其當代意義〉，《書畫藝術》，（無錫：無錫市文化藝術研究保護所，2010 年第 2 期），頁 26～27。

〔註145〕林邦德，〈淺析潘天壽書法藝術精神的凝定集其當代意義〉，《書畫藝術》，（無錫：無錫市文化藝術研究保護所，2010 年第 2 期），頁 27。

〔註146〕沙孟海，〈潘天壽書法〉，盧炘選編，《潘天壽研究》，（杭州：浙江美術學院出版社，1989 年），頁 102。

圖附 10.4　潘天壽〈田家、行客五言聯軸〉

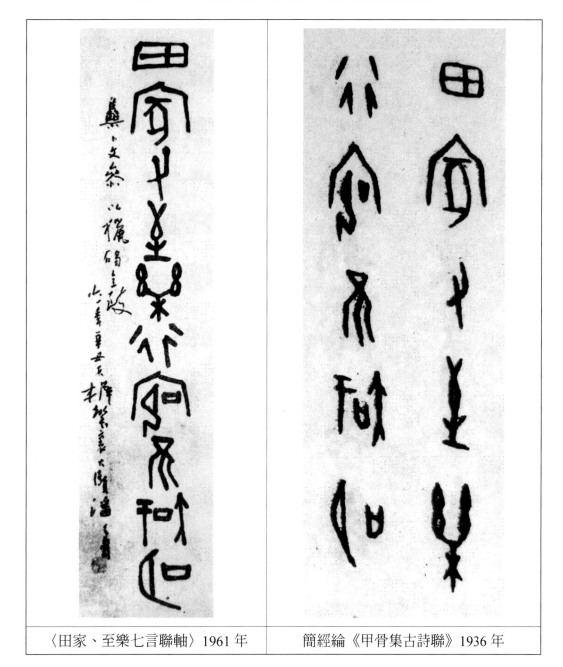

〈田家、至樂七言聯軸〉1961 年	簡經綸《甲骨集古詩聯》1936 年

十一、陸維釗之篆書表現

　　陸維釗（1898～1980），字微昭，晚年常署劭翁。浙江平湖人。畢業於設在南京的東南大學（中央大學前身）。曾協助番禺葉恭綽編撰《全清詞鈔》。工書法，楷行曾法乳晉唐，後學黃道周、倪元璐、張瑞圖諸家；於篆、隸結體用筆，勤思欲變，盡出前人意外。晚年巳別裁一體，吸收草篆伸屈蜿蜒曲折之神韻，學者稱其篆書狀如「蝶扁」。筆意蒼勁渾厚，氣勢過人。其隸書亦

用篆筆，筆畫恣肆，波挑誇張。〔註147〕

陸維釗五體俱精，尤擅長篆隸、甲骨文。他的篆書隸寫，往往將字左右部分分開，但開而不散，通過與鄰字的結合，互相牽制咬合，形成整體。而點、畫不拘三代以來方式，不求圓婉，而求方與圓的對比，有些線條甚至有行草的飛動，已遠遠越出篆字的本性，然整體氣象渾厚奇崛，絲毫沒有作作之感。〔註148〕如〈魯迅文軸〉（圖附 11.1），結字勢橫體攲，字形扁方，左右開張，往往與臨行之字融合，形成行氣變化的視覺效果，行距緊密、字距寬舒，視覺被迫作橫向觀察，加以筆勢險勁，融入隸書一橫獨秀之波磔筆，及周秦漢魏金石文字中巧拙參差之奇趣，用筆雄肆，誇大收放，痛快沉著，真力瀰滿。並以行草筆意運而出之，形成奇趣橫生、巧拙參差、雄态開張的「蝶扁篆體」，夐夏獨造。〔註149〕

陸維釗是文、藝兼通的學者，亦是碑派重要書家，他的行筆之生辣猛利令人驚歎，在不對稱之美、殘破支離之美乃至悖亂獰厲之美的開掘上，已超越了胡小石。陸維釗所用的方筆及對骨力的強調，把甲骨文書法實踐的雄強之風推到了極致。〔註150〕以他的兩件甲骨文作品〈物多、農有十三言聯〉（圖附 11.2）、〈物多、農有十三言聯軸〉（圖附 11.3）為例，內容相同，分別書為立軸、對聯兩種形式。可以看出，陸維釗對形式的把握和章法的控制相當注重。在那件〈物多、農有十三言聯〉中，字與字之間的呼應與聯繫並未因為對聯的形式而割斷；書為立軸的作品更是達到了「密不透風」的境地，這樣的章法在以往的甲骨文書作中是沒有的。他所用的方筆及對骨力的強調，把雄強之風推到了極致。〔註151〕風格多變，險峻樸茂，結體率意挺健，剛勁雄渾，行筆多有草之率意。〔註152〕

〔註147〕孫洵，《民國書法史》，（南京：江蘇教育出版社，1998 年 9 月），頁 253。

〔註148〕白砥，《書法空間論》，（北京：榮寶齋，2005 年 2 月），頁 68。

〔註149〕吳清輝，《中國篆書學》，（杭州：中國美術學院出版社，2002 年 6 月），頁 64。

〔註150〕姜棟，〈從形到意：二十世紀甲骨文書法實踐讞論〉，《東方藝術》2007 年 16 期，（鄭州：河南省藝術研究院，2007 年 8 月 16 日），頁 81。

〔註151〕姜棟，《20 世紀大陸地區甲骨文書法實踐狀況研究》，（北京：首都師範大學碩士研究生學位論文，2006 年 5 月），頁 43～44。

〔註152〕池現平，《近現代甲骨文書法研究》，（河南大學碩士學位論文，2012 年 5 月），頁 29。

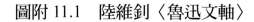

圖附 11.1　陸維釗〈魯迅文軸〉

〈魯迅文軸〉　1977/2 95×34cm

圖附 11.2　陸維釗〈物多、農有十三言聯〉

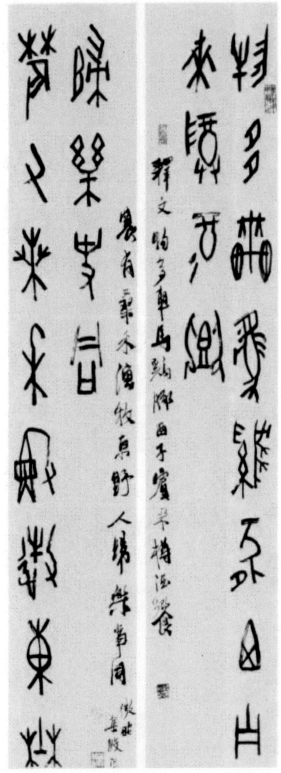

〈物多、農有十三言聯〉1963 年（局部）

圖附 11.3　陸維釗〈物多、農有十三言聯軸〉

十二、王壯爲之篆書表現

　　王壯爲（1909～1998），河北省易縣人，清宣統元年一月七日生。原名沅禮，以字行，晚號漸齋〔註153〕、漸翁、忘漸老人等，齋名玉照山房。自幼秉承家學，書法與篆刻齊頭並進，6 歲學書，12 歲學篆刻，皆由其父義彬親自指導。啓蒙習字，初臨唐唐顏眞卿《多寶塔》，後學柳公權《玄秘塔》和北朝

〔註153〕王氏 62 歲有印曰「漸老漸熟、漸熟漸離、漸離漸近於平淡自然」，是從董其昌、陳繼儒的話語獲得的體悟。不但道盡作書境界，人生也有更深的啓示，深感萬事萬物盈虛恆易，無非以「漸」，因此 65 歲自號漸齋。

數碑及王羲之父子行草等。初唐歐陽詢、褚遂良諸帖中，對褚書下功夫最多。
〔註154〕18 歲入京華美專學西畫及雕塑，熱衷於新文化。曾與沈尹默交往甚篤，
在書法方面也受益匪淺。〔註155〕1949 年到臺灣以後，在政、教界供職，曾任
師大藝術系教授、文化大學藝術研究所教授、中華學術院書學研究所所長，
對書法藝術最感興趣。50 歲以後，行草書法風格大致綜合晉、唐數家而成；
60 歲以後，更致力於近年發現之周、秦原跡，對楚繒書、侯馬盟書、帛書老
子等，進行考證與書寫，他以擅用的硬毫使轉此三種篆書，線條流暢，不刻
意營造金石氣味，頗具筆趣；且摘取其文字集爲聯語，皆前代及並時書家之
所未爲。篆刻則初習趙之謙，繼涉黃士陵、吳昌碩。又博採金石文字、甲骨
文字，精工奇肆，不專一體，自具格調。畢生於書學探討至勤，舉凡書理、
書史、書跡、書人均有所研究，不遺餘力。又精於書、畫、硯、墨、印章及
其他古物之鑑別，收藏亦富。

　　王壯爲桃李滿臺島，現執台灣書壇牛耳者，大多爲其學生，因而在書法
界的影響力，鮮有可與比擬者。教學與創作同時進行，互爲相長，每有所得，
輒筆之於書，發爲文章。今印行於世有關書法者，專書有《書法研究》、《書
法叢談》、論文有〈書法漫談〉、〈漢唐間書法藝術理論之發展〉、〈中國書法〉、
〈石陣鐵書室丙辰日誌摘鈔〉、〈緬邊雜憶〉，作品集有《壯爲寫作》、《王壯爲
書自作四師齋說・金石氣說・漸齋題跋》、《王壯爲書陸游入蜀記節本》、《王
壯爲作品專輯》、《玉照山房印選》、《玉照山房集印及自製印選》、《石陣鐵書
室鐵書朱墨印拓選存》、《喜年小冊》等。〔註156〕

　　王壯爲的書法演變，大體上可分爲中青年和老年時期兩個階段。在中青
年時期，由於他的書法風格驃悍，被人以生、狠、辣三字而概括。王氏對此
評論的理解是「生之對辭是熟，狠之對辭是儒，辣之對辭是甜。熟、儒、甜
三者，實在也非吾所重」。自 20 世紀 70 年代起，隨著馬王堆漢墓簡帛書的出
土，在王壯爲的書法視線裡，又增添了新的研究內容。這些，對他的書法藝

〔註154〕《臺灣地區前輩美術家作品特展・二，書法專輯》，（臺中：臺灣省立美術館，1994
　　　　年 3 月 25 日），頁 139。

〔註155〕大三，〈王壯爲〉，《青少年書法》，（鄭州：河南美術出版社，2002 年 19 期），頁 4。

〔註156〕《臺灣地區前輩美術家作品特展・二，書法專輯》，（臺中：臺灣省立美術館，1994
　　　　年 3 月 25 日），頁 139。

術起著潛移默化的昇華作用。自此王氏的書法風格，開始由華美驃悍一路向
遒勁、沉穩、厚重、自然方面變化。正如他在印文中所說「漸老漸熟、漸熟
漸離、漸離漸近於平淡自然」，這些在他的書法作品裡，可以一目了然。臺灣
藝術界對王壯為先生評價很高，將王先生與張大千、溥心畬、黃君璧諸先生
相提並稱，可見王壯為在臺灣的書法地位。〔註157〕

　　王壯為在兩岸隔絕不通的狀況下，在 1970 年代就從香港饒宗頤、在美國
的傅申的幫助下，獲得新出土的考古資料。因為濃厚的興趣，王氏將這些難
得的資料分別予以不同地域風格的分析，而且臨之數過，還將僅有的文字譜
成聯句而書為作品，篆刻時也一樣會加入這些新出土文字資料。林進忠在〈王
壯為「與古為新」的書藝創作範例析論〉中，從王壯為已發表在書刊裡的關
於新出土文字的作品 53 件，依照楚帛書、侯馬盟書、馬王堆帛書、中山王器
銘、甲骨文等的分類加以賞析，整理得很詳盡。

　　王氏於 1959/6 作〈金石氣說〉，從對新出土文字書法資料的研究出發，對
清代乾嘉之後重碑抑帖的誤繆作了批判：

　　　所謂金石氣者，實出自吉金樂石，出自鐘鼎盤盂，出自碑碣摩崖，
　　　出自筆墨槌榻。易言之：非直接出於書者之手，實間接出於器物者
　　　也。昔賢作書，其上者，大抵所以寄其意向，雖各有專工，卻時時
　　　務為創境。此等處概可於二王諸帖、唐賢諸碑中比較見之。其中亦
　　　未始無嚴峻圭整、樸茂鬱嵂之致；然亦或為雍容沖和、圓潤流美，
　　　亦復各盡其妙。故知法書氣息，實書家之自然流露，畫分南北、畫
　　　分碑帖，寢假演為金石氣息之說，具未免有牽強之嫌，非吾所敢知
　　　也。〔註158〕

還繼續補充說：「意所謂古趣，大抵出自鐫刻、鏽蝕、風雨水濕、烈日嚴寒、剝
落殘缺之後，易言之，已大失本來面目。惟使之大失本真者，非人為之，乃天
致之耳。」〔註159〕所以，欲得運毫遣墨之真致，不宜專重其剝蝕斑斕之態也。

────────────────

〔註157〕大三，〈王壯為〉，《青少年書法》，（鄭州：河南美術出版社，2002 年 19 期），頁 4
　　　　〜5。
〔註158〕王壯為，《書法叢談》，（臺北：中華叢書編審委員會，1965 年 6 月），頁 71。
〔註159〕王壯為，《書法叢談》，（臺北：中華叢書編審委員會，1965 年 6 月），頁 72。

　　王氏自謂「予十二歲學篆、刻印，先君子林若公時勵獎之，其時家藏有小石山房、楊龍石〔註160〕、趙撝叔數譜，朝夕探玩，摹擬再三，每承溫語，稚心竊喜。」〔註161〕加上後來收藏到黃士陵的篆書聯屏，且刻印時多用金文，故其篆書基礎既廣且深。當獲得新出土文字資料時，以原有功柢寫來，自成其面目。

　　1987 年春，作〈與古爲新橫幅〉（圖附 12.1），綜合性的展示了他對新出土書法資料的理解與詮釋：款文中自記首行商周器文，二行春秋侯馬盟書，三行戰國中山王器銘，四行秦漢之際帛書老子甲本，各摘臨「與古爲新」四字。

圖附 12.1　　王壯爲〈與古為新橫幅〉

1987 春　53×66cm

　　四種不同風格的篆書自古而近排比對照，很能夠顯出時代、地域的不同所演化出來的迥異特徵，卻又有一定的淵源和軌跡。其中商周器文隨字大小，順適自然而行筆穩重凝鍊；侯馬盟書線條果決，節奏明快；中山器銘排疊修頎，

〔註160〕楊龍石（1781～1850），清代篆刻家。名澥，以字行，號竹唐，江蘇吳江人。精篆刻，早歲宗浙派，晚年所作正書、隸書邊款，得漢魏六朝碑刻遺意，作品流傳稀少。

〔註161〕王壯爲，《玉照山房印選》，（台北：文史哲出版社，1979 年 10 月再版），自序頁。

細勁銛利；帛書老子篆隸之間，波挑漸顯。除了展示其對新出土文字的關注與成果，更能見作品主旨「與古為新」的創作企圖與觀念。

「與古為新」出自司空圖的《二十四詩品‧纖穠》：「采采流水，蓬蓬遠春。窈窕深谷，時見美人。碧桃滿樹，風日水濱。柳陰路曲，流鶯比鄰。乘之愈往，識之愈真。如將不盡，與古為新。」，意思是說大自然中蘊藏的美景難以窮盡，詩人只要深入地體察，就能產生不斷創新的詩境。即使古人已經寫過的題材，也能有所創造，達到不斷再創新的意境。後人多引用此句來表明創新的可能性和重要性；體現了在新的時代創新的必要性。故作品後更繫以辭曰：

　　司空詩品，儁語層出；以印書法，理數非獨。商周秦漢，中歷西東；
　　南北殊方，風貌不同。摘書四體，聊舉大凡；時代方土，同異所關。
　　易者不易，此理之常；懷哉異地，永念故鄉。

除了說明詩、書同理，故推以論書。先秦篆書，在春秋以後諸侯力政，依王國維分法有東土、西土二大系，再加上南北之分有別，時間發酵，自有變易。末了藉此一轉至客居天涯，離鄉久遠，聊借時代方土之四種體勢，解紆江關春樹之愁；從中可以看出，除了書法，王壯為的國學造詣也是一流水準。

既為取資於古文字，則可取與原拓（摹）對照之（圖附 12.1a）：

圖附 12.1a　王壯為〈與古為新橫幅〉對照圖

帛書老子甲本	中山器銘	侯馬盟書	商周器銘

作品中商周器文「與」字作從廾舉凡，實係甲骨「興」字，甲骨興字有完形者，有從同省者、有從廾舉凡者；金文中亦然，故宜作「🔣」形方為正確；《侯馬盟書》無「古」字，借人名之「𡉚」為之；帛書老子甲本行中以「古」、「故」相通之例作「故」，用字正確，然所書除「為」外，並非甲本之形，應係出於乙本者。1973/12 湖南長沙馬王堆三號漢墓出土帛書老子兩本，甲本的文字介於篆隸之間，文字沒有避漢高祖劉邦的「邦」字諱，其抄寫年代，應當是早於高祖在位時期，因此推斷可能是在秦漢之際；乙本的文字是隸書，避「邦」字諱，但是仍然使用「盈」和「恆」兩字，因此推斷其抄寫年代可能是在文景之前。

從對照表可以看到，王壯為之摘臨四種篆文，在字形上並不求精確，而是從字體風格的神采為專注點，也都能有一定的識別程度；至於用筆特徵、細部觀察等非其所好。在這裡，我們似乎觀察到古文字學者與一般學者、書家因不同專業的不同取捨，為書法世界開拓出不同風格的花朵。

1986 年秋所作〈寅年吉語〉「虎福」（圖附 12.2），其款云：「契文虎字甚多，繁簡懸殊，此其最簡者；酒以祀神，是之謂福，此亦福字之最簡者。書此不在專學契文而參以我法，亦謂與古為新也。」此二字不求與甲骨文形似，而用筆蒼勁迅捷、果斷而自信，正亦其古文字書法一貫之「與古為新」理念之貫徹。

王壯為以其對新出土古文字資料的留意與蒐羅，研究與應用，為後人立下一「與古為新」的典範，並將書法、篆刻、文學融合無間，創造了一般書家所未能達到的高度。

圖附 12.2　王壯為〈寅年吉語〉

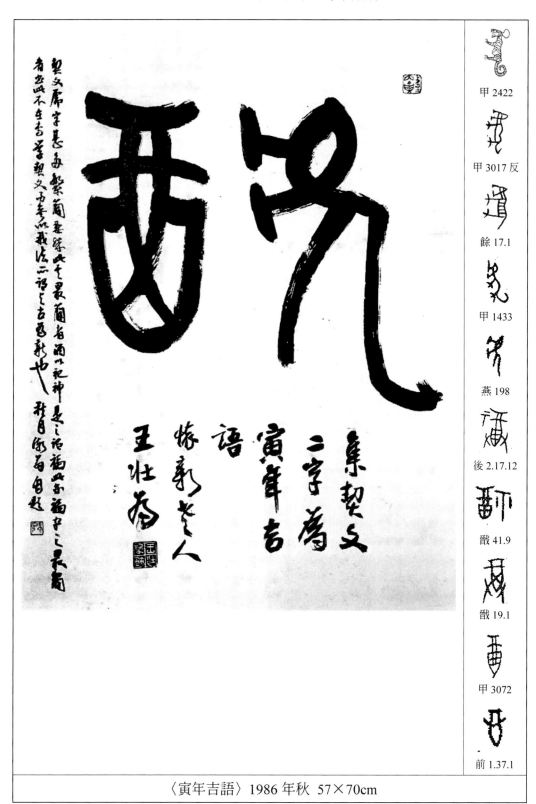

〈寅年吉語〉1986 年秋　57×70cm

十三、陳其銓之篆書表現

陳其銓（1917～2003），字奇川，廣東豐順人，髫齡入學，受業於宿儒郭照庭，年少時即在詩、文、書法等方面有所表現，深受器重。1929 考入韓山師範學校，得親炙詹安泰、王顯韶的教導，畢業後，時逢抗日戰爭，入陸軍官校，歷任軍政等職；勝利後，任職於南京海軍總部；來台仍任職海軍總部秘書，後轉任台灣省政府新聞處科長、主任秘書、省府專門委員、參議、研究考核會執行秘書及總統府參議、三軍大學講座，並曾在清華大學、逢甲大學、東海大學講授書法理論。

陳其銓推動書法教育、培植後學不遺餘力。民國 51 年任職於省府時，即籌組「省府同仁書法研究會」，舉辦書法研習、名家作品欣賞、演講，成績碩然。52 年，與前輩馬紹文、高拜石、友人尤光先、謝宗安、施孟宏、酆濟榮、石叔明等共組「八儔書會」，致力於書法之創作，並藉以互相切磋觀摩，廣獲同道及社會人士之讚揚。其後並曾任弘道書學會會長，開設書法研習班，引領社會各階層人士參與學習書法藝術。

早年推動書法研究之教育時，曾編印《書論選粹》印行流通，在創作、教學、自習的過程中，並有《中國字體源流》、《中國的書法》、《中國書法概要》、《奇川書法選集》、《甲骨文集聯》、《奇川墨跡》等著作及作品集問世。

他篤厚踏實的個性，特別可以在他孜孜矻矻努力學書及寫作的過程當中反映出來。少年時期在家鄉所見李瑞清、鐵神道人、曾熙、吳道鎔〔註 162〕、唐馳、郭照庭等書法家所書之商行牌榜，留下了極為深刻的印象。約在民國16 年，弘一法師駐錫潮州開元寺，並在當地舉行書法展，特前往觀摩，深受其六朝書風之高古氣質所吸引，對書法開始產生濃厚興趣。十歲時開始臨帖，初學柳公權〈玄秘塔碑〉、復臨歐陽詢之〈九成宮醴泉銘〉，逐漸立志於此道。由於童年時期對李瑞清所書留下深刻印象，於十七、八歲時以李氏所臨〈爨

〔註162〕吳道鎔（1852～1936/5/18），原名國鎮，字玉臣，號用晦，晚號澹庵，祖籍浙江會稽，寄籍廣東番禺。光緒六年（1880）庚辰科進士，同年五月，改翰林院庶吉士。光緒十二年四月，散館，授翰林院編修，後師從李文田。其後回廣州以教書爲業，曾在三水肆江學院、惠州豐湖書院、潮州金山書院、韓山書院、廣州應元書院等書院主講。光緒二十年（1894）兩廣大學堂改爲廣東高等學堂後，他曾出任監督（校長）。後又任學部諮議、廣東學務公所議長。

龍顏〉及〈鄭文公〉兩碑為範本，深得李氏特殊抖筆之風采。其間閱讀包世臣所著之《藝舟雙楫》及康有為《廣藝舟雙楫》，在思想指導上得到了啟發，從此亦致力於北碑的學習。

抗戰勝利後，任職海總，公餘仍勤勉習字，見識逐漸增廣，當時改習顏真卿、錢灃之楷書、翁同龢之行書，並致力於〈張黑女墓誌〉，其間也兼寫篆、隸。民國44～46年間，專攻集王羲之〈聖教序〉及〈蘭亭序〉，在過去之魏碑及歐書等基礎上，對二王書風神韻之掌握，已可遊刃有餘。之後遍臨兩漢碑刻；47年，遂尋本溯源，習三代甲骨金石文字，並廣閱前人書學理論，互為參酌。民國50～57年間，多半致力於王羲之行草書、甲骨文以及褚遂良〈聖教序〉的研習，偶作兩周金文及大草。〔註163〕

渡海來臺前輩書家多事功學問兼優，難免有傳統士夫視書法為餘事的心理。如溥心畬、彭醇士，書畫名滿天下，而前者自認經學；後者以為詩學最好，又如學界泰斗臺靜農，從不以書家自命。但陳其銓不同，自少年時代即負書法弘道之志，半生秘書工作，淬鍊筆鋒，有如天助，按部就班的學書歷程，也是前輩書家中絕無僅有的。〔註164〕

陳其銓的創作思維，接近清末民初李瑞清以來的上古書法史觀，此派之代表人物胡小石的〈中國書法史緒論〉認為甲骨金文是書法之源的學說想必對陳其銓起了一定的影響。取資既古，因此流注於筆下，呈現的整體風格，可以「古雅」二字概括。各體之中，甲骨文書法的高古蒼勁，董作賓以後一人而已；金文書法老成樸茂，筆趣盎然，且多施於小品，上書精言短語，雅俗共賞，流通便易，為他人所不及。〔註165〕

1972年的〈永康橫幅〉（圖附13.1），是其金文小品，筆畫的頓挫行駐頗有李瑞清的線條特色，唯間有順滑之筆的調劑，故運筆節奏更為豐富，能避李氏「震顫造作」之譏，有凝重莊慎的虔敬氛圍。而內文的祝願之語搭配以「吉祥」印引首，落款用印簡潔清雅，相得益彰。

〔註163〕《臺灣地區前輩美術家作品特展·二，書法專輯》，（臺中：臺灣省立美術館，1994年3月25日），頁161。

〔註164〕陳欽忠，《風規器識·當代典範》，（臺北：文化總會，2006年4月），頁98。

〔註165〕陳欽忠，《風規器識·當代典範》，（臺北：文化總會，2006年4月），頁99。

圖附 13.1　陳其銓〈永康橫幅〉

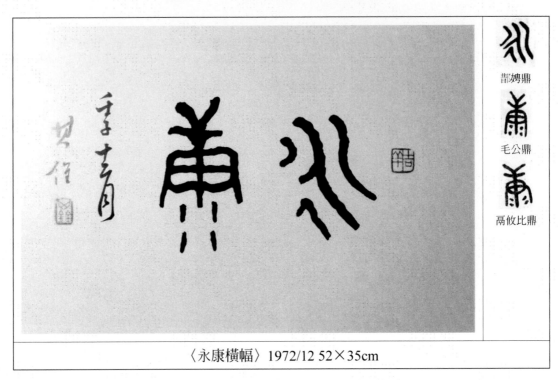

〈永康橫幅〉1972/12 52×35cm

　　陳其銓對書法作品的要求，從最初的選擇文本到最後的落款、用印、裝裱都有精細、相應的要求與主張。關於落款，他認為：「題記是觀察書家造詣最簡單的方法」，並說：

> 如果落款位置適當，足以增加作品整體的和諧，跋語文字生動，更
> 可增加作品的價值，亦可顯示作者學識與才華。如果落款的字體能
> 與原作配合得當，水乳交融，更可顯示作者功力的深厚。反之，如
> 落款位置不妥，大小失調，或落款字體與原作格格不入，跋語文字
> 鄙俗繁瑣，均足以破壞原作價值。 〔註166〕

他將書法題記分為落款和跋語，認為此兩者對作品均有調劑及平衡的作用，欲觀察書法家的造詣，最簡單的方法，便是看作品的落款規格、字體是否與原作相配合、跋語是否簡練。

　　書法作品的完整，鈐印部分亦至關重要的，從他自己作品及各處之演說，皆可知其對用印及印泥之要求。另外，書法裱褙的規格顏色及質地，雖各名家

〔註166〕見〈如何欣賞書法〉之講演內容（1976/12/24 東海大學、1977/1/25 臺中圖書館、
　　　　1977/4/21 臺灣省政資料館、1977/5/21 歷史博物館。）。

均有自己的意見，但務使作品內容，因裱褙的規格與顏色的配合，更顯出其神采。他舉例說：

> 甲骨文對聯，因筆畫瘦勁，裱褙顏色以上下深色及狹邊較能顯示書法的神采。金文氣質古樸厚重，以深色而寬邊更爲莊重。行草行草書態勢變化較多，以淺色較能適應與調和。至於斗方立軸，如要加長，上下應襯其他顏色，再以淺色延伸上下長度。所以裱褙顏色的配置，規格的選定，往往可以顯示作者學養與見識。〔註 167〕

凡此，可見陳氏對書作整體美感之要求；而對作品展出時的懸掛方式與位置，也絲毫不放鬆，從字的份量輕重，到整體的風格協調，屢屢於展出前不斷抽換更動，力求調整到最妥善的展演情況，足見他對書法整體呈現追求完美的態度。〔註 168〕

1959 年秋陳其銓與當時藝文界耆宿三十餘人，以甲骨文字集聯，內容多弘文勵德之作，並自任書寫之職，於國立台灣藝術館展出，爲近代研究甲骨書法一次極有意義的拓展工作。〔註 169〕甲骨文當作一種書體，是前代書法家未曾夢見，民國以後才有的專利。陳其銓籌辦此事，用心之至，從〈致董作賓先生尺牘〉可見一斑。而廣聚專家才智，用對稱簡明的楹聯形式普及推廣，尤屬明智之舉。甲骨文書寫風氣迤邐至今，成爲近代書法法史上一支風格特徵明顯的流派，不爲無因，功勞應記一筆。〔註 170〕

1978 年，陳其銓將諸賢集聯 31 對重新書寫並加各體書八件付印，成《甲骨文集聯》，聯前釋文，並簡介撰句人資料，用心周至。茲以首列之董作賓所撰之「馬鳴龍樹宗朝暮，齊魯幽燕矢古今」，書於 1977/10 的〈馬鳴、齊魯七言聯〉（圖附 13.2）爲例：聯中諸字線條以中鋒短直線爲主，將圓轉之曲線條盡行抹去，線條剛勁內斂，提按頓挫較細微，仍可見其抖筆之痕跡，但已與

〔註167〕見〈如何欣賞書法〉之講演內容（1976/12/24 東海大學、1977/1/25 臺中圖書館、1977/4/21 臺灣省政資料館、1977/5/21 歷史博物館。）。

〔註168〕此張月華口述，見鄧菽菁，《陳其銓書法藝術之研究》，（中興大學中文研究所碩士學位論文，2006 年 3 月），頁 33～34。

〔註169〕陳其銓，〈甲骨文字與書法〉，《甲骨文集聯》，（臺北：國立歷史博物館，1978 年 10 月），葉 4。

〔註170〕陳欽忠，《風規器識‧當代典範》，（臺北：文化總會，2006 年 4 月），頁 100。

李瑞清線條的機械做作大異,使得運筆的節奏感顯得靜穆悠長;在起、收筆處皆略呈尖銳狀,亦能得甲骨文契刻的瘦硬神采。通觀作品,有溫潤秀雅的視覺效果、典麗內斂的藝術表現,不愧爲渡臺書家中之佼佼者。與金文作品的抖筆不同,陳其銓所抓住的甲骨文風格中短直線、乾淨俐落的特徵,雖與甲骨文原跡中圓轉曲線條的得心應手表現不甚吻合,但相較於同爲八儔書會成員的石叔明而言,已不可同年而語,可稱是一家之言了。

圖附 13.2 陳其銓〈馬鳴、齊魯七言聯〉

粹 72	前 4.46.2/粹 1152/林 1.23.20/簡經綸
清暉 7	前 5.46.6/戩 42.11/簡經綸
粹 550/後 2.9.5/山,簡經綸	甲 1632/存 450
前 6.44.5/燕 608	前 2.7.6/前 2.8.2
甲 3117/甲 3736 鐵 128.1	前 1.45.5/乙 766
甲 1839/前 7.38.2	後 2.3.8/庫 1025/簡經綸
甲 638	粹 682/京都 278

〈馬鳴、齊魯七言聯〉1977/10

在用字方面,既是甲骨學大家董作賓所撰句,自當能有相應之出處可讓

他自己集字。只是其中「馬」字採用了最失去馬匹鬃毛特徵的字形「🐎」，且將馬首只能一開口摹失爲兩面皆開，應是對簡經綸「🐎」字形觀察失準所致；「鳴」字甲骨係從雞口會意，字形優美，此處似仍從簡經綸「🐓」形而離本形更遠；「龍」字之身與尾甲骨皆蜿蜒曲折，非有如此簡略者；「宗」之「示」符甲骨多僅作「T」，作「示」極少見；「朝」字將「月（夕）」符誤爲「力」符，明顯是因循簡氏「🌿」之差失；「幽」字下甲骨從火，與山形易相混，然山形亦不曾作如簡氏「🔥」之形者；「燕」字脖子短少了；「矢」之鏑部作特寫，但與原字皆不同；而「古」字逕以小篆字形爲之。對比至此，幾可斷言陳氏未見原拓而多以簡經綸爲方便之階也。

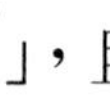

　　再以 1978 年 4 月的〈甲骨集古句立軸〉（圖附 13.3）爲例，落款先行釋文，頗便深入欣賞，文曰：「三吳行盡千山水，不見東風二月時，明月自來猶自去，春草如今知未知。秋水爲文不受塵，買得西山正直春，上馬出門回首望，風光猶未老於人。」其所謂「殷虛甲骨文字集古句」者，是自集？抑他人集？實語焉不詳。有前作之鑑，尋知爲拼合簡經綸《甲骨集古詩聯》中之集詩二首者，此二詩用韻不同、內容不相連貫，合書於一件作品已屬不倫，而款文又未見說明，未免瑕疵矣。

　　此作仍以短直線平動線條爲主，間有長曲線條加入，更能反映出甲骨文字方圓並用的特質；採有行無列的布局，行距大於字距，所以行氣緊密下貫而無餘韻；兩個「水」字斜行，頗有調節整體節奏的效果。

　　在用字方面，幾乎是一律沿用《甲骨集古詩聯》所集而更加規整化，故簡琴齋書中有的錯誤亦輾轉因循。摹形不確如「山」、「風」、「自」、「馬」等；用字錯誤如「春（🌿）」、「秋（🦗）」、「正（�）」、以「眉（𥄂）」爲「首（𦣻）」；而「猶」字應作「🍶」甲骨從酉，所書者當係「㹛」（㹛），從犬從田，隸定爲㹛，《說文》所無者。卜辭中「亡㘞」猶言「亡咎」，前期作「田」，後期作「㹛」；第二首末句以「凡」爲「風」，甲骨文無此用法。諸如此類，雖云有所根據，然以訛傳訛，實不足爲法式。

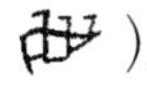

圖附 13.3　陳其銓〈甲骨集古句立軸〉

	首：乙 3401/柏 23
	眉：後 2.31.4/前 6.7.4
	明 1854
	猶：存下 731
	猷：前 8.7.1/後 1.18.7
	京津 5361
	春：拾 7.5/乙 5319
	秋：掇 1.435/甲 3353
	甲 3642
	正：乙 1054

〈甲骨集古句立軸〉1978/4	簡經綸《甲骨集古詩聯》48、45

　　甲骨文字作爲甲骨文書法創作的基本素材和文字表現載體，故甲骨文字

是甲骨書法存在的唯一意義，在有限的可釋讀甲骨文字中，集釋甲骨文字用來書法創作，才可言是甲骨文書法藝術，才有可能書寫出具有一定甲骨文意味的書法藝術。甲骨文字的高古氣息在甲骨書法創作中，結合書寫技巧和藝術品位上的把握至關重要，更能彰顯出作者的藝術修養。徐無聞說：「正因爲有字限制，才見出作者的文學水平。」〔註171〕潘主蘭說「文字研究者與書法家要結合起來，特別是甲骨文書法家要加強甲骨文字的研究，以提高甲骨文書法的藝術性和應用文字的準確性，使其更臻完美。」〔註172〕甲骨文書家只有在把握甲骨文字最基本的素材條件之下，加強文字學、金石學、傳統其他書體等方面的藝術修養，從而創造出具甲骨文字特色的甲骨文書法藝術作品。〔註173〕

　　陳其銓在他〈甲骨文字與書法〉中提到「寫甲骨文，一般而言，須有篆書根基，筆畫始能挺拔，如有篆刻修養，尤可收事半功倍之效。」且「甲骨字體，線條勁削，組織緊密，筆法變化甚多，貴在結體安排得法，線條生動，始能發抒甲骨書法天趣。」以陳氏來說，篆書根基是確有的，篆刻修養亦備矣；線條勁削、結體得法的期許也具足，然而「習甲骨書法，除了具備篆書的基本技法外，最重要的應多看甲骨拓片及原始資料，去體會甲骨書法筆趣，欣賞其結構與變化，心摹手追，鍥而不捨，日久自能有得。同時博覽有關甲骨學的著述，涉獵金石古籍文字，閱歷既廣，意境始能高古，下筆自然不凡了。」〔註174〕言猶在耳，知易行難，言多行少，讓後學者感到些許的遺憾。

十四、梁乃予之篆書表現

　　梁乃予（1927/2/13～2001/7/11），福建閩侯人，七歲入塾，以千字文啓蒙於林德餘，繼熟讀論語、左傳；又從黃于協習古文、算術。〔註175〕自幼即醉心

〔註171〕徐無聞，《殷墟甲骨書法選・序》，（貴陽：貴州人民出版社，1992 年），序頁。

〔註172〕陳石，《潘主蘭甲骨文書法・序》，（福州：福建美術出版社，2002 年 7 月），序頁。

〔註173〕池現平，《近現代甲骨文書法研究》，（河南大學碩士論文，2012 年 5 月），頁 35 ～36。

〔註174〕陳其銓，〈甲骨文字與書法〉，《甲骨文集聯》，（臺北：國立歷史博物館，1978 年 10 月），葉 4。

〔註175〕《梁乃予書畫篆刻紀念展》，（臺北：國立歷史博物館，2002 年 8 月），頁 170。

書畫、篆刻，每散學路過裝池，數數駐足而觀，遲不忍去，若有夙契然。店主人固雅士也，奇之，與談喜其穎悟，樂爲講釋，甚且及於款識，興到則導覽所藏。如此因緣，得大啓示，匪特趣味橫生，抑且略窺門徑矣。時福州三坊七巷，書香濃郁，書坊林立，舊籍堆垛，蘊藏古今書畫文物富贍，乃流連其間，飽飫縹帙，樂而忘返。初以糖果之資，置法帖畫本印拓刻具諸事，日夕研摹，幾廢寢饋，智隨年長，悟與日增，戚串鄰曲異之，尊翁察其志篤，恣其所好，乃備蓄珍本，取汲益豐。福州陳意薌子奮〔註176〕精金石之學，善丹青，尤工治印，追摹秦漢，望重榕垣。梁氏心儀甚，得父執輩引介，遂詣頤萱樓陳氏之門，質疑問難，陳樂得英才，亦刮目視孺子。書畫而外，於印藝技法之探索，窮其旨要，自習積年，驟獲明燈，豁然開朗，心惟手追，無少懈，駸駸日進，不數年，已治印盈千，卓然名於鄉矣。

　　台灣光復，弱冠來台，供職長官公署，時接收伊始，百廢待舉，遑論文藝。有緣獲交台灣金石家戴壽堪先生，得備讀半千石室珍藏印譜，銜華佩實，稽古規新，眼界益深。迨政府播遷來台，大江南北詩文書畫名家薈聚台員，喘息稍定，藝文以興。涵泳其中，嶄露頭角，極受老輩先進愛重。金石書法家高拜石氏尤器之，遂爲高氏座上客二十年，亦師亦友，於商周銘文更窺堂奧，探賾益邃。公餘與牛哥王小痴等以幽默漫畫，諷世糾俗，蓋其餘緒也。

　　梁氏與印友組織忻古藝集，海嶠印集，暨與刻壇先進籌組中華民國篆刻學會等，切磋印藝，以弘揚傳承爲職志。受聘國立藝專等機構薪傳鏤刻，並在自寓意古樓設帳授徒，從游日眾，成材益多。民國64年以二十四孝印譜，榮獲中山文藝創作篆刻獎。高弟數人，先後踵繼同沾中山文藝獎之榮，輝映師門，遞相流衍，意古樓名至實歸。時並應書畫家月刊社之邀，將其授課之經驗，撰寫

〔註176〕陳子奮（1898～1976），福建長樂人。初名起，字意薌，號無寐，別署水叟，室名宿月草堂、月香書屋、烏石山齋。父業塾師，雅擅篆印。家風所染，髫齡即習繪畫篆刻，少年老成，有聲閭里。十六歲即執教小學圖畫，後又擔任中學及職校教席，弱冠便以鬻印售畫自給。1927年徐悲鴻由歐洲歸來，薄遊榕城，詫其印作雄奇遒勁，腕力橫絕，當即求印數枚，後又再度求刻，以「雄渾則無過於兄者」爲之延譽，相與甚篤。1949後，選爲美協福建分會副主席、福州美協主席、國畫研究會理事長，聘爲福建省文史館館員，同時執教福建藝術院校，指導工藝美術創作，佳作迭見，聲望卓著。著有《陳子奮白描花卉冊》、《壽山石小志》、《頤諼樓印畫》、《甲骨文集聯》、《籀文匯聯》、《古錢幣文字類纂》等。

意古樓印課，每月一篇，歷時九年。內容涵蓋篆刻史事與人物傳略，尤重章法技法之探究及知識之論述，習刻人士，奉爲圭臬。積稿百篇，親自彙編，未及付梓而逝，斯集嗣由門人出版，完其遺志。

　　梁乃予述作豐，書畫爲篆刻所掩，有《梁乃予印存》三、《意古樓同門印集》四、《高士傳印譜》、《二十四孝印譜》、《意古樓印存》、暨《漢三公山碑集聯》。此碑集聯爲其晚年得意之作，蓋其碑文結體在篆隸之間，字跡殘蝕，泐損嚴重，而梁氏毅然求解，張之壁間，日夕研摩，逐字推敲，印證追習不舍，成之匪易。復洗製聯家就碑字集聯，於民國八十六年問世，普獲篆刻界贊譽，亦其之最後遺作。〔註177〕梁氏其人性格高古、淡薄名利，藝術成就更是高超，其創作之過程值得後學加以研究學習。

　　梁乃予 1947 年結識高拜石〔註178〕，幾度欲拜爲師，皆見阻於高。高拜石工書，大篆厚渾雄放，楷書錢灃一路，但較溫潤，篆刻則以吳昌碩爲宗；他之臨《籀範》，先參考拓片，綜合其缺失後再對照拓片，終於成爲自己的風格，結構嚴謹、筆法蒼勁，並將篆隸之功帶入篆刻，成就非凡。梁氏與其亦師亦友，在篆隸方面得其眞傳。〔註179〕如梁氏 1989 季秋所書〈論語一節〉（圖附 14.1），與高拜石〈論語軸〉〔註180〕（圖附 14.2）在結字、線條上有明顯的傳承關係；且同樣在基於吳大澂《篆文論語》的根本上有所取捨與堅持。

〔註177〕蔡鼎新，〈梁乃予書畫篆刻的一生〉，《梁乃予書畫篆刻紀念展》，（臺北：國立歷史博物館，2002 年 8 月），頁 8～9。

〔註178〕高拜石（1901/3/4～1969/4/23），字懶雲，別號般若、古春風樓主人，筆名芝翁、南湖、芝斐、介園、懶雲，福建福州人，中華民國編輯、書法家、作家。

〔註179〕陳宏勉，《台灣藝術經典大系・篆刻藝術卷 2：璽印寄情》，（台北：文化總會，2006 年 4 月），頁 74。

〔註180〕http://3img.zhuokearts.com/auction.pics/2015/4/4/zc-14834-sml-365.jpg，20170426 檢索。

圖附 14.1　梁乃予〈論語一節〉
圖附 14.2　高拜石〈論語軸〉

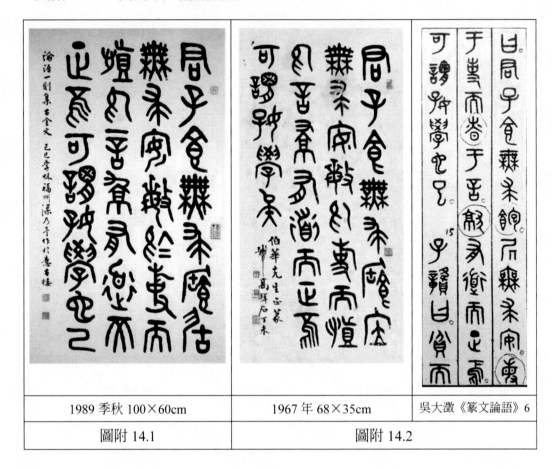

1989 季秋 100×60cm	1967 年 68×35cm	吳大澂《篆文論語》6
圖附 14.1	圖附 14.2	

　　在圖書資源匱乏的狀態下，篆刻的印譜是借來白描雙鉤再填墨，描了數十本各名家的印譜；大篆字典只有商務印書館的《古籀彙編》兩大冊，選出喜歡的字形抄成一本，為刻印之備查。1968 年將借來的丁輔之《商卜文集聯》摹抄下來，後來也出版成書。〔註181〕未出版的還有摹錄陳子奮的《集商卜文論藝七言聯》、《頤諼樓古籀楹聯集帖》、簡經綸《甲骨集古詩聯》（圖附 14.3）等；〔註182〕撫寫精確，線條或細勁或婉曲，小字篆書的功力精深。對於篆書資料的蒐集與用力之勤，較諸前賢，絲毫不讓。

〔註181〕陳宏勉，《台灣藝術經典大系・篆刻藝術卷 2：璽印寄情》，（台北：文化總會，2006 年 4 月），頁 75。
〔註182〕梁氏摹錄陳子奮、簡經綸諸聯現存門生陳穎昌處，圖片皆作者於藏家處拍攝。

圖附 14.3　梁乃予 摹錄諸集聯

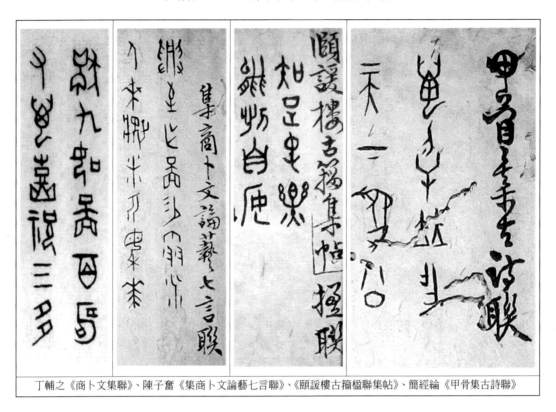

丁輔之《商卜文集聯》、陳子奮《集商卜文論藝七言聯》、《頤諼樓古籀楹聯集帖》、簡經綸《甲骨集古詩聯》

　　其大幅書法作品除多取材於所摹錄諸帖外，羅振玉之集聯、金文諸集聯、銘文原拓亦皆爲其取法對象，如〈會心、通神七言聯〉（圖附 14.4），爲取自陳子奮《集商卜文論藝七言聯》者，聯云：「會心于似無似有，通神在不即不離。」聯中「心」字甲文闕如，當係以金文字形揣摩契文風格者；「于」字本有簡繁二形，所書或取「⟨徧 8.14.2⟩」之形而訛誤；「似」字甲文缺，應是從金文小篆之構字原則而拼合偏旁；「無」與「舞」通，亦有作「⟨圖⟩鐵120.3」者，所作字誤差甚大；「通」從辵從彳皆可，未有單從止者。在用字上頗多問題，實因陳子奮所集聯而致誤，從摹聯到作品，梁氏已多有修正，如「給」、「似」、「又（有）」、「申（神）」、「即」等，又有加註文字如「無（舞）」、「通」、「離」的查考訂正，力求字形之正確，值得肯定。

圖附 14.4　梁乃予〈會心、通神七言聯〉

		京津 3136	粹 1037
		鐵 163.4	師望鼎/克鼎
		鐵 160.3	前 1.53.1/ 前 8.11.3
		後 1.32.10	菁 5.1/ 戩 7.11
		前 6.5.5	前 6.21.1
		鐵 119.2	燕 4/ 後 1.25.7
		前 6.45.6	後 2.3.10

〈會心、通神七言聯〉105×22cm ／ 梁乃予摹陳子奮《集商卜文論藝七言聯》

　　作品線條多有抖筆情況，與所作金文線條雅潔厚實不同，也與摹本之剛勁果決大異，似如篆刻之短切刀，節奏急促而不求光潔者；又見其提按頓挫，滯澀凝重。與金文作品同觀，可知其篆法金文，樸質典雅，刀法雄健，寫放自如，章法完備，妥貼安穩，綜觀其篆刻作品，典雅淳厚，耐人尋味，顯見探蹟索隱之功。〔註 183〕另外，1965 年借得〈祀三公山碑〉，逐字推敲，找了

〔註183〕《梁乃予書畫篆刻紀念展·館序》，（臺北：國立歷史博物館，2002 年 8 月），頁 2～3。

王廷玉、石叔明、蔡鼎新、施孟宏等多人集聯，在 1997/8 出版《漢祀三公山集聯》，〔註184〕其後多作其碑文與集聯，排疊轉引別具特色。

〔註184〕陳宏勉，《台灣藝術經典大系・篆刻藝術卷 2：璽印寄情》，（台北：文化總會，2006年 4 月），頁 75。

附錄二　近現代古文字學者事蹟年表

西元年	中國紀年	干支	事　　略
1743	乾隆 8 年	癸亥	十二月十六日，張照等奉敕撰《秘殿珠林》、《石渠寶笈》。
1745	乾隆 10 年	乙丑	冬十月，《石渠寶笈》初編完成。
1747	乾隆 12 年	丁卯	梁詩正、蔣溥、汪由敦奉敕編《三希堂法帖》。
1749	乾隆 14 年	己巳	詔令梁詩正等檢錄內府藏品，仿《宣和博古圖》故事，編撰《西清古鑑》。 黃樹穀作〈隸、篆書軸〉。
1750	乾隆 15 年	庚午	陳焯、梁師正等奉敕撰《三希堂石渠寶笈法帖釋文》。
1755	乾隆 20 年	乙亥	清內府刊印《西清古鑑》四十卷，計收清宮藏商周至唐代銅器 1529 件。
1762	乾隆 27 年	壬午	盧見曾重刻宋趙明誠《金石錄》於揚州。
1763	乾隆 28 年	癸未	全國人數已達二億零四百二十多萬。
1764	乾隆 29 年	甲申	正月二十，阮元（芸臺）生於揚州。
1777	乾隆 42 年	丁酉	翁方綱與黃易定交，並借黃所藏漢《熹平石經》殘字三段臨習。時翁任職四庫全書館，專辦金石篆隸音韻諸書。
1778	乾隆 43 年	戊戌	張燕昌《金石契》成書。
1781	乾隆 46 年	辛丑	翁方綱拓《石鼓文》殘字，撰《石鼓考》八卷。 畢沅撰成並刊《關中金石記》八卷。時孫星衍、洪亮吉均遊畢氏幕。

1787	乾隆 52 年	丁未	程敦輯《秦漢瓦當文字》。 畢沅撰成並刊《中州金石記》五卷。
1788	乾隆 53 年	戊申	武億撰成並刊《偃師金石錄》,《金石遺文記》成書。 張燕昌《石鼓文釋存》成書。
1789	乾隆 54 年	己酉	翁方綱撰成並刊《兩漢金石記》於江西南昌。 伊秉綬、阮元成進士。
1790	乾隆 55 年	庚戌	秋,翁方綱撰成並自書《寶晉齋研山考》。 畢沅兼署湖北巡撫,刊印江聲以小篆抄寫之《釋名疏證》。 武億撰成並刊行《金石三跋》。
1791	乾隆 56 年	辛亥	毛際盛撰,李兆洛序《說文解字述議》成書。
1793	乾隆 58 年	癸丑	江聲用篆書撰述之《尚書集注音疏》刊行。 王杰奉敕編《西清續鑑甲編》二十卷、《西清續鑑乙編》二十卷。甲編收器 975 件,乙編收器 900 件。
1794	乾隆 59 年	甲寅	翁方綱得〈琅琊台刻石〉十三行拓本。
1795	乾隆 60 年	乙卯	冬,阮元編纂《山左金石志》完成;隔年五月,刻成行世。
	約乾隆後期		朱楓輯《秦漢瓦圖記》,為秦漢瓦當匯錄之始。
1796	嘉慶元年	丙辰	九月:錢坫《十六長樂堂古器款誌考》四卷自刻本行世。共收 49 器,勾摹逼真,考釋精到。 桂馥撰《繆篆分韻》六卷,係漢印篆文字書。 武億撰成並刊《授堂金石文字續跋》。 吳式芬（子苾）生。
1797	嘉慶 2 年	丁巳	八月,阮元摹刻天一閣藏北宋拓《石鼓文》完成,置於杭州府學。 阮元重刻宋薛尚功《歷代鐘鼎彝器款識法帖》。 錢坫撰並刊《浣花拜石軒鏡銘集錄》。 湯海湖撰,湯容煨編《字林古今正俗異同通考》,乃文字辨異專著。 畢沅 68 歲（1730～）卒於辰州行館,編有《秦漢瓦當圖》、《關中金石記》。
1800	嘉慶 5 年	庚申	黃易撰《小蓬萊閣金石文字》,錢大昕為作序、翁方綱作題記並詩。
1801	嘉慶 6 年	辛酉	畢星海卒,撰有《六書通摭遺》。
1804	嘉慶 9 年	甲子	阮元撰《積古齋鐘鼎彝器款識》十卷,匯錄商周秦漢 550 餘件摹拓文字,詳加考釋。

1805	嘉慶 10 年	乙丑	秋，王昶編撰《金石萃編》160 卷。收周秦至宋、遼、金以石刻爲主之金石銘刻 1500 餘種，爲清代金石學之集大成者。 桂馥 73 歲卒（1736～），撰有《說文義證》，名列清代說文四大家。 《天發神讖碑》毀於火。
1806	嘉慶 11 年	丙寅	六月，揚州太守伊秉綬請阮元重刻天一閣藏宋拓《石鼓文》置於揚州府學。
1807	嘉慶 12 年	丁卯	段玉裁撰成《說文解字注》三十卷。
1809	嘉慶 14 年	己巳	陳克恕卒，撰有《篆學示斯》二卷、《篆體經眼》二卷等。
1810	嘉慶 15 年	庚午	邢澍撰《金石文字辨異》。
1812	嘉慶 17 年	壬申	葉奕苞續補趙明誠《金石錄》，撰《金石補錄》、《金石續錄》。
1813	嘉慶 18 年	癸酉	陳介祺（壽卿）生。
1814	嘉慶 19 年	甲戌	張燕昌 77 歲（1738～）卒，有篆書傳世，並撰《金石契》、《石鼓文釋存》。
1815	嘉慶 20 年	乙亥	段玉裁 80 歲（1735～）卒，撰有《說文解字注》十五篇，爲清代說文四大家之一。
1816	嘉慶 21 年	丙子	福建巡撫王紹蘭囑錢泳以南唐徐鉉摹秦《嶧石刻石》重刻於焦山。 劉喜海編撰《長安獲古編》、《清愛堂家藏鐘鼎彝器款識法帖》。
1817	嘉慶 22 年	丁丑	馮承輝撰《印學管見》，有論篆之說。
1818	嘉慶 23 年	戊寅	翁方綱 85 歲（1733～）卒，工篆書，撰有《兩漢金石記》、《縮摹秦漢瓦當文字印》、《焦山鼎銘考》、《粵東金石略》。
	乾嘉期間		金石考據學大興，羊毫筆大行。
1821	道光元年	辛巳	陝西郿縣禮村出土西周〈大盂鼎〉，鼎腹銘文 291 字。 馮雲鵬、馮雲鵷兄弟所撰《金石索》十二卷自寫刻本問世。匯刻銅器、石刻及其他器物於一編，內容豐富，取材嚴格，頗爲世重。
1822	道光 2 年	壬午	二月十日，張廷濟作〈焦山周鼎銘考證〉。 李遇孫撰成《金石學錄》；並於四年刊行。
1824	道光 4 年	甲申	李遇孫撰《金石學錄》刊行。
1825	道光 5 年	乙酉	何紹基與弟子毅用磚摹獵碣及韓、蘇〈石鼓歌〉，嵌置學院署四照樓壁。

1834	道光 14 年	甲午	李遇孫撰並刊《括蒼金石志》。
1835	道光 15 年	乙未	吳大澂（清卿，～1920）生。 石印術傳入中國。
1837	道光 17 年	丁酉	黃子高作《續三十五舉》，為專論篆書之作。又名《黃氏續三十五舉》。
1838	道光 18 年	戊戌	劉喜海輯《清愛堂家藏鐘鼎彝器款識法帖》一卷木刻刊行，收銅器銘文 35 件。
1839	道光 19 年	己亥	九月，中英鴉片戰爭爆發。 曹載奎撰成《懷米山房吉金圖》二卷，道光二十年刻石，勾摹甚精，咸豐中為太平軍所毀。 汪鳴鑾（柳門）生。 黃子高（1794～）卒。
1840	道光 20 年	庚子	吳榮光撰《筠清館金文》五卷。傳本以道光廿二年自刻本為佳。 顧湘輯成《篆學瑣著》十二冊，凡三十篇，集唐至清卅篇論篆、印之作而成。
1842	道光 22 年	壬寅	吳榮光《筠清館金文》五卷刊行。
1843	道光 23 年	癸卯	吳榮光 71 歲（1773～）卒，有《筠清館金石錄》。 嚴可均 82 歲（1762～）卒。
1845	道光 25 年	乙巳	六月初八，王懿榮（廉生，～1900）生於浙江瑞安。
1848	道光 28 年	戊申	八月十四，孫詒讓（仲容，～1908）生。 張廷濟 81 歲卒（1768～），撰有《清儀閣所藏古器物文》。
1849	道光 29 年	己酉	十月，阮元 86 歲（1764～）卒於揚州，諡文達。 黃士陵（牧甫）生。（～1908） 張祖翼（逖先）生。
1850	道光 30 年	庚戌	陝西岐山發現西周晚期〈毛公鼎〉，銘文 497 字。 十二月八日，洪秀全起兵於廣西桂平縣金田村。
	道光年間		陝西岐山出土西周初〈天亡簋〉。
1851	咸豐 1 年	辛亥	八月，洪秀全部眾攻陷廣西永安，即建國號為「太平天國」。
1853	咸豐 3 年	癸丑	二月二十日，洪秀全攻陷南京，改名「天京」，為太平天國首都。 捻亂大起於豫皖之交，與太平軍聲氣相通。
1854	咸豐 4 年	甲寅	徐同柏 80 歲（1775～）卒，撰有《從古堂款識學》。
1855	咸豐 5 年	乙卯	王同愈（文若）生。

1856	咸豐 6 年	丙辰	吳雲撰成並刊行《二百蘭亭齋藏金石記》。 吳式芬 61 歲（1796～）卒。 伊立勳（峻齋）生。
1857	咸豐 7 年	丁巳	九月初一，劉鶚（鐵雲）生。 山東膠縣靈山衛出土戰國銅器〈子禾子釜〉、〈陳純釜〉、〈左關金和〉。
1858	咸豐 8 年	戊午	吳雲、吳大澂等結社於虎丘白公祠。 釋達受 68 歲（1791～）卒。 吳咨 46 歲（1813～）卒，撰有《續三十五舉》。
1861	咸豐 11 年	辛酉	曾熙（農髯）生。 端方（陶齋）生。
1863	同治 2 年	癸亥	莫友芝撰《唐寫本說文解字木部箋異》刊行， 強運開生。 齊璜（白石）生（～1957）。 蕭蛻（蛻庵）生（～1958）。
1864	同治 3 年	甲子	二月，左宗棠率軍克杭州；六月，曾國荃軍克天京，太平天國亡。 吳雲輯成《二百蘭亭齋古銅印存》，何紹基、吳熙載分別爲之題籤。 黃質（賓虹）生（～1955）。
1865	同治 4 年	乙丑	吳敬恆（稚暉）生（～1953）。
1866	同治 5 年	丙寅	六月廿八，羅振玉（叔言，～1940//5/14）生於江蘇淮安南門更樓東寓居。 孫儆生。（～1953/10/30）
1867	同治 6 年	丁卯	仲春，吳大澂書〈徐鼎臣說文解字敘四屏〉。 秋，孫詒讓舉浙江補甲子科鄉試。副考官爲張之洞。 東捻平；新疆回亂大起。 李瑞清（梅庵）生。 吳隱（石潛）生。 葉爲銘（葉舟）生（～1948）。
1868	同治 7 年	戊辰	吳大澂成進士。 六月，歷時四年之捻亂平定。 章炳麟（太炎）生（～1936）。
1871	同治 10 年	辛未	莫友芝 61 歲（1811～）卒於興化，撰有《金石筆識》。 褚德彝（松窗）生（～1942）。

1872	同治 11 年	壬申	七月，左宗棠平定回亂。 冬，十月，孫詒讓撰《商周金識拾遺》三卷成。 吳雲撰《兩罍軒彝器圖釋》十二卷自刻本行世，計收家藏 110 件銅器。 潘祖蔭撰《攀古樓彝器款識》二卷並刻行，吳大澂爲之作圖及商定釋文。
1873	同治 12 年	癸酉	八月，吳大澂授陝甘學政，任內得金石器物甚夥，並與陳介祺書信往來，探討金石文字。
1874	同治 13 年	甲戌	陸耀遹著《金石續編》。 趙時棡（叔孺）生（～1945）。 童大年（心安）生（～1955）。 趙雲壑（子雲）生（～1955）。 應均（萬春）生。
	同治光緒年間		方朔撰《枕經堂金石書畫題跋》。
1875	光緒 1 年	乙亥	三月底，吳大澂作〈安西頌〉寄示左宗棠，乃集嵩山開母廟石闕銘爲之者；四月三十，左宗棠命李佐興泐石。 汪鋆輯《十二硯齋金石過眼錄》。 姚覲元重刻桂馥《繆篆分韻》二冊。
1876	光緒 2 年	丙子	三月，吳大澂獲憲鼎於長安，考定爲微子之鼎，遂以憲字名其齋，爲別字焉。 五月，陳介祺以所藏吉金拓本寄贈吳大澂，吳手臨〈曾伯黎簠〉銘文一通。 秋，黃士陵訂其〈穆甫學篆節錄〉，爲其學篆練習冊。 12/31 王襄（綸閣）生於天津。 陳衡恪（師曾）生。
1877	光緒 3 年	丁丑	三月，吳大澂訪楊沂孫於虞山，楊勸吳專學大篆，可一振漢唐以後篆學委靡之習；楊沂孫書〈爲吳大澂題在昔篇後二十韻〉。同月，觀吳雲出所藏彝器各拓。 吳大澂書〈致蘇鄰主人書札二通〉、〈致潘祖蔭書札〉；據陳介祺所收齊魯古陶文拓本，著《古匋文字釋》四卷。 冬，十月，海寧王國維（靜安）生。
1878	光緒 4 年	戊寅	十二月十八，吳大澂授河南河北道員；是月，吳大澂臨楊沂孫〈夏小正〉，款曰：「（沂孫）所書〈夏小正〉，參用大小篆，意趣古雅，與俗書不同。……」。

			新疆回亂平。 丁世嶧（佛言）生。（～1931） 金息侯（梁）生（～1962）。 王禔（福厂）生（～1960）。
1879	光緒 5 年	己卯	吳大澂書〈臨金文冊〉。 黎永椿編撰《說文通檢》二冊十四卷。該書卷末之小篆疑難字，爲王同愈《說文檢疑》所用。 丁仁（輔之）生（～1949）。
1880	光緒 6 年	庚辰	一月，吳大澂幫辦吉林軍務，期間招撫韓效忠、編寫《說文古籀補》成、查明俄人侵占琿春邊界。 5/13，葉玉森（鑌虹）生（～1880）。 沈曾植、王懿榮成進士。 柳詒徵（翼謀）生（～1956/2）。 黃葆戊（青山農）生。
1881	光緒 7 年	辛巳	三月，羅振玉返里應童子試，得上虞縣第七名；期間得觀阮刻天一閣石鼓文，自此留心蒐羅金石文字。 馬衡（叔平）生（～1955）。 吳式芬子重憙付刊《攈古錄金文》三卷九冊，計收商周銅器銘文 1334 器。
1882	光緒 8 年	壬午	羅振玉精讀《皇清經解》，一日三冊，奠定研究文字學的厚實基礎。
1883	光緒 9 年	癸未	吳雲 73 歲（1811～）卒。
1884	光緒 10 年	甲申	1/27，鄧爾雅（萬歲）生於北京（～1954）。 元月，吳大澂書〈古文字 十二月既望，吳大澂書〈徐鉉進校定說文表〉。 陳介祺 72 歲（1813～）卒，撰有《簠齋金石文字考釋》、《簠齋吉金錄》、《簠齋藏陶》、《簠齋藏鏡》、《簠齋藏古目》、《十鐘山房印舉》等。 吳大澂補充《說文》，撰《說文古籀補》。
1885	光緒 11 年	乙酉	八月，黃士陵入北京國子監習金石學。 吳大澂《恆齋所見所藏吉金錄》自刻本刊行，計收自藏及潘祖蔭藏器 133 件，是書爲吳氏手摹，輯成於同治十一年。 羅振玉撰《金石粹編校字記》、《寰宇訪碑錄校議》。 王師子（師梅）生。
1886	光緒 12 年	丙戌	十一月，吳大澂任廣東巡撫。 吳大澂刊行其篆書《孝經》、《論語》。 陸心源撰並刊《金石學補錄》。

			徐同柏《從古堂款識學》十六卷石印本行世。 黃侃（季剛）生。（～1935/10/8）
1887	光緒 13 年	丁亥	吳大澂輯《鐘鼎籀篆大觀》字帖。 吳大澂《恆軒所見所藏及金錄》二冊。 行素草堂印歐陽修《集古錄跋尾》。 黃士陵應兩廣總督張之洞、廣東巡撫吳大澂之邀，赴廣州入廣雅書局校書堂。 陳璞卒，撰有《繆篆分韻補正》一卷。 史恩綿撰《說文易檢》上下卷。
1888	光緒 14 年	戊子	七月，吳大澂調查河工；十二月，任河東河道總督。 吳大澂輯並拓行《十六金符齋印存》。 陸心源重刻宋陳思《寶刻叢編》。 孫詒讓改《商周金識拾遺》為《古籀拾遺》重校付刊。 孫邵伯（逸園）生。 簡經綸（琴齋）生（～1950/3/31）。 胡光煒（小石）生於南京（～1962/2/21）。
1889	光緒 15 年	己丑	十二月十日，吳大澂書〈吉金、讀書七言聯〉 潘祖蔭得《善夫克鼎》，銘廿九行，行廿字。 王懿榮撰並刊《漢石存目》。 歸化出土漢〈單于和親千秋萬歲長樂未央〉篆書方磚。 馬公愚（冷翁）生。
1890	光緒 16 年	庚寅	九月卅日，潘祖蔭 61 歲（1830～）卒於京，諡文勤。 陸心源撰並刊《吳興金石記》。 陝西扶風出土西周夷王時《大克鼎》、《小克鼎》、《克鐘》等器。 孫詒讓撰《古籀拾遺》、《古籀餘論》。
1891	光緒 17 年	辛卯	二月，孫詒讓撰〈宋政和禮器文字考〉成。 三月，日本書家日下部鳴鶴來華遊歷，結識俞樾、吳大澂、楊峴、吳昌碩等。 春，羅振玉與劉鶚訂交。 八月，陸心源撰並刊《千甓亭古磚圖示》。 劉心源（幼丹）《古文審》八卷自寫刻本刊行。
1892	光緒 18 年	壬辰	初夏，吳大澂書〈金文四屏〉。 孫中山組興中會。 郭沫若（鼎堂）生。 鄧爾雅 10 歲，承家學、習書畫、治小學。

1893	光緒 19 年	癸巳	八月，王懿榮書〈月下、水邊七言聯〉。 冬，十月，孫詒讓撰《墨子閒詁》成。 羅振玉撰《再續訪碑錄》。
1894	光緒 20 年	甲午	六月，中日甲午戰爭爆發，吳大澂請纓赴敵，吳昌碩亦隨軍出征。 陸心源 61 歲（1834～）卒。 9/5，容庚（希白）生於廣東東莞。 莊述祖撰《說文古籀疏證》六卷，係大篆字書。 呂調陽（晴笠）《商周彝器釋銘》六卷刊行。
1895	光緒 21 年	乙未	二月，李鴻章赴日議和；四月，中日訂馬關條約。 二月癸卯朔，廿四日丙寅（3/20），董作賓（彥堂）生。父諱士魁，字捷卿，是年 46，方經營商業於河南省南陽府，南陽縣長春街，母王氏，年 32。 六月，吳大澂書〈李公廟碑〉、〈宋周眞人廟碑〉、〈陶公廟碑〉。 吳大澂撰《說文古籀補》重輯本，收大篆文字 4700 餘，並加考證。 吳式芬撰《攈古錄金文》三卷，刊行。 李瑞清成進士。
1896	光緒 22 年	丙申	二月（3/26），山東聊城傅斯年（孟眞）生。 10/13（農曆 9/7），王獻唐生於山東日照。 河南洛陽發現三國魏《正始石經》殘石。 吳大澂撰《愙齋集古錄》二十六冊，因病未能完稿。 王懿榮以白銀六百兩購得易州裴君所藏《日庚都卒車馬》巨鈢。 王賢（个簃）生。 錢崖（瘦鐵）生。 于省吾（思泊）生。
1897	光緒 23 年	丁酉	鄧爾雅問業黃紹昌（山己香，1848～1912）於廣雅書院，與陳之達、黃冷觀同窗。 羅振玉創農學報。 3/14 潘天壽生（～1971/9/5）。
1898	光緒 24 年	戊戌	四月廿三日，德宗下詔變法；八月初六，戊戌變法終。 前此，河南安陽小屯村農民耕作時，發現甲骨，多作「龍骨」使用。 劉鶚輯《鐵雲藏陶》、《鐵雲藏封泥》一卷。 五月，羅振玉創東文學社；八月，與端方訂交；是年另與沈曾植訂交。

			鄧散木（鐵）生。 陸維釗生（～1980）。 鮑鼎生。（～1973/8/30）
1899	光緒 25 年	己亥	秋，范壽軒（維卿）自小屯購得一批甲骨，攜至天津請王襄、孟定生鑑定，始確定為古漢文字，王、孟各購一部份，餘者 12 版售與王懿榮，每版價銀二兩。甲骨文正式被發現。 秋，八月，孫詒讓撰《周禮正義》成。 方濬益撰《綴遺齋彝器款識考釋》，書未成而亡。1928 年，由其孫方燕年整理，1935 年交商務印書館涵芬樓影印出版。
1900	光緒 26 年	庚子	五月，敦煌千佛洞發現藏經密室。 四、五月間拳亂大作，旋醸八國聯軍；五月廿五，清廷對外宣戰；七月二十，聯軍陷北京；十二月，與八國聯軍各國和議成，義和團拳亂終。 八月二十，王懿榮 56 歲（1845～）殉國。 秋，羅振玉應鄂督張之洞電邀，至鄂任湖北農務局總理兼學堂監督。十一月赴日本考察。 董作賓從陳斗文（字星垣，邑庠生）受業。原名作仁，後改今名。
1901	光緒 27 年	辛丑	一月，英人史坦因於新疆尼雅古城遺址發現晉簡四十餘枚。 三月，瑞典人斯文·赫定在新疆羅布泊樓蘭遺址掘得簡牘百二十餘枚、殘紙三十多件。 七月廿五，辛丑和約議定簽字。 8/16，戴君仁（～1978/12/9）生於浙江鄞縣。 十一月，葉昌熾撰《語石》初成。 何瑗玉摹秦《琅琊刻石》，逾年乃成。 方巖（介堪）生。 唐蘭生（～1979/1/11）。
1902	光緒 28 年	壬寅	秋，黃士陵入湖北巡撫端方幕。 吳大澂 68 歲（1835～）卒。 福山王氏出所藏古器物清夙債，甲骨最後出，悉售與丹徒劉鶚（鐵雲）。 劉心源撰《奇觚室吉金文述》二十卷石印刊行。 諸樂三（希齋）生。 商承祚（錫永）生（～1991/5/12）。

1903	光緒 29 年	癸卯	春，二月，孫詒讓重訂〈毛公鼎釋文〉，六月，撰《古籀餘論》二卷成。 劉鶚輯《鐵雲藏龜》六冊，集甲骨文拓片 1058 片著釋，為首部甲骨文著錄。 端方撰成《陶齋藏石目》。 楊守敬刻《壬癸金石跋》。 來楚生（負翁）生。
1904	光緒 30 年	甲辰	夏，西泠印社於杭州孤山成立，由吳隱、王禔、丁仁、葉為銘等人籌創，吳昌碩大力支持。 吳隱於上海開設製作、販售印泥及印學書籍之商店，取名「西泠印社」。 11/10，顧廷龍（起潛）生於蘇州（～1998/8/22）。 冬十一月，孫詒讓撰《契文舉例》二卷十章，考釋甲骨文 185 個，為首部研究考釋甲骨文之著作。 翁同龢（1830～）卒。
1905	光緒 31 年	乙巳	十一月，孫詒讓撰《名原》二卷，將甲、金文與《說文》小篆相比，分析字形、考證文字之演化。 劉鶚補刻劉喜海《長安獲古編》，共收銅器 121 件。 鄧爾雅赴日本，曾學醫，因興趣不近，遂轉攻美術。
1906	光緒 32 年	丙午	四月，王襄《貞卜文臨本》第一冊及釋文成。 董作賓從史九先生讀，與郭寶鈞（子衡）同學友善。 錢君匋（豫堂）生。 繆荃孫撰《藝風堂金石文字目》。
1907	光緒 33 年	丁未	三月，英人史坦因在甘肅疏勒河流域發現漢代簡牘七百餘枚，復至敦煌騙走大量經卷文書碑拓。 王襄得王懿榮所藏〈中白作旅簠〉，因號簠室。 汪鳴鑾（1839～）卒。
1908	光緒 34 年	戊申	五月二十二日，瑞安孫詒讓 61 歲（1848～）卒，年 61。 董作賓課餘助士魁公作手工業，印衣袖。臘月寫春聯鬻之。為人刻印章，每字取銅元四枚。 黃士陵 60 歲（1849～）卒。 朱善旂撰《敬吾心室彝器款識》二冊石印刊行。 端方撰《陶齋吉金錄》八卷，石印出版。
1909	宣統 1 年	己酉	三月，葉昌熾《語石》定稿，為筆記體之石刻通論性專著。 四月，日人橘瑞超於新疆羅布泊海頭古城遺址發現〈李柏文書〉等殘紙卅九件及木簡若干。 七月初八，劉鶚 65 歲（1857～）卒。 八月，羅振玉與法人伯希和相見；是年，始與法人沙畹通音問。

			端方撰《陶齋吉金續錄》二卷，石印出版。
1910	宣統 2 年	庚戌	五月，羅振玉撰《殷商貞卜文字考》一卷成。 王襄於北京農工商部高等實業學堂礦科畢業，共求學五年。 吳隱輯《三代古陶存》。 丁麟年《栘林館吉金圖識》一卷石印出版。 孫海波生。（～1972） 弓英德生。（～約 1984）
1911	宣統 3 年	辛亥	八月，武昌起義，各地紛紛響應，中華民國建立。 十月初，羅振玉東渡日本。 十月，端方 51 歲（1861～）於資州被殺。 胡光煒畢業於南京兩江師範學堂農博科生物學專業。 鍾以敬撰《篆刻約言》。 12/20，胡厚宣生。（～1995/4/16）
1912	民國 1 年	壬子	一月一日，孫中山於南京就任臨時大總統。 二月十二日，清帝遜位。 4/15，張政烺（苑峰，～2005/1/29）生於山東榮成。 十二月，羅振玉《殷墟書契前編》八卷成。 趙時棡輯《漢印分韻補》。
1913	民國 2 年	癸丑	3/12，魯實先（～1977）生於湖南寧鄉。 九月，羅振玉《齊魯封泥集存》一卷成，又成《鳴沙石室佚書》。 張之純注釋《篆法辨訣》一冊。 容庚、容肇新、容肇祖從鄧爾雅治小學、習篆刻。
1914	民國 3 年	甲寅	二月，羅振玉、王國維編《流沙墜簡》成。 九月，羅振玉《秦金石刻辭》三卷成，又成《唐風樓秦漢瓦當文字》；十月成《殷墟書契菁華》；十二月成《殷墟書契考釋》一卷。 汪仁壽編撰《金石大字典》出版。 鄧爾雅加入南社。
1915	民國 4 年	乙卯	正月，羅振玉撰《鐵雲藏龜之餘》一卷成；四月校刊吳大澂《權衡度量實驗考》。
1916	民國 5 年	丙辰	三月，羅振玉撰《殷墟書契後編》二卷成；五月，《殷墟書契待問編》一卷成；七月，〈石鼓文考釋〉一卷成。 中秋，李瑞清書〈鄰蘇老人手書題跋〉、〈鄰蘇老人遺像〉題字。 王獻唐自青島禮賢書院文科畢業。

1917	民國 6 年	丁巳	三月，羅振玉《殷文存》三卷成；十月，《夢郼草堂吉金圖》三卷成。 胡光煒寫成《金石蕃錦集》。 張祖翼（1849～）卒。
1918	民國 7 年	戊午	董作賓赴開封，考入河南育才館肄業，從時經訓（志盦）先生受商簡，得知甲骨文字。 8/29 金祥恒（～1989/7/1）生於浙江海寧。 鄧氏風雨樓影印鄧實、褚德彝輯陳介祺藏品之《簠齋吉金錄》八卷，共收商周秦漢銅器及錢范、造像等 389 器。 王同愈整理吳大澂《愙齋集古錄》二十六冊，由商務印書館涵芬樓影印行世。實收拓本 1026 器。 顧湘輯《篆學瑣著》，由文瑞樓印行。 郭中恕《篆學叢書》十四冊編成。
1919	民國 8 年	己未	三月，羅振玉返國。 五四運動。 8 月，戴君仁入學北京大學本科中國文學系。
1920	民國 9 年	庚申	八月，羅振玉《雪堂金石文字跋尾》四卷成。 王襄編《簠室殷契類纂》，為首部甲骨文字典，共錄所識字 873，重文 2110，存疑 1852，待考 142，合文 243、重者 98。 胡光煒任職北京女子高等師範學校。 孫維舟撰《印文輯略》二卷。 吳隱匯輯《遯庵印學叢書》十七卷二十五冊，由西泠印社出版。 李瑞清 54 歲（1867～）卒。撰有《玉梅盦論篆》等書。
1921	民國 10 年	辛酉	二月，羅振玉《集殷墟文字楹帖》一卷成，為集甲骨文字為聯語之嚆始。 秋，商承祚負笈於羅振玉門下。 日本林泰輔輯《龜甲獸骨文字》收甲骨 1023 片。
1922	民國 11 年	壬戌	4 月，王襄《彝器銘釋文》成，後定名《金文新釋》。 7/3，容庚至天津謁羅振玉，以所著《金文編》稿就正，頗蒙獎飾，並與商承祚定交。後經羅振玉介紹識馬衡，並介紹入北京大學研究所國學門為研究生。 董作賓入北京大學作旁聽生。初學甲骨文字，以油紙影寫《殷墟書契前編》拓本。

			方去疾（之術）生。 吳隱 57 歲（1867～）卒。另撰有《古陶存》、《泉存》、《古今楹聯匯刻》、《遁盦古磚存》。 河南偃師出土漢〈袁敞碑〉。 洛陽出土漢《甘陵相尙府君碑》、三國魏《三體石經》殘石。
1923	民國 12 年	癸亥	1 月，容庚作〈甲骨文字之發現及其考釋〉一文，載北京《國學季刊》一卷四期。 6 月，戴君仁畢業於北京大學畢業，8 月任教天津南開中學，兼授南開大學國文。 北京大學研究所國學門成立，董作賓入爲研究生。考古學會成立，爲會員。兼編校《歌謠週刊》，撰有〈歌謠與方言問題〉，《歌謠週刊》第 32 號。 商承祚編撰《殷墟文字類編》十五卷、《殷墟文字待問篇》十三卷。 葉玉森撰《殷契鉤沉》。 林鈞輯《石廬金石書志》。 馬衡撰《中國金石學概要》刊行。 羅振玉撰《殷墟文字類編》十四卷。 陳衡恪卒（1876～）。
1924	民國 13 年	甲子	秋，羅振玉與王國維入值南書房，審定內府古彝器。 丁佛言《說文古籀補補》出版。 葉玉森撰《研契枝譚》。 謝景卿《選集漢印分韻》、《續集漢印分韻》由掃石山房石印刊行。 吳東發《商周文拾遺》三卷石印發行。
1925	民國 14 年	乙丑	七月，容庚《金文編》印行，係大篆字典。 十月，羅振玉《集殷墟文字楹帖彙編》成。 陳和祥輯《四體大字典》刊印。 王襄《簠室殷契徵文》初版由河北第一博物院出版，收甲骨 1125 片。 葉玉森《鐵雲藏龜拾遺》錄拓片 240 片。 劉承幹出資刊行清·陸增祥《八瓊室金石補正》一百三十卷。爲《金石粹編》一書補充、訂正諸作中之佳者。
1926	民國 15 年	丙寅	3/9，容庚接聘爲燕京大學襄教授。 康殷生。

1927	民國 16 年	丁卯	二月，羅振玉《增訂殷墟書契考釋》三卷成。 五月，海寧王國維自沉於北京西郊昆明湖，年 51 歲（1877～）。 6/15，廣東中山大學電聘容庚為文字學教授，因燕京大學挽留未去，七月升燕大教授。 七至八月，容庚作《寶蘊樓彝器圖錄》（1929/2 印行）。 秋，張作霖派劉哲為教育總長，併國立九校，董作賓與師友相偕南下至廣州。任中山大學副教授，識傅斯年。 秋，中山大學創立語言歷史學研究所。 十二月，王獻唐撰成《宵幽古韻考》一書。 胡光煒至南京中央大學兼文字學課。。 吳昌碩 84 歲（1844～）卒於上海。 方德九輯《德九存陶》六冊。 羅振玉撰《增訂殷墟書契考釋》。 潘逸廬重訂《篆書秘訣》成。 孟昭鴻編撰《漢印分韻》三輯。
1928	民國 17 年	戊辰	二月，羅振玉移居旅順。 國立中央研究院歷史語言研究所籌備處成立於廣州，董作賓獲聘為通信員。 董作賓暑假與鄉前輩張中孚先生約，同赴洛陽調查三體石經，並經溫、輝各縣轉赴安陽，調查殷墟甲骨文字支出土情形。 秋，歷史語言研究所成立，董作賓獲聘為編輯員。 董作賓主持試掘小屯遺址工作。是為殷墟科學發掘之第一次。撰有〈民國 17 年 10 月試掘安陽小屯報告書〉等 4 篇論文。 胡光煒發表《甲骨文例》。
1929	民國 18 年	己巳	春，第二次發掘殷墟工作。 七月，董作賓偕容庚（頌齋）赴旅順參觀羅振玉所藏甲骨文字，容庚借《秦漢金文拓本》，編纂《秦漢金文錄》。董氏本年撰有〈新獲卜辭寫本附後記〉等 7 篇論文。 秋，第三次發掘殷墟工作。 八月，王獻唐任山東省立圖書館館長。 9 月，戴君仁任國立浙江大學文理學院兼任講師。 十月，河南省政府派何日章至安陽，聲言拒絕中央研究院工作，並招工自掘，考古組暫時停工。何日章挖掘兩月，所得甲骨古器物甚多。

			十月，王襄《簠室殷契徵文》再版由河北第一博物院出版。 冬，國立中央研究院歷史語言研究所遷入北平北海公園淨心齋。 郭沫若撰成《甲骨文字研究》，1931年由上海大東書局影印發行。
1930	民國19年	庚午	三月，何日章再赴安陽小屯挖掘古物，考古組工作完全停頓。 7月，郭沫若撰成《殷周青銅器銘文研究》。 十月，羅振玉《貞松堂集古遺文》十六卷成。 頌齋之會，第一次有臺靜農、魏建功、莊尚嚴、顧頡剛、胡文玉諸友。第二次有唐蘭、孫海波、商承祚諸人。 董作賓撰〈「獲白麟」解〉、〈甲骨年表〉等5篇論文。 馬衡任西泠印社第二任社長。
1931	民國20年	辛未	六月，郭沫若《殷周青銅器銘文研究》手稿印行於上海。 十二月，容庚《秦漢金文錄》印成。 傅斯年自北平赴安陽小屯，視察發掘情形。 第四、第五次殷墟發掘工作。 董作賓撰〈卜辭中所見之殷曆〉、〈大龜四版考釋〉等4篇論文。 王襄《秦前文字韻林》成，收字3102，惜三年後因承印商提高印價而未能出版。 丁佛言卒。(1878～) 戴君仁撰《中國文字構造論》。 孫海波編成《甲骨文編》。
1932	民國21年	壬申	1月，郭沫若於日本出版《兩周金文辭大系》，原書名為《金文辭通纂》，副題為「周代金文辭之歷史系統與地方分類」。 春，董作賓撰成〈甲骨文斷代研究例〉。在北京大學兼課，講授「甲骨文字研究」。 8月，郭沫若於日本出版《金文叢考》。 11月，郭沫若於日本出版《金文餘醳之餘》。 第六、七次殷墟發掘工作。 唐蘭發表《殷墟文字記》、〈獲白兕考〉。 顧廷龍以《說文廢字廢義考》畢業於燕京大學研究院國文系，授文學碩士。

1933	民國 22 年	癸酉	二月，容庚編纂《頌齋吉金圖錄》，八月印成。
			春，史語所遷上海滬西小萬柳堂，董作賓隨所南下。在滬時與葉玉森（葒漁）往還，有邀集同人創設契學會之議。未幾，葉氏卒。
			五月，容庚編纂《金文續編》印行。六月，與瞿潤緡合作之《殷契卜辭》石印印行。
			5 月，郭沫若於日本出版《卜辭通纂》。
			秋，郭沫若於日本撰成《古代銘刻彙考四種》，12 月發行，包括《殷契餘論》、《金文續考》、《石鼓文研究》、《漢代刻石二種》。
			11 月，王獻唐撰成〈春秋邾分三國考〉。
			羅振玉《殷墟書契續編》六卷成。
1934	民國 23 年	甲戌	春，史語所遷入南京北極閣所址，董作賓旋赴安陽主持第九次殷墟發掘工作。
			春，郭沫若於日本撰成《古代銘刻彙考續編》，5 月印行。
			6/1，胡光煒發表《齊楚吉金表》。
			戴君仁《中國文字構造論》出版，8 月任北平大學文理學院文史系教授。
			十月，葉玉森遺著《殷墟書契前編集釋》出版。
			張政烺發表〈獵碣考釋初稿〉，時北京大學歷史系三年級。
			唐蘭發表〈壽縣所出銅器考略〉。
			郭沫若於日本出版《兩周金文辭大系圖錄》及《兩周金文辭大系考釋》。
			馬衡出任故宮博物院院長。
1935	民國 24 年	乙亥	三月，容庚作《鳥蟲書補正》；五月，《海外吉金圖錄》印成。
			春，董作賓受中央古物保管委員會之委託，至安陽監察第十一次殷墟發掘工作。
			10 月，胡光煒發表〈考商氏所藏古夾鐘磬〉文。
			唐蘭發表〈獲白兕考〉、〈關於尾右甲卜辭〉、〈卜辭時代的文學和卜辭文字〉、〈釋四方之名〉。
			顧廷龍《吳愙齋先生年譜》作為《燕京學報》專號之十出版。
			鮑鼎編輯之劉體智《小校經閣金文拓本》出版，收錄拓片四千餘。
1936	民國 25 年	丙子	董作賓編輯《殷墟文字甲編》圖版成，付商務印書館影印出版。三月至安陽，視察第十三次殷墟發掘

			工作。是年撰有〈安陽侯家莊出土的甲骨文字〉等7篇論文。 九月，羅振玉《三代吉金文存》二十卷成。 郭沫若於日本完成《石鼓文研究》之修改和補充。 王襄《簠室集古籀聯語》二卷成，收聯語554副。 張政烺北大歷史系畢業，入中央研究院歷史語言研究所，歷任圖書管理員、助理研究員、副研究員。 顧廷龍撰《古匋文香錄》出版，這是第一部陶文字典。
1937	民國26年	丁丑	春，魯實先於北平寫成〈史記會注考證駁議〉，見賞於楊樹達。 5月，郭沫若《殷契萃編》印行於日本，選劉體智所藏拓本1595片。 七七事變，抗戰軍興，隨史語所遷長沙；冬，再遷至桂林。十一月五日，安陽淪陷。 董作賓、胡厚宣合編《甲骨年表》出版。 唐蘭發表〈卜辭彞銘字多側書〉。 孫海波《魏正始三字石經集錄》出版。
1938	民國27年	戊寅	七月，容庚《頌齋吉金續錄》印成。 十月，容庚重訂本《金文編》由上海商務印書館印行。
1939	民國28年	己卯	7月，郭沫若《石鼓文研究》修訂本印行。 鄧爾雅爲羅瑤書篆《千字文》、《說文部首》各一本。 唐蘭發表《天壤閣甲骨文存》。
1940	民國29年	庚辰	三月，容庚《商周彞器通考》初稿畢，修正後於十一月付印，明年三月印成。 6/19，羅振玉（1866～）卒於旅順，年75歲。 夏，魯實先將《史記會注考證駁議》擴大爲15萬餘字之專文，楊樹達作序，湖南湘芬書局印行。 兩次影印之《殷墟文字甲編》圖版，因抗戰起，書陷上海浦東；28年再印於香港、本年書成，未及運入內地。冬，史語所遷四川南溪。
1941	民國30年	辛巳	鄧爾雅書篆體《千字文》半部，寄贈黃文寬。（1984由嶺南美術出版社出版）
1942	民國31年	壬午	4/21，容庚由北京大學聘爲教授，講授甲骨文、金石學、文字學概要、說文四門課。 秋，魯實先29歲，應復旦大學聘爲中文系教授。
1943	民國32年	癸未	秋，董作賓寫《殷曆譜》稿本附石印。

1944	民國 33 年	甲申	8 月，戴君仁任教國立西北大學，講授文字、聲韻、訓詁學。 董作賓續寫《殷曆譜》，並兼代歷史語言研究所所長。 齊魯大學國學研究所出版胡厚宣所撰之《甲骨學商史論叢》初、二、三集。
1945	民國 34 年	乙酉	四月，董作賓《殷曆譜》成，傅斯年序。石印 200 部，每部有號碼。 4 月，王獻唐撰成〈釋每美〉、六月，〈古文字中所見之火燭〉、〈岐山近出康季鼎銘讀記〉發表、8 月《國史金石志稿·金文部》、《中國古代貨幣通考》稿成。
1946	民國 35 年	丙戌	7/4，容庚應聘為嶺南大學中國文學系教授兼系主任。 胡光煒於抗戰期間隨中央大學至重慶，今年復員歸南京。 金祥恒於浙江大學師範學院國文系畢業。任山東大學中文系助教。 張政烺受聘為北京大學歷史系教授，兼故宮博物院專門委員會委員。
1947	民國 36 年	丁亥	4/9 容庚作〈甲骨學概況〉，送登於《嶺南學報》第七卷第二期。 7 月，郭沫若完成《詛楚文考釋》。 8 月，戴君仁來臺灣，任教於臺灣省立師範學院。 8 月，金祥恒任臺灣大學中文系助教。 董作賓應美國芝加哥大學聘為客座教授聘，於一月乘輪赴美。住芝城附近，授甲骨金文課程。
1948	民國 37 年	戊子	8 月，戴君仁任臺灣大學中文系教授。 董作賓編《殷墟文字甲編》及《乙編》上輯出版。
1949	民國 38 年	己丑	春，董作賓接國立台灣大學文學院教授聘，在中文系授古文字學，在歷史系授殷代史。秋，轉任新社之考古人類學系教授。所編《殷墟文字乙編》中輯出版。 王襄《古文流變臆說》下卷編成、《古陶今釋續編》三卷成。 中央研究院遷臺灣省臺北市。 胡光煒任南京大學教授兼圖書館館長。
1950	民國 39 年	庚寅	董作賓與汪怡合編《集契集》。 唐蘭發表〈虢季子白盤的製作時代和歷史價值〉。

1951	民國 40 年	辛卯	魯實先由香港至臺灣，初就聘於嘉義中學，隨後至台中農學院（中興大學）、東海大學任教授。 張政烺發表〈古代中國的十進制氏族組織〉。
1952	民國 41 年	壬辰	嶺南大學併入中山大學，容庚續任中文系教授。 孫儆卒。（1866～）
1953	民國 42 年	癸巳	董作賓完成《殷墟文字乙編》下輯。 十月，吳稚暉卒（1865～），年 89 歲。 王襄《殷代貞史待徵錄》成。
1954	民國 43 年	甲午	10/6，鄧爾雅卒於香港，享年 72。 魯實先《殷曆譜糾譑》、《曆術厄言甲集》油印本印行。 張政烺參加籌建中國科學院歷史研究所，並兼任研究員。
1955	民國 44 年	乙未	8 月，戴君仁應東海大學校長曾約農之借聘，主持策畫成立中國文學系；11 月就任教授兼系主任。 馬衡卒。（1881～）
1956	民國 45 年	丙申	五月，董作賓《殷墟文字外編》出版，秀水嚴一萍序。
1957	民國 46 年	丁酉	唐蘭發表〈在甲骨金文中所見的一種已經遺失的中國古代文字〉。
1958	民國 47 年	戊戌	
1959	民國 48 年	己亥	秋，董作賓《中國年曆總譜》上下編由香港大學出版於香港。另撰有〈國立歷史博物館所藏甲骨文字〉等 7 篇論文。 10 月，金祥恒出版《續甲骨文編》，線裝四冊。哈佛燕京社出版，台北藝文印書館景行。
1960	民國 49 年	庚子	九月，《中國文字》第一期出版，每三個月出版一次。董作賓手寫《殷墟文字乙編》摹寫本示例，於《中國文字》第一期連續刊載。十二月，第二期出版。 十月起，魯實先於四年內分六期相繼發表《殷契新詮》49 篇。 11/16，王獻唐病逝於山東。 胡光煒發表《書藝要略》，影響甚鉅。
1961	民國 50 年	辛丑	魯實先任臺灣師範大學國文系教授。輯 674 片甲骨編成《殷契類選》（摹本）為教本，授古文字學。
1962	民國 51 年	壬寅	2/21，胡光煒（1888～）逝於南京。 唐蘭發表〈西周銅器斷代中的「康宮」問題〉。 顧廷龍任上海圖書館館長。

1963	民國 52 年	癸卯	8 月，戴君仁借聘任輔仁大學在臺復校首任中文系主任。 11/23，董作賓病逝，葬於南港中央研究院高山之陽，與胡適墓爲鄰。
1964	民國 53 年	甲辰	金祥恒出版《匋文編》，線裝二冊，藝文印書館景印出版。
1965	民國 54 年	乙巳	1/31，王襄（1876～）病逝於天津。 改訂本《甲骨文編》出版，收錄正編 1723 字、合文 371、附錄 2949 字。 10 月，弓英德《六書辨正》出版。
1966	民國 55 年	丙午	六月，魯實先三年內《說文正補》初編至三編，1973 年 9 月，臺北黎明文化事業將之與段玉裁《說文解字注》合刊。 8 月，弓英德《中國書學集成》出版。
1967	民國 56 年	丁未	夏，魯實先選錄鐘鼎盤盂等五百餘器，橅寫成《殷周金文會纂》，另編《金文著錄書目》爲教本，講授金文。
1969	民國 58 年	己酉	六月起，魯實先於 4 年內發表《周金疏證》初編～五編。
1972	民國 61 年	壬子	孫海波卒。（1910～）
1973	民國 62 年	癸丑	十月，魯實先《假借遡原》印行。 8/30，鮑鼎卒。（1898～）
1976	民國 65 年	丙辰	五月，魯實先《轉注釋義》印行。
1977	民國 66 年	丁巳	十一月，《董作賓先生全集甲乙編》十二冊由板橋藝文印書館印行。 12/19，魯實先（1913～）逝世於臺北。 唐蘭發表〈西周時代最早的一件銅器利簋銘文解釋〉。
1978	民國 67 年	戊午	12/9，戴君仁（1901/8/16～）逝世於臺北。
1979	民國 68 年	己未	唐蘭發表〈殷墟文字二記〉。 張政烺發表中山國三器研究論文。
1980	民國 69 年	庚申	唐蘭發表〈論周昭王時代的青銅器銘刻〉。 7 月，戴君仁《戴靜山先生全集》刊行。 張政烺發表〈試釋周初青銅器銘文中的易卦〉。
1981	民國 70 年	辛酉	七月，臺北洪氏出版社將《史記會注考證》與《史記會注考證駁議》合刊發行。
1982	民國 71 年	壬戌	胡厚宣總編輯之《甲骨文合集》出版完成。
1983	民國 72 年	癸亥	3/6，容庚（1894～）病逝，享壽 90。

1984	民國 73 年	甲子	約在本年，弓英德卒。（1910～）
1989	民國 78 年	己巳	7/1，金祥恒逝世於台北（1918/8/29～）。
1990	民國 79 年	庚午	《金祥恒先生全集》出版。
1995	民國 84 年	乙亥	4/16，胡厚宣卒（1911/12/20～） 顧廷龍《尚書文字合編》（與顧頡剛合輯）出版。
1998	民國 87 年	戊寅	8/22，顧廷龍（1904/11/10～）病逝於北京。
2005	民國 94 年	乙酉	1/29 張政烺（1912/4/15～）逝世於北京。

附錄三　圖版徵引資料表

圖次	作者	作品（圖）	年　代	規格（cm）	收藏	出　處
2-1.1	吳大澂	《說文古籀補》尊字				《說文古籀補》70、71
2-1.2	吳大澂	〈淺碧、小紅七言聯〉				《吳愙齋先生年譜》12
2-1.3	吳大澂	〈安西頌〉	1875 年			《吳大澂安西頌》
2-1.3a	莫友芝	〈獨寢、晝坐十言聯〉	1864	109×40.7	故宮博物院	《故宮博物院藏文物珍品全集——清代書法》230
2-1.4	吳大澂	《攀古樓彝器款識·邵仲鬲》	1872			《攀古樓彝器款識》
		〈邵仲鬲〉拓本				《愙齋集古錄》788
2-1.5	吳大澂	〈致潘祖蔭書札〉	約 1877 年	24.5×12.2	潘景鄭	《中國美術全集·清代書法》185
2-1.6	吳大澂	《篆文論語》	1886			《篆文論語》卷下葉26
2-1.7	吳大澂	〈盂鼎考釋〉局部	1887 秋			《愙齋集古錄》173
2-1.8	吳大澂	〈古鉨、藏書七言聯〉	53-54 歲間 1888-1889	129×30.5	吉林省博物館	《中國美術全集·清代書法》184
2-1.9	吳大澂	〈千石、一門七言聯〉	1888 後			《金石家書畫集一》290
2-1.10	吳大澂	《大篆楹聯》〈千石、一門七言聯〉				《吳大澂大篆楹聯》19

2-1.11	吳大澂	〈臨秦銅權〉	1890-1892			《書法創作大典篆書卷》183
		〈秦權〉拓本				《愙齋集古錄》1080
2-1.12	吳大澂	〈吉金、讀畫七言聯〉	1899/12	137.7×32.2	知丈印社	《書道全集清二》9
2-1.13	吳大澂	〈知過論軸〉		129.3×60.3	故宮博物院	《故宮博物院藏文物珍品全集——清代書法》232
2.1-14	吳大澂	〈白鶴泉銘〉	1892/9			《吳大澂篆書五種》206-207
2-1.15	吳大澂	《李公廟碑》	1895		伏見冲敬	《清·吳大澂李公廟碑》101
2-2.1	王懿榮	〈月下、水邊七言聯〉	1893	130×32	小莽蒼蒼齋	《清代學者法書選集續》，164
2-2.2	王懿榮	〈戩穀軸〉	1899 春節			《東方藝術 2013：18》117
2-2.3	吳大澂	〈月下、水邊七言聯〉		139×28		《西泠印社 2007 春拍》188 號
2-2.4	王懿榮	〈舊書、嘉樹七言聯〉			章芸廬	《金石家書畫集》634
2-3.1	孫詒讓	〈古籀拾遺書耑〉	1888			《古籀拾遺》
2-3.2	孫詒讓	〈古籀拾遺敍〉	1890 正月	高 14.1		《古籀拾遺》1-4
3-1.1a	羅振玉	〈汧殹復原〉	1916/7	高 15.1		《全集三編·3》867-868
3-1.1b	徐寶貴	〈汧殹復原圖〉				《石鼓文研究》462
3-1.2a	羅振玉	〈臨石鼓文·汧殹〉		65×31	羅福頤	《羅振玉法書集》19
3-1.2b	吳昌碩	〈贈子諤臨石鼓四屏〉	1899	133×39×4	西泠印社	《中國書法全集77》61-62
3-1.3	羅振玉	〈臨新郪虎符〉	1919 十月	49×36.5	羅福頤	《羅振玉法書集》15
		〈新郪虎符〉	戰國晚期	高 7.5		《殷周金文集成》6599
3-1.4	羅振玉	〈臨兮甲盤四屏〉	失記	失記	失記	《中國書法》1990：4，10-11
		〈兮甲盤〉末 6 行	西周晚期			《殷周金文集成》5842
3-1.5	羅振玉	〈容王、呑雲六言聯〉	失記	133.2×32.6	羅繼祖	《中國書法全集78》97
3-1.6	羅振玉	〈臨商契文軸〉	1925/4	132×32	天津歷史博物館	《中國書法全集78》116

3-1.7	羅振玉	〈甲骨文成扇〉	失記	31.3×51		《羅振玉法書集》50-51
3-1.8	羅振玉	〈寶馬、穌風七言聯〉	1923/10	24.6	失記	《中國書法全集78》108
	羅振玉	〈寶馬、穌風七言聯〉	1921			《集殷虛文字楹帖》27
3-1.9	羅振玉	〈一往、萬方十言聯〉	1933 仲秋	163.5×28	柯君恒	《宗陶齋》97
		同上				《集殷虛文字楹帖》87
3-2.1	孫儆	〈此古、有正十二言聯〉	1947			
3-2.2	孫儆	〈不墮、維茲十二言聯〉	1952 年春			《書法創作大典・篆書卷》199
3-3.1	王襄	〈臨散氏盤十二屏〉			天津市藝術博物館	《收藏家 2001：10》50
		〈散氏盤〉拓本	西周晚期			《客齋集古錄》718
3-3.2	王襄	〈上壽、寒士十一言聯〉	1934/5/12		天津市藝術博物館	《天津三百年書法選集》96
3-3.3	王襄	〈臨戊辰彝軸〉	失記		天津市藝術博物館	《天津三百年書法選集》94
		〈戊辰簋〉拓本	商代	高 11.45		《集成》2320
3-3.4	王襄	〈臨殷契文橫幅〉	中年		天津市藝術博物館	《收藏家 2001：10》49
		菁 1.1（合 6057 正）		高 22.5		《甲骨文合集》
3-3.5	王襄	〈出土、沉沙七言聯〉	失記			《書法創作大典・篆書卷》206
3-4.1	丁佛言	〈召卣跋〉	1923 夏	高 13.5	失記	《澂秋館吉金圖》103
3-4.2	丁佛言	〈陰符經團扇〉	1925 年蒲節後四日	失記	失記	《丁佛言書法選》47
	吳大澂	《篆文論語》	1886			《篆文論語》卷下葉26
3-4.3	丁佛言	〈臨毛公鼎十條屏〉	1925/9	222×57.5×2	山東博物館	《書法叢刊 142》7
		〈毛公鼎〉銘拓本局部		高 28.5		《甲骨文・金文》73

3-4.4	丁佛言	〈臨甲骨文軸〉	1925/11			《丁佛言書法選》6
3-4.5	丁佛言	〈小室、豐年七言聯〉	失記	149.5×38.5×2	山東博物館	《書法叢刊 142》1
3-4.6	丁佛言	〈同姓、眾人七言聯〉	1926/12	失記	失記	《東方藝術》2007：16，78
3-4.7	丁佛言	〈毛公、函皇八言聯〉	1928 初夏	175×39.5×2	山東博物館	《書法叢刊 142》14
		〈毛公鼎〉、〈函皇父篹〉集字				《愙齋集古錄》152、439
3-4.8	丁佛言	集古金石文字聯語	失記	失記	失記	《丁佛言書法選》31-34
3-5.1	葉玉森	〈臨頌簋四屏〉				網路檢索
		〈頌簋〉後 7 行拓本				《愙齋集古錄》449
3-5.2	葉玉森	〈甲骨文成扇〉		19×52		網路檢索
3-5.3	葉玉森	〈傳三、共一十三言聯〉	1932 仲秋	144.4×18		《中國現代美術全集書法一》157
3-5.4	葉玉森	〈答柳翼謀詩軸〉				《民國時期書法》378
3-5.5	葉玉森	〈贈蔣彝甲骨文軸〉	1933			《漢字書法通解·甲骨》78
3-6.1a	馬衡	〈王國維紀念碑額〉	1929/6/3	60×43		《北京圖書館藏中國歷代石刻拓本匯編》96.30/98.10
3-6.1b	馬衡	〈劉復墓誌蓋〉	1935/5	52×52		
3-6.2	馬衡	〈尊古齋所見吉金圖書耑〉	1936	高 20.8		《尊古齋所見吉金圖》
3-6.3	馬衡	〈平邊、古簡五言聯〉	未記	128×31.5	侯建明	《中國現代美術全集書法二》6
3-6.4	馬衡	〈臨宗婦鼎軸〉	未記	失記	失記	《民國時期書法》228
		〈宗婦鼎〉、〈宗婦簋〉拓片	幽王/春秋早期	高 9cm 8cm		《愙齋集古錄》266、554
3-6.5	馬衡	〈暇日、累年十言聯〉	未記	失記	失記	《名家篆書楹聯集粹》108
4-1.1a	郭沫若	〈汧殹〉摹本	1932	14×19.5		《石鼓文研究》43-44
4-1.1b	徐寶貴	〈汧殹〉復原拓本				《石鼓文整理研究》462
4-1.1c		〈汧殹〉石近況及墨拓				《石鼓文研究》85-86
4-1.2	郭沫若	〈中囿、平原七言聯〉				

4-1.3	郭沫若	〈兩周金文辭大系圖錄書耑〉	1934	19.1×14.5		《兩周金文辭大系圖錄》
4-1.4a	郭沫若	〈殷契萃編書耑〉	1937/4	18.8×14.5		《殷契萃編》
4-1.4b	郭沫若	〈殷契萃編頁扉〉	1937	10.8×2		《殷契萃編》
4-1.5a	郭沫若	〈殷周青銅器銘文研究書耑〉	1930/7	12.8×1.6		《殷周青銅器銘文研究》
4-1.5b		方框與外擴填實圖				
4-1.6a	郭沫若	〈金文叢考書耑〉	1932	9.8×1.7		《金文叢考》
4-1.6b	郭沫若	〈金文叢考改編本書耑〉	1952	13×2.5		《金文叢考》
4-1.7	郭沫若	〈石鼓文研究書耑〉	1936/8	16.5×11		《石鼓文研究》
4-1.8	郭沫若	〈金文叢考頁扉〉	1932	8.2×5		《金文叢考》
4-2.1	容庚	〈為學有獲之齋額〉	失記	31×154		網路檢索
4-2.2	容庚	《金文編》學字例	1925 前	連字頭 16		《金文編》175
4-2.3a	容庚	〈有文、無車七言聯〉	1925/10	失記	失記	網路檢索
4-2.3b	羅振玉	同上	1921			《殷虛文字楹帖》19
4-2.4	容庚	〈好大、貪多八言聯〉	1931/6	失記	顧頡剛	《顧頡剛全集》首彩頁、《民國時期書法》189
4-2.5	容庚	〈臨師遽簋軸〉	1973 初夏	98×34	吳瑾	《中國現代美術全集書法二》70
		〈師遽簋〉拓片		高 15.5		《愙齋集古錄》503
4-2.6	容庚	〈後漢書黃瓊傳軸〉	1973/9	110×42	吳瑾	《中國現代美術全集書法二》69
4-2.7	商承祚	〈李固致黃瓊書〉	1979/3/13			《商承祚書法集》128-9
4-3.1	董作賓	〈影寫甲骨文字拓本〉	1922	高 14/13.3/2.6/3.85		《平廬影譜》6
		《前編》7.31.4/合 6816 《前編》7.32.2/何 5456		高 14 高 13.3		《殷虛書契前編》

4-3.2	董作賓	〈甲骨文字集聯〉	1942 冬	失記	失記	《平廬影譜》80
4-3.3	董作賓	〈臨武丁時卜骨一版〉	1949 秋	28×79	臺靜農家屬	《鑿破鴻蒙》167
		甲 3339、3340/合 10229	正反			《鑿破鴻蒙》42
4-3.3a		甲 3339、3340 拓片		高 8.3、8.5		《鑿破鴻蒙》43
4-3.3b	董作賓	摹《甲編》3339、3340	1933/4	高 8.5		《董作賓全集甲編》649
4-3.3c	董作賓	摹《甲編》3339、3340	1954/4	高 8.5		《董作賓全集甲編》664
4-3.3d	董作賓	〈臨武丁逐豕骨版〉	1951/1	失記	嚴一萍	《嚴一萍全集》1380
4-3.3e	董作賓	〈臨武丁逐豕骨版〉	圖不清	失記	嚴靈峯	《董作賓逝世三周年紀念集》
4-3.4	董作賓	〈甲骨文卜辭四則〉	1951 初春	114×28	國立臺灣美術館	《臺灣地區前輩美術家作品特展 二書法專輯》70
		前 2.5.7/合 37514 前 4.47.7/合 10260		8×1.9 11×1.9		《羅雪堂全集·七編》1408、1648
	嚴一萍	〈甲骨綴合新編〉380 拓片、摹本				《甲骨綴合新編》416
4-3.5	董作賓	〈武丁日譜成扇〉	1979/5	30×48	臺靜農家屬	《鑿破鴻蒙》164
4-3.5a	董作賓	摹《殷契粹編》1043	1945/4	14.6×7		《殷曆譜》卷九,十九
		粹 1043 片拓本/合 12814		14.5×7.7		《殷契粹編》p213
4-3.5b	董作賓	摹《殷虛書契菁華》1	1945/4	24.2×18.3		《殷曆譜》卷九,二十
		菁 1 拓片/合 6057 正				
4-3.5c		扇面 3 辭局部				《鑿破鴻蒙》164
4-3.5d		扇面 5 辭局部				《鑿破鴻蒙》164
4-3.6	董作賓	〈小學、上壽八言聯〉	1955 仲夏	90×18	臺靜農家屬	《鑿破鴻蒙》159
4-3.7	董作賓	〈臺老伯母壽詞〉	1961/11/10	80×35	臺靜農家屬	《鑿破鴻蒙》160

4-4.1	鮑鼎	〈鐵雲藏龜〉釋文	1931	4.5×9.5		《柳曾符書學論文集》237
4-4.2	鮑鼎	〈橅甲骨文〉	失記	失記		《柳曾符書學論文集》177
		《殷契遺珠》341/合679	甲骨1期	5.3×7.5		《甲骨文合集》
		《殷契遺珠》393/合41303	甲骨1期	14.5×3.3		《甲骨綴合新編》十：19
4-4.3a	鮑鼎	〈十室、三人七言聯〉	失記	失記		《民國時期書法》483
4-4.3b	羅振玉	〈十室、三人七言聯〉	1921			《集殷虛文字楹帖》106
4-5.1	唐蘭	〈殷墟文字記書眉〉	1934	5.5		《殷墟文字記》書眉
4-5.2	唐蘭	〈古文字學導論書眉〉	1935 1936	1-4：8 5：7.5		《古文字學導論》書眉 19、23、135、139、307
4-5.3	唐蘭	〈新量銘〉	1943冬	失記	失記	《民國時期書法》194
		〈新量銘〉拓本	新		遐盦葉公綽	《十二家吉金圖》463
4-5.4	唐蘭	〈西南聯大紀念碑碑陰篆額〉	1945/5/4			《學府紀聞　國立西南聯合大學》照片頁
4-5.5	唐蘭	〈橫眉、俯首七言聯〉	1965	130×33		網路檢索
4-5.6	唐蘭	〈海內存知己軸〉	1973	失記	失記	《20世紀書法大成》258
4-5.7	唐蘭	〈王勃詩句軸〉	1973			網路檢索
4-5.8	唐蘭	〈平樂印廬稽古文字〉	1978冬	失記	失記	《那羅延室稽古文字》書耑
4-6.1	戴君仁	〈作原〉摹本	1951/10	失記	失記	《大陸雜誌》232
4-6.1b	羅振玉	〈作原〉復原摹本	1916/6			《羅雪堂全集》三875
4-6.1a	郭沫若	〈作原〉復原摹本	1932			《石鼓文研究》52
4-6.2	戴君仁	〈壽毛子水軸〉	1962/2	34.2×76		《臺大書畫集》193
4-6.3a	戴君仁	〈南風四月軸〉	1967新春	失記	失記	《臺大書畫集》191
		〈商卜文集七絕〉1				《商卜文集聯》79

4-6.3b	戴君仁	〈為圃林泉軸〉	1967 新春	失記	失記	《臺大書畫集》191
		〈商卜文集七絕〉6				《商卜文集聯》76
4-6.4	戴君仁	〈石鼓文作原軸〉	失記	22.5×70.2		《臺大書畫集》192
4-6.5	戴君仁	〈次韻彭醇老見贈〉	1970/9	15.2×2		《戴靜山全集》1755
4-7.1	商承祚	〈鄭板橋詩〉				《商承祚書法集》152-3
4-7.2	商承祚	〈毛澤東七律軸〉	1965/2	137.5×35	溫州市博物館	《中國現代美術全集書法二》155
4-7.3	商承祚	《殷虛文字類編》齒字及原拓對照		高 16cm		《殷虛文字類編》65
4-7.4	商承祚	〈言行、文史八言聯〉	1930 冬			《民國時期書法》274
4-7.5	商承祚	〈學如、言得七言聯〉	1949 夏	134×21.5	柯君恆	《宗陶齋》199
4-7.6	商承祚	〈臨沈子它簋軸〉		105×33	李維毅	《中國現代美術全集書法二》154
		〈沈子它簋蓋銘〉	西周早期	高 17.2		《殷周金文集成》2716
4-7.7	商承祚	〈正氣歌四屏〉	1944	107×25×4		《商衍鎏·商承祚書正氣歌》
4-7.8a	商承祚	〈日本策彥上人詩軸〉	1976/4	失記	失記	《書法大觀》270
4-7.8b	商承祚	〈張問陶遣悶詩軸〉	1980/9	失記	失記	《中日書法百家墨迹精華》
4-8.1	顧廷龍	〈朱德上東山詩〉	1978/3	失記	失記	《20世紀書法大成》281
4-8.2	顧廷龍	〈人壽年豐軸〉	1986/12	失記	失記	《柳曾符書學論文集》211
4-8.3	顧廷龍	〈摹契文軸〉	1986/12	失記	失記	《書法創作大典·篆書卷》245
4-8.4	顧廷龍	〈濤捲、雲橫五言聯〉	失記	失記	失記	《名家篆書楹聯集粹》157
4-8.5	顧廷龍	〈甲骨學小辭典書耑〉	1987/12 前	失記	失記	《甲骨學小辭典》封面
5-1.1	弓英德	〈中興文苑書耑〉	1970/1	失記		《中興文苑》創刊號

5-1.2	弓英德	〈司馬、史魚八言聯〉	約 1980 年	132×21.5	中興大學中文系	《中興中文 50 年》9
		〈毛公鼎〉銘對照	西周			《愙齋集古錄》147-152
5-1.3	弓英德	〈敏則、威而七言聯〉	1980 年	116×21	陳欽忠教授	作者自攝
5-2.1	孫海波	《甲骨文編》「牧」字例	1934			《甲骨文編》146
5-2.2	孫海波	〈摹甲骨文字扇面〉	1938/7	失記		網路檢索
5-2.2a	孫海波	〈摹甲骨文字扇面〉		局部		網路檢索調整剪裁
		合 6297/6322/6128	甲骨一期	高 5/5.6/4.7		《甲骨文合集》
5-2.3	孫海波	〈魏三字石經集錄書耑〉	1937/5			《魏三字石經集錄》
5-2.4	孫海波	〈河南吉金圖志賸稿書耑〉	1939 年冬			《河南吉金圖志賸稿》
5-2.5	孫海波	〈中國文字學書耑〉	1941/10			《中國文字學》
5-3.1	胡厚宣	〈重訂六書通書耑〉	1980			《重訂六書通》封面
5-3.2	胡厚宣	〈學無止境題辭〉	1984/6/5			《甲骨文集句簡釋》題辭
5-3.3	胡厚宣	〈臨《合》630 卜辭〉	1987/8/23			《近現代甲骨文書法研究》28
		歷拓 6636/合 630		高 2.3		《合》630
5-3.4	胡厚宣	〈農業卜辭〉	1978 年以後		許禮平	《蘋果日報》2012/10/12 副刊
		簠歲 5/續 2.28.5/合 1		高 11		續 2.28.5
		前 7.30.2/合 5		高 15		《合集》5
		粹 866/合 2		高 7.2		《合集》2
		《合》1		高 14.5		《合集》1
5-3.5	胡厚宣	〈武丁甲卜辭〉	1992/8	68×34	王寶林	網路搜尋
		菁 2/合 6057 正		22.2/21.5		《合集》6057 正
5-4.1	張政烺	〈臨石鼓文〉	未記	失記	失記	《民國時期書法》295
5-4.1a		《石鼓文・汧殹》拓本				《石鼓文》

5-4.2	張政烺	〈集甲骨文〉	1984/10/15	失記	吉德煒	《揖芬集》26
5-4.3	張政烺	〈甲骨集詩〉	1984/10	失記	艾蘭	《甲骨金文與商周史研究》彩頁
5-4.4	張政烺	〈嘉言軸〉	失記	失記	失記	《揖芬集》封底
5-5.1a	魯實先	〈摹《前編》7.31.4〉	1960	13×3.1		《殷栔類選》6/合6816
5-5.1b	魯實先	〈摹宗周鐘〉（局部）	1967	高 21.1		
5-5.2	魯實先	〈殷栔類選書耑〉	1960	高 22		《殷栔類選》封面
5-5.3	魯實先	〈諦觀、釐正七言聯〉	1966 夏	失載	王甦教授	《哀思錄》12
5-5.4	魯實先	〈殷周金文會錄書耑〉	1967			《殷周金文會錄》封面
5-3.5	魯實先	〈出山、在野七言聯〉	1968 季夏	135.5×21.5	廉永英教授	《哀思錄》13/20160811 原件實拍
5-5.6	魯實先	〈金文甲骨合軸〉	1968 季夏		廉永英教授	《哀思錄》14
		〈小臣宅簋〉	西周早期	高 14.6	中國歷史博物館	《殷周金文集成》2398
		〈合 6484 正〉		高		《甲骨文合集》6484正
5-6.1a	金祥恆	〈摹萬物、天下四言聯〉				《金祥恆先生全集》遺墨 3
5-6.1b	簡經綸	〈萬物、天下四言聯〉				《甲骨集古詩聯》1
5-6.2a	金祥恆	《續甲古文編》古字				《續甲古文編》3.3
5-6.2b	金祥恆	《匋文編》南字				《金祥恆全集》2770
5-6.3a	金祥恆	〈裴迪輞川詩軸〉	1986 中秋	92×23		《臺大教職員》45
5-6.3b	嚴一萍	嚴一萍集詩				《甲骨學》1364
5-6.4a	金祥恆	〈甲骨集聯軸〉	1986 中秋	84×19		《臺大教職員》45
5-6.4b	丁輔之	《商卜文集聯》12				《商卜文集聯》12
附 1.1	吳昌碩	〈小戎詩冊〉	1885	37×22	童衍方	《清吳昌碩篆書小戎詩冊》3
附 1.2	吳昌碩	〈臨庚罷卣〉	1898 中秋	失記	高木聖雨	《中國書法全集77》90

附 1.3	吳昌碩	〈為陶菴臨石鼓文四屏〉	1918 初春	失記	失記	《中國法書選 60》3、13
附 2.1	黃士陵	〈臨濠叟夏小正〉	1896		曾紹杰	《黃穆甫篆書二種》
附 2.2	黃士陵	〈微雨、雜花八言聯〉		142*33	國立歷史博物館	《清末民初書畫藝術集》，p108
附 3.1	齊白石	〈李頎寄韓鵬詩〉	1945	失記	失記	《中國近代書畫》214
附 3.2	齊白石	〈月圓人壽橫披〉	1947	45×136.5	榮寶齋	《現代美術書法一》58
附 4.1	黃賓虹	〈潛德錄題簽〉	失記	失記	失記	《民國篆書研究》59
附 4.2	黃賓虹	〈楊誠齋詩手卷〉	失記	失記	失記	《民國篆書研究》60
附 4.3	黃賓虹	〈驪驪、牡丹七言聯〉	失記	142×32	榮寶齋	《現代美術書法一》63
附 4.4	黃賓虹	〈臨夨季良父壺〉	失記	101.5×34	崇德	《現代美術書法一》64
附 5.1	吳本善	〈畫裡、鏡中七言聯〉	1897	115.5×26		網路檢索
附 5.2	吳本善	〈長篇、晚節七言聯〉				網路檢索
附 5.3	吳本善	〈贈潛廬軸〉	1917 除夕			《吳大澂古文字學與篆書書法研究》圖 104
附 5.4	沈恩孚	〈奔馬、好花五言聯〉				《吳大澂古文字學與篆書書法研究》圖 105
附 5.5	吳稚暉	〈歲寒軸〉	1943 年	失記	失記	《吳稚暉先生全集》墨跡 6
附 5.6	吳大澂	〈白鶴泉銘〉	1892/9			《吳大澂篆書五種》206-207
附 5.7	吳稚暉	〈岳忠武王詞〉	約 1946 年	失記	失記	《吳稚暉先生全集》墨跡 1
附 5.8	吳稚暉	〈生活、生命十五言聯〉	1945 年	失記	失記	《吳稚暉先生全集》墨跡 2
附 6.1	蕭蛻	〈宮室、農田八言聯〉	1922 冬	163×35×2	常熟市博物館	《現代美術書法一》59
附 6.2	蕭蛻	〈鮮自、禽同五言聯〉	1927 孟夏	85×16×2	常熟市博物館	《中國書法全集86》48
附 6.3	蕭蛻	〈百花、眾鳥七言聯〉	1935-44	132×21×2	常熟市博物館	《中國書法全集86》56

附 6.4	蕭蛻	〈瞿啓甲墓志篆蓋〉	1939/12	47×50	北京圖書館	《中國歷代石刻拓本匯編》99.33
附 7.1	柳詒徵	〈說文敘橫幅〉	失記	失記	失記	《中國書法 72》57
附 7.2	柳詒徵	〈臨虢季子白盤銘〉	失記	137.5×29	何創時基金會	《民初書法：走過 54》109
附 7.3	柳詒徵	〈臨甲骨文〉	失記			《民國篆書研究》58
附 8.1	簡經綸	〈集得知、直在五言聯〉	1937			《甲骨集古詩聯》
附 8.2	簡經綸	〈得知、直在五言聯〉				網路檢索
附 9.1	丁仁	〈少日、暮年七言聯〉	1933 秋	142×31		《清末民初書畫藝術集》131
附 9.2	丁仁	〈黎明、遣日六言聯〉	1948/10	失記		《中國近代書畫》221
附 9.3	丁仁	〈四泠八家印存跋〉	1939 孟冬			《書法叢刊 91》79
附 10.1	潘天壽	〈天邊、月下七言聯軸〉	1943			《東方藝術 2007：16》84
附 10.2	潘天壽	〈人有、予唯八言聯〉	1948			《20 世紀甲骨文實踐》43
附 10.3	潘天壽	〈摹遣小子𦅫簠銘橫幅〉	1959 新春			《書畫藝術 2010:2》26
		〈遣小子𦅫簠銘〉				《客齋集古錄》524
附 10.4	潘天壽	〈田家、行客五言聯軸〉	1961			《20 世紀書法大成》229
附 11.1	陸維釗	〈魯迅文軸〉	1977/2	95×34	邢秀華	《現代美術書法二》118
附 11.2	陸維釗	〈物多、農有十三言聯〉	1963			《東方藝術 2007：16》85
附 11.3	陸維釗	〈物多、農有十三言聯軸〉				
附 12.1	王壯爲	〈與古爲新橫幅〉	1987 春	53×66	劉鴻旗	《篆印堂奧》68
附 12.1a		〈與古爲新橫幅〉對照圖				
附 12.2	王壯爲	〈寅年吉語〉	1986 秋	57×70	黃天才	《王壯爲書法精品展》77
附 13.1	陳其銓	〈永康橫幅〉	1972/12	35×52		《陳其銓手札遺墨集》32
附 13.2	陳其銓	〈馬鳴、齊魯七言聯〉	1977/10	失記	失記	《甲骨文集聯》8

附 13.3	陳其銓	〈甲骨集古句立軸〉	1978/4	失記	失記	《甲骨文集聯》39
附 14.1	梁乃予	〈論語一節〉	1989 季秋	100×60		《梁乃予書畫篆刻紀念展》16
附 14.2	高拜石	〈論語軸〉	1967	68×35		網路檢索
附 14.3	梁乃予	摹錄諸集聯				攝自藏家
附 14.4	梁乃予	〈會心、通神七言聯〉	失記	105×22×2		《梁乃予書畫篆刻紀念展》28

附錄四　中國大陸 1949 後書畫作品禁止出境表

國家文物局關於發佈《1949 年後已故著名書畫家作品限制出境鑒定標準（第二批）》的通知（文物博發〔2013〕3 號）

各省、自治區、直轄市文物局（文化廳），各國家文物進出境審核管理處：

為加強我國近現代著名書畫家作品保護，我局曾於 2001 年頒發《一九四九年後已故著名書畫家作品限制出境的鑒定標準》，各地文物進出境審核管理機構嚴格執行標準，規範作品審核和出境限制，阻止了珍貴近現代書畫作品流失。

2001 年以後，一些著名書畫家先後逝世。為加強對這些書畫家作品的保護，我局在徵求文物、文化、美術界專家意見的基礎上，擬定增補了相關出境鑒定標準。

現將《1949 年後已故著名書畫家作品限制出境鑒定標準（第二批）》印發給你們，請遵照執行。

國家文物局

二〇一三年二月四日

《1949 年後已故著名書畫家作品限制出境鑒定標準（第一批、第二批名單）》

《1949 年後已故著名書畫家作品限制出境鑒定標準（第一批 2001 年）頒佈》

一、作品一律不准出境者（10 人）：

王式廓	何香凝	李可染	林風眠
徐悲鴻	高 侖（劍父）	黃 質（賓虹）	董希文
傅抱石	潘天壽		

二、作品原則上不准出境者（23 人）：

于右任	於 照（非闇）	豐子愷	石 魯
齊 璜（白石）	劉奎齡	劉海粟	張 爰（大千）
沈尹默	吳作人	陳雲彰（少梅）	吳湖帆
陸儼少	林散之	趙樸初	錢松嵒
高 嵡（奇峰）	郭沫若	黃 冑	蔣兆和
謝稚柳	顏文梁	溥 儒（心畬）	

三、精品不准出境者（107 人）：

丁衍庸	馬敍倫	馬一浮	馬 晉
王 賢（个簃）	王心竟	王 偉	王雪濤
王叔暉	王福庵	王 襄	王蘧常
方人定	方濟眾	鄧散木	鄧尔疋
葉淺予	葉恭綽	戈 荃（湘嵐）	白 蕉
馮 迴（超然）	馮建吳	田世光	古 元
朱屺瞻	朱家濟	朱複戡	呂鳳子
劉子久	劉繼卣	劉凌滄	江寒汀
關 良	吳家璪（玉如）	吳茀之	吳顯曾（光宇）
吳華源	吳 桐（琴木）	吳 徵（待秋）	吳熙曾（鏡汀）
陳之佛	陳子奮	陳子莊（石壺）	陳 年（半丁）
陳秋草	張大壯	張書旗	張克和（石園）

張宗祥	張其翼	張振鐸	張肇銘
李　英（苦禪）	李鐵夫	李　耕	李瓊玖
陸　翀（抑非）	陸維釗	來楚生	沙孟海
宋文治	何　瀛（海霞）	余任天	應野平
邵　章	蘇葆楨	鄭　昶（午昌）	鄭誦先
周　仁（懷民）	周思聰	周肇祥	周元亮
趙少昂	趙　起（雲壑）	趙望雲	羅　惇（複堪）
胡小石	胡佩衡	賀天健	容　庚
徐宗浩	徐　操	秦　裕（仲文）	陶一清
錢君匋	唐　雲	高二適	顧廷龍
諸樂三	郭味蕖	曹克家	常書鴻
黃幻吾	黃君璧	黃秋園	黃般若
黃新波	商承祚	章士釗	董　揆（壽平）
謝之光	謝無量	傅增湘	溥　忻
溥　佺	蔡鶴汀	黎冰鴻	

《1949 年後已故著名書畫家作品限制出境鑑定標準（第二批 2013 年頒佈》

一、作品一律不准出境者（1 人）

吳冠中

二、作品原則上不准出境者（2 人）

關山月　陳逸飛

三、代表作不准出境者（21 人）

于希甯	王朝聞	白雪石	亞　明	劉旦宅	劉炳森
許麟廬	啓　功	張　仃	宗其香	鄭乃珖	彥　涵
婁師白	黃苗子	蕭淑芳	崔子范	程十髮	蔡若虹
黎雄才	潘絜茲	魏紫熙